田中

TANAKA THE WIZARD

年齢イコール彼女いない歴の魔法使い

Story by Buncololi, Illustration by M-da S-taro

14

龍王
鬼王
妖精王
鳥王
海王

田中
樹王
精霊王
虫王
王激突

「だから今は、精霊王との交友を優先してくれると嬉しいなぁ？」

GC NOVELS

TANAKA THE WIZARD

年齢イコール
彼女いない歴の
魔法使い

14

著
ぶんころり
Story by Buncololi

画
MだSたろう
Illustration by M-da S-taro

CONTENTS

各界の王（一）
Kings of All Worlds (1st)
7

各界の王（二）
Kings of All Worlds (2nd)
60

終末（一）
Armageddon (1st)
114

終末（二）
Armageddon (2nd)
166

王様会議
Kings Conference
203

神様
God
256

あとがき
286

"Tanaka the Wizard"
14
Story by Buncololi, Illustration by M-da S-taro

各界の王（一）

Kings of all worlds (1st)

数百年という時を隔てて実現した、精霊王様と妖精王様の邂逅《かいこう》。

犬猿の仲だと巷《ちまた》で話題の両名は顔を合わせるや否や、拳を交えて喧嘩《けんか》を始めた。そして、擦った揉んだの末にエディタ先生とロリゴン、更にはソフィアちゃんと鳥さんまでもが、妖精王様に攫《さら》われてしまった。

彼女たちの捜索は我々のみならず黄昏《たそがれ》の団が総出となり、夜通し延々と実施。

けれど、ドラゴンシティやその近隣に姿を見つけることはできなかった。

そうして迎えた翌日。

ブサメンは諸々の報告をゴンちゃんから執務室で受けている。

「旦那、何の力にもなれなくて、本当にすまねぇ」

「いいえ、ゴンザレスさんがそのように仰《おっしゃ》ることはありません。すべては私の不甲斐《ふがい》なさが原因です。むしろ、このような時世にありながら、黄昏の団の皆さんに不安を与えるような真似をしてしまい申し訳ありません」

「こういう時のための俺らだろ？　ここで頼ってくれなけりゃ困っちまうよ」

「お気遣い下さりありがとうございます」

執務室には自身とゴンちゃん、それと精霊王様の姿だけが見られる。

町長殿のお屋敷に残っていた他の住民たちも、今はドラゴンシティや町の近郊でエディタ先生たちを捜して下さっている。ただ、彼女たちが見つかる可能性は、自身も望み薄であると感じている。

「本日のところは、黄昏の団の方々にも身体《からだ》を休めて頂けたら幸いです」

「旦那はそれでいいのか？」

「無駄に疲弊を重ねることはありません。こちらでも伝《つ》手《て》を頼ってみようかと」

ソファーセットの傍らに立ち、今しがたにやってきたゴンちゃんとのやり取り。

　昨日から出ずっぱりであった彼の額には、びっしりと汗が浮かんでいる。

「分かった。そういうことであれば、俺らは旦那の判断に従うぜ」

「ありがとうございます、ゴンザレスさん」

「態勢は万全に整えておくから、何かあったらすぐに言ってくれよな？」

「その時はどうか、よろしくお願いします」

　ニカッと爽やかな笑みを浮かべて、ゴンちゃんは執務室から出ていった。なんて頼りがいのあるイケメンだろう。出入り口のドアがパタンと静かに閉じられると共に、足音がゆっくりと遠退《とおの》いていく。

　他方、妖精王様と別れて以来、ずっと自身に付き纏《まと》っているのが精霊王様。

　今も執務室のデスク上に腰を落ち着けて、こちらをジッと見つめている。

「そんな深刻に考えなくても大丈夫だよぉ。あの子たち、妖精王とは仲良しだったでしょー？　別れ際のやり取りを聞いた感じ、むしろ、好意から連れてったような？　妖精王っておバカだから、あれが演技だとは思えないんだよねー」

「ええ、そうですね。私もすぐにどうこうなるとは考えておりません」

「でしょでしょ？」

「しかしながら、彼女たちを心配せずにいられるか否かは別問題となりますので」

　妖精王様の行いについては、精霊王様もブサメンと同様に考えていらっしゃる。その事実に少しだけ気分が落ち着いた。自身などより遥かに長い付き合いの彼女が言うのなら、きっと事実なのだろう。

　僅かなやり取りながら、先方が猪突猛進な性格であることは、自身も感じた。

　多分、ロリゴンとは馬が合うのではなかろうか。

「それにあのハイエルフ、なかなか腕が立つみたいだしぃ？　本当に困っているようなら、すぐに逃げてくると思うんだよね！　不死王が一緒なら戦力としてはむしろ、妖精王の方が下じゃないかなぁ？」

「本当にそう思いますか？」

「だから今は、精霊王との交友を優先してくれると嬉しいなぁ？」

「…………」

しかし、このメスガキ王様は如何《いかん》ともし難い。

ニパァと可愛《かわい》らしい笑みを浮かべて、露骨にすり寄ってきていらっしゃる。

デスクの上に座って組まれた、精霊王様のむっちり太もも。

見えそうで見えないスカートの奥。

今ばかりはこれに意識を奪われる訳にはいかない。

エディタ先生の愛らしいイカッ腹を思い起こして、童貞は自意識を正す。

「とはいっても、彼女たちとは最低限の連絡を交わしておきたいのですが」

「居場所もわからないのにどーするの？」

「妖精王様の行き先に、どこか心当たりはありませんか？」

「うーん」

頬に人差し指を当てて、首を傾《かし》げるような身振り。

そうした彼女の傍ら、デスクの上にふと気になるものを見つけた。

精霊王様の太ももに踏みつけられて、なにやら見慣れない紙のようなものが見え隠れしている。我々が扱っている帳簿の類《たぐ》いと比べては小さくて、はがきサイズ。最後にこちらを訪れた際には無かったような気がするのだけれど。

「精霊王様、ちょっとそこ退《ど》いてもらってもよろしいですか？」

「えぇぇ、精霊王のこと捨てるつもり？　そんな酷いこと考えてるのぉ？」

「違いますよ。ただ、貴方《あなた》のお尻に敷かれているものが気になりまして」

「え？」

ぴょんと小さく跳ねて、精霊王様がデスクの上から飛び退いた。

そのお尻の下に敷かれていたのは、やはり、想定したサイズ感の紙。

デスクに歩み寄ったブサメンは、これに手を伸ばす。

精霊王様のお尻によって暖められたことで、ほんのりと温《ぬく》もりを感じる。

その感触にドキリとしたのも束《つか》の間、紙面に記されたメモに気付いた。

曰《いわ》く、我々は妖精王の動きを探る。精霊王との関係が拗《こじ》れている今、妖精王を敵に回すことだけは避けたい。こちらで上手いこと立ち回れないか検討してみる。向こうしばらく町を留守にすること、申し訳ない。

貴様は留守のようなので、取り急ぎこちらの手紙を残す。一方的な連絡となってしまいすまないが、どうか大目に見て欲しい。他二名と一羽についても必ずや、無事に貴様の下《もと》まで送り届けると約束する。

とのこと。

末尾にはエディタ先生のお名前があった。

あと、何故か隣に鳥の足跡を思わせる印影。

なんでやねん、と思ったところで、当代の不死王様のものだと思い至る。我々の間でなければ通じない符丁だ。こちらの手紙がエディタ先生によってしたためられたことは間違いなさそうである。

食事やトイレに立った際など、自身が執務室を離れている間に、先生はこちらを訪れていたようだ。文面から察するに、妖精王様の隙を突いてドラゴンシティに戻ったのだろう。彼女が得意とする空間魔法であれば、決して不可能ではない。

エディタ先生、相変わらず超かっこいい。

「手紙かなぁ？」

「ええ、どうやらそのようです」

すぐ隣から、精霊王様が覗き込んできた。

互いの頬が接するほどの距離感。ふわりと空中に浮かび上がり、こちらの肩に手を置いてのアクション。どこまでも自然な振る舞いは、彼女が祖国では絶滅寸前にあった、天然物のメスガキであることを知らしめる。

高齢童貞とはあまりにも相性が悪い。

「これってもしかして、あのハイエルフたちからとか？」

「我々を心配させまいと、気を遣って下さったようですね」

普段はおっとりとしているのに、っていうか、少し抜けていらっしゃることも多いのに、ここぞという場面で確実に決めてくるエディタ先生、なんて素敵なんだろう。やはり、ブサメンが信仰すべきは彼女の太ももに他ならない。

距離感が近いだけのメスガキに、一方的に分からせられる訳にはいかないな。

「まさか君たち、妖精王に鞍替《くらが》えするつもりなのかなぁ？　かなかなぁ？」

「そこは精霊王様の働き次第ではないかなと」

「ぐぬぬぬぬっ……」

　龍王様と不死王様の喧嘩についてはロリゴンの同族、エンシェントドラゴンも関わり合いがある。妖精王様からもたらされる情報には、向こうしばらく行動をともにする価値がある、ということなのかもしれない。

　いずれにせよ、エディタ先生たちの置かれた状況は、そこまで緊迫したものではない、と考えて差し支えなさそう。そうでなければ先生のことだから、ソフィアちゃんだけでもドラゴンシティに送り届けそうなもの。

「こちらの手紙のおかげで、当面の懸念事項が一つ消化されました」

「あれ？　裏にもなんか書いてあるよー？」

「本当ですか？」

　精霊王様に促されるがまま、メモ書きされた紙面を裏返す。

　するとそこには表面と同様の筆跡でメッセージが残されていた。

　妖精王は現在、浮遊大陸を訪れている。打倒、精霊王を掲げて、各界の王を味方にしようと考えているようだ。どのような結果となるか分からないが、念の為にこちらも合わせて、貴様には伝えておく。といったお話。

「だそうですが、精霊王様的には如何《いかが》ですか？」

「それはちょぉぉーっと、困っちゃうなぁ」

　笑みを浮かべる頬が、ピクピクと震えていらっしゃる。

　当然といえば当然。

　相手の戦力次第では、我々が妖精王様に寝返る可能性も考えられる。彼女はドラゴンシティに報復する暇もなく、妖精王様が従えた王様連合によって滅ぼされて一巻の終わりだ。ペニー帝国的には、与《くみ》する王様に選《え》り好みはない。

　精霊王様という暴力装置が、妖精王様に代わるだけのこと。

　だがしかし、それは我々にとって理想論。

　彼女の懸念は決して他人事《ひとごと》ではない。

　もし万が一にも、妖精王様が北の大国と合流したら大変なこと。

両国の背後に控えた王様たちの数。現時点で辛うじて均衡しているパワーバランスが崩れた瞬間、先方は即座にペニー帝国へ攻め入るだろう。我らが帝国は精霊王様と共々、一緒に滅ぼされてしまうことだろう。

先方には龍王様という実績がある。

過去には首都カリスにまで乗り込んできた。ニップル王国の首都にも魔法を撃ち込んでいる。スペンサー伯爵は躊躇《ちゅうちょ》しないと思う。副官であったナンシー隊長の裏切りにより、彼女は今頃国内で大変な立場にあるだろうし。

精霊王様もその辺りを理解しているのか、ニヤニヤと笑みを浮かべて問うてくる。

「君だって妖精王の動き次第では、どうなるか分からないんじゃないかな？」

「ええ、そうですね。仰る通りかなと」

「私と君は一蓮托生。これからもずうぅっと仲良くしていかないとねっ！」

醤油顔の腕を両手でぐいっと取り、ニコニコと笑みを浮かべて訴えてくる。

精霊王様、必死過ぎる。

こうなると我々も、他所《よそ》の王様に対してアプローチをせざるを得ない。

エディタ先生たちが妖精王様と円満な関係を築いている現状、ドラゴンシティの存続に限っては交渉の猶予がある。精霊王様が妙なことをする前に抑えてしまえば、いきなり滅ぼされるようなことはないと思う。

しかし、ペニー帝国をその範疇《はんちゅう》に含めることは大変な困難。

陛下の首を差し出した程度では、きっと収まらない。

確実を期すのであれば、妖精王様と北の大国が抱えたのと同数以上、他所の王様達との交友関係を築く必要がある。ということで、現時点で既に二正面作戦状態。同じような状況を学生の頃、歴史の教科書で見たような気がする。

現実的には妖精王様と北の大国の間柄を壊して膠着《こうちゃく》状態に運ぶのが最短ルート。

ただ、それを自身の立場から行うのは、卑怯な気がしてならない昨今。

「妖精王と龍王の関係、サクッと壊せたりしないかなぁ？」

「…………」

流石《さすが》はメスガキ王様。

自身が躊躇した行いを易々と口にして下さる。

「どのようなアプローチを取るにせよ、現時点で我々には手札が足りていません。妖精王様と龍王様、いずれとも交渉の窓口は失われているに等しいです。となれば、行うべきは他所の王様との関係構築ではないかなと」

「私とのこと真面目に考えてくれているの、とっても嬉しいなぁ！」

「そういう訳ですから、仲良くできそうな知り合いがいらっしゃるようなら、私にもご紹介を願いたく存じます。確実に数を揃えたいので、現時点である程度、確度が見込まれる方々であると嬉しいです」

「うーん、そういうことなら、樹王や虫王とかかなぁ？」

「人類の生存圏とは距離感の感じられる響きに不安を覚えないでもありませんが」

今後の算段を巡ってメスガキ王様と作戦会議。

そうこうしていると、執務室のドアが外からノックを受けた。

コンコンという乾いた響きに入室を促すよう言葉を返す。


廊下から姿を現したのは縦ロールとキモロンゲの二人だった。

前者は執務室に一歩を踏み入れるや否や、我々を眺めて言う。

「部下を扱《こ》き使っておきながら、なにをイチャコラしているのかしらぁ？」

先方の言わんとすることは分からないでもない。

ブサメンの腕には精霊王様が抱きついている。

「もしやドリスさんもエディタさんたちを捜して下さっていたのですか？」

「当然じゃないのぉ。わたくしだって色々と世話になっているのだからぁ」

「ご多忙のところお付き合い下さり、本当にありがとうございます」

「リズたちが留守にしている分だけ、わたくしも頑張っているのよぉ？」

縦ロールの説明の通り、エステルちゃんやゾフィーちゃん、アレン、東西の勇者様、魔道貴族、ショタチンポといった面々は、北の大国との戦線を支える為、ドラゴンシティを離れて隣国との戦争に出張っている。

アッカーマン公爵が率いた飛空艇軍団は撤退。スペンサー伯爵によるゲリラ部隊も大多数は撤収したと報告を受けている。けれど、国境付近を留守にはできない。今も現地ではペニー帝国兵が頑張っているとのこと。

ドラゴンシティの面々も、こうした防備に協力しているのだという。

ただし、執務室にやって来た彼女たちはプッシー共和国の貴族。北の大国が宣戦布告をしたのはペニー帝国のみであるから、彼女たちは表立って動き回るような真似を控えている。精々、キモロンゲが空間魔法で人や物を運ぶくらい。

「ところで、そういう貴方は何をしているのかしらぁ？」

「ドリスさんに報告したいことがあります」

「報告？　なにか状況に進展が見られたかしらぁ？」

「こちらをご確認下さい。裏面にも記載があります」

デスクに残されていた手紙を縦ロールに差し出す。

彼女はこれを素直に受け取り、先生のメモに目を通した。

ブサメンとメスガキ王様のイチャコラを目の当たりにして、ムスッとしていた縦ロールの表情。それが手紙の内容を目の当たりにするや否や、穏やかなものとなった。

自然と頬が綻んで口元には笑みが浮かび上がる。

「なにはともあれ、ソフィアたちが無事であって良かったわぁ」

「ご心配下さり恐縮です」

改めてこちらに向き直り、朗らかな口調で語ってみせる縦ロール。

きっと本心からメイドさんたちの無事を喜んでくれているのだろう。

その姿にじんわりと胸を温かくしつつ、醤油顔は続く説明を述べる。

「そちらのメッセージのおかげで、妖精王様の動きを把握することができました。そこで我々は先方の行いに対応するため、精霊王様の伝手を借りて、他所の王様の下へ協力関係の取り付けに向かおうと考えております」

「ふぅん？」

縦ロールは読み終えた手紙をこちらに差し出した。

これを受け取りつつ、今後の予定をご説明。

「すぐにでも出発しようと考えておりまして、ドリスさんにはゴンザレスさんたちに言伝《ことづて》を頼めませんでしょうか？　疲れて戻られたところ、このようなことを頼んでしまい申し訳ないとは思いますが」

「そういうことだったら、わたくしたちも同行して構わないかしらぁ？」

「失礼ですが、理由をお聞きしてもよろしいでしょうか？」

「ここ最近の帝国内におけるゲロスの活躍は、わたくしが望んだ結果でもあるから、決して悪いとは考えていないわぁ。けれど、これ以上を貴方たちの陛下から求められたとき、わたくし一人の判断で手を貸すことはできないのよねぇ」

「なるほど、たしかにドリスさんが危惧されていることは尤《もっと》もかなと」

自身の留守中、ペニー帝国が北の大国から攻められて、以前よりも大きな損害を被《こうむ》った場合、小心者である陛下はまず間違いなく、縦ロールやキモロンゲに対して、更なる協力を求めるだろう。

彼女たちには、これを断る力がある。しかし、結果としてペニー帝国とアハーン公爵家の間には溝が生まれること間違いなし。場合によってはプッシー共和国との関係にまで、影響が出てくる可能性も考えられる。

年季の入った貴族様であっても、扱いに難儀するだろう政治模様。それをこのような年若いロリ巨乳に押し付けるのは酷な話だと思う。聡い彼女だったら上手いこと捌《さば》いてしまいそう、とか思わないでもないけれど。

「承知しました。そういうことでしたら、是非ともご一緒して頂けたらと」

「貴方なら、そう言ってくれると信じていたわぁ」

「ご主人、この者たちは我々を扱き使っているのです、当然の配慮でしょう」

嬉しそうに声を上げたのが縦ロール。

一方でキモロンゲからは厳しいご意見が上がった。このところ便利に使っていたという意識はあるので、申し訳なくも感じている。今回の騒動が無事に収まったら、しばらくは彼の仕事を手伝おうかな、とか考えるくらいには。

そんな我々のやり取りを眺めて、精霊王様がボソリと呟《つぶや》いた。

「そういえば、当代の魔王はもう敵に取られちゃったんだよねぇ」

「っ……あ、あれはまだ、交渉を行えていないのであって……」

彼女の眼差しはキモロンゲに向けられている。

痛いところを突かれたマゾ魔族の顔が強張《こわば》った。

精霊王様、相変わらずネチっこくあらせられる。

「過ぎたことを気にしても仕方がありません。また、当代の魔王様はまだ転生から間もなく、ほとんど成長しておられません。そこまで危惧すべき存在ではないかと。それよりも我々は、より強力な王との交渉を優先しましょう」

「うんうん、そうだね！」

「ぐっ……」

キモロンゲ、とても悔しそうだ。

けれど、相手が精霊王様なので何も言い返せない。

ちょっとだけ不憫に思えてきた。

でも、自業自得なんだよなぁ。

「あっ、そうだ！　ここの様子も気になるだろうし、留守番を用意するね」

「留守番？　精霊王様のお知り合いでしょうか？」

「君たちとも面識がある筈《はず》だけど？」

彼女が呟くのに応じて、執務室の中ほどに魔法陣が浮かび上がる。

その只中に小柄な四足の生き物が像を結んだ。

ずんぐりむっくりした胴体と、これを包む柔らかそうな体毛。フェネックのような大きな耳。耳と同じくらいの大きさで背中に生えた羽。額の辺りにちょこんと窺《うかが》える小さな角。もふもふの尻尾。その特徴的なシルエットには、たしかに見覚えがある。

精霊王様の部下にして中間管理職的なポジションにある精霊。

大地の大精霊殿だ。

呼び出しを受けた彼は、正面に上司の姿を確認して声を発する。

「精霊王様、どういったご用でしょうか」

「しばらくの間、ここで留守番をしていて欲しいんだよねぇ」

精霊王様の発言を受けて、大精霊殿は室内をキョロキョロと確認。

過去にも繰り返し、町長宅を訪れていた彼は、すぐにこちらがドラゴンシティであると把握したようだ。予期しない呼び出しに対して困惑することもなく、落ち着いた態度で素直に頷いて応じた。

「それは構いませんが、もう少し詳しい理由をお聞かせ願えたらと」

「この町で何かあったら、すぐに知らせて欲しいんだよね」

「どういうことでしょうか?」

「すみません、こちらから補足をさせて頂きます」

言葉少なな精霊王様に代わり、ブサメンから状況のご説明。

数百年にわたる封印を経て復活した妖精王様。彼女の存在と合わせて、つい今しがた縦ロールにした話を繰り返す。精霊王様にしてみれば、部下に語って聞かせるには、些《いささ》かバツの悪い話だろうから。

最低限、彼女の立場を取り繕うことも忘れない。

すると大精霊殿は、すぐに事情を把握して下さった。

「承知しました。しかし、場所によっては多少時間がかかるかなと思いますが」

「そこは努力して欲しいなー。だってほらぁ、精霊業界の一大事なんだよ?」


「……分かりました」

ちょっと困ったような表情を浮かべつつ、それでも承諾する大精霊殿。

前にもこんなことあったような気がする。

この手の無茶振りも慣れたものなのだろう。

相変わらず精霊業界はブラックであらせられる。

「さて、それじゃあ出発しよーかな?」

「大精霊様、このようなことを頼んでしまい申し訳ありませんが、この屋敷に住まっているゴンザレスという人物に、今の話を軽く説明しておいて頂けませんでしょうか? こちらの手紙を合わせて届けて頂けると幸いです」

「承知した。しかと伝えておこう」

「ありがとうございます」

大精霊殿に向かい膝を曲げて、エディタ先生のメモ書きを差し出す。

すると先方は後ろ足ですっくと立ち上がり、前足で器用に紙を受け取った。ふわふわとした体毛に覆われた肉球。これで左右から挟み込むように紙の両面を支える姿は、あまりにもラブリーなもの。

ソフィアちゃんにも是非見せてあげたくなるシーンで

はなかろうか。

「ドリスさん、ゲロスさん、いきなりですが支度は大丈夫でしょうか？」

「ええ、構わないわぁ」

「急ぐ仕事なのだろう？」

精霊王様の足元に魔法陣が浮かび上がる。

我々はパタパタと急ぎ足で、その上に移動した。

「それじゃー、しっかりと留守番、頼んだよぉー？」

「承知しました。いってらっしゃいませ」

大精霊殿に見送られて、我々はドラゴンシティを出発した。

＊

【ソフィアちゃん視点】

顔を合わせるや否や、喧嘩を始めてしまった妖精王様と精霊王様。その諍《いさか》いに巻き込まれる形で、メイドはしばらくの間、妖精王様と行動を共にすることになりました。エルフさんとドラゴンさん、それに鳥さんも一緒です。

妖精王様の魔法により、ドラゴンシティから連れ出された我々は、とても不思議な場所を訪れています。どのように不思議なのかと申しますと、なんと空に浮かんだ大地の上、そこに町やお城が築かれております。

エルフさん曰く、浮遊大陸だそうです。

前にタナカさんも、そのようなフレーズを口にしていた気がします。

そこには山があったり、森林があったり、川が流れていたりします。そして、大地の切れ目からは遥か眼下に、本来の大地である地上が窺えるのです。かなり高いところに浮かんでおり、はしごを伸ばした程度では、行き来も不可能と思われます。

個人的には、地上に向けて垂れ流しにされている、川の水が気になるところです。もしも魚が住まっていたりしたら、かなりシビアな環境ですね。浮遊大陸から落下した川の水は、そのまま地上の川に合流しております。

妖精王様の魔法により移動した先は、そんな空飛ぶ大陸を見下ろす場所でした。

そこから空中を浮かんで移動することしばし。

我々は現在、浮遊大陸にある町を訪れております。

空から広場的な場所にふわりと舞い降りて、町の中程にあるお城に向かい、通りを歩いている次第にございます。ペニー帝国の首都カリスと比べたら人口密度は低いですが、それでも各所に賑わいが窺えます。

商店で買い物をされている主婦の方々がいる傍ら、路上で遊んでいる子供たちの元気な声が聞こえてきます。通りに並んだ店々では、商人や職人の方々が仕事に精を出していらっしゃいます。随所に町の人たちの営みが感じられますね。

「どなたも背中に立派な翼が生えていらっしゃいますが……」

「貴様たち人間が言うところの、翼人族というやつだな。ただし、この者たちの翼は龍族に由来するものだ。鳥類のそれを引き合いに出すと機嫌を損ねる場合がある。その点には注意した方がいい」

「は、はい。承知いたしました」

『ふぁきゅ』

町に見られる建物の多くが、二階にも玄関スペースを設けているのは、その背中に翼が生えていることを前提としての様式なのでしょう。異国情緒を感じさせる光景に、メイドは思わず見とれてしまいますよ。

思えばタナカさんと出会ってからというもの、他所にお出かけする機会が増えました。以前までなら国外はおろか、首都カリスから外に出る機会もほとんどありませんでしたのに。急な知見の広がりを覚えます。

ちなみに鳥さんはメイドが抱っこさせて頂いております。

彼も町の様子が気になるのか、キョロキョロと周りを眺めておりますね。

『こいつらも気が付けば、いつの間にか数が増えたよなぁ』

「そうなのか？」

『前はこんなに沢山いなかった』

「龍王が越してくる以前の話だろうか？」

『そうだな。アイツがここに来る前は、もう少し建物も少なかった』

ドラゴンさんが話題に上げた通り、この町には龍王様がお住まいだそうです。

彼と会って話をするのが、こちらを訪れた目的であると、妖精さんは言っておられました。精霊王様との件を説明するのだと、息巻いておられました。不死王様と龍王様の喧嘩を巡る、その舞台裏のあれこれでございますね。

「オマエたち、龍王のヤツとは顔を合わせたことがあるのか？」

「先方が我々を覚えているか否かは定かでないが、こちらは把握している」

『アイツは不死王を恨んで私の町を攻めてきた。だから、私は会いたくない』

「だから、その誤解をアタシが解いてやるのさ！　さっきも説明しただろ？」

『本当に解けるのか？　私の町、もう二度とアイツに襲われなくなるのか？』

「おうとも！　アタシにドンと任せておくといい！」

妖精王様と我々の関係は、現時点では良好です。

取り分けドラゴンさんのことを気に入っているようで、彼女はニカッと気持ちの良い笑みを浮かべて言いました。裏表の感じられない朗らかな態度から察するに、決して嘘や冗談で言っている訳ではなさそうです。

「妖精王殿、事前に伝えておきたいことがあるのだが」

「おぉ？　なんだい？」

「この者にとって、あの町はとても大切なものだ。そこは留意して欲しい」

「ここ数日、本人から色々と案内された。アタシだって重々理解しているよ！」

「ならばいいのだが……」

『……』

ドラゴンさんのエルフさんを見つめる眼差しが、メイド的には胸キュンです。

余計なことは言わなくてもいい、みたいな表情を浮かべつつも、すぐさま気を遣われた事実に、どことなく喜んでいらっしゃるような感じが堪《たま》りません。お尻からちょろりと生えた尻尾が、嬉しそうに左右に揺れておりますよ。

ところで一つ、メイドは気になることがございます。

道行く翼人の方々の視線が、やたらと我々に向けられております。特に男性からの注目が顕著に感じられます。私の勘違いでなければ、彼らの意識が向かっているのは、こちらの足回りではないかと思われます。

自身のみならず、エルフさんやドラゴンさんに対しても同様です。ふと気になって周囲を見回すと、翼人の女性は誰もがズボン姿。どうやらスカート姿が珍しいみたいですね。日常的に空を飛び回っているのですから、当然といえば当然でした。

　実家の飲食店で働いているときも、こうした注目は日常的に受けておりましたので、どうしても気付いてしまいます。ただ、それらと比較しましても、かなり露骨に見られているような気がします。

　タナカさんから与えられる視線と同じようなネチっこさを感じますね。

＊

【ソフィアちゃん視点】

　浮遊大陸の町は規模が控えめでしたので、お城には徒歩でもすぐ到着しました。

　当然ながら出入り口では、兵士と思《おぼ》しき方に止められました。鎧兜《よろいかぶと》を身にまとい、槍や剣を手にしていらっしゃいます。意気揚々、お城に真正面から乗り込まんとする妖精王様とドラゴンさんに対して、彼女たちの行く手を遮るように一歩を踏み出してのことです。

　これに対して、妖精王様は元気良く言いました。

「妖精王が龍王に会いにきたぞ！　アイツのところまで案内しておくれ！」

　メイドはエルフさんと一緒にヒヤヒヤとしながら彼女たちの様子を見守ります。

　ただ、幸いにして先方は妖精王様のことをご存知でした。

　龍王様がお住まいのお城とあって、身の回りの方々も他所の王様の存在に知見が及んだのでしょう。城内に駆け足で引っ込んでいったかと思えば、すぐさま龍王様との謁見が認められました。

　龍王様と妖精王様が旧知の仲、というのは本当のようです。

　お城に勤めている翼人の方々を賑やかせながら、我々は城内を進んで行きました。

　そうして辿り着いたのは、謁見の間っぽい感じのスペースです。縦長で天井の高いフロアには、入り口から奥に向かって絨毯が敷かれております。その先には段差が設けられており、壇上には立派な玉座がございます。

龍王様はそちらに腰を落ち着けて、我々を迎え入れました。

その姿は以前と変わりありません。

パッと見た感じ、成人されていないお子さんです。将来がとても楽しみなイケメンの男の子であります。行き遅れが心配されているメイドには、短パンの裾から伸びた健康的な太ももが眩《まぶ》しく映ります。

けれど、見た目相応の年齢でないことは重々承知しておりますとも。きっと育つこともないのでしょう。また、頭には角が生えており、お尻の辺りからは尻尾が伸びております。この辺りはドラゴンさんと同じですね。

室内には彼の他に人の姿が見られません。我々を同所まで案内して下さった翼人の方も、すぐに退出していきます。出入り口のドアが閉められると、室内がしんと静まり返りました。我々は妖精王様を先頭にして部屋の中程まで移動です。

『ふぁ!? ふぁっ！ ふぁっきゅう！』

私の腕の中では、鳥さんが荒ぶっておられます。以前、龍王様がドラゴンシティに攻めてきたときのこと覚えているのでしょう。メイドはこれを宥《なだ》めるのに必死です。万が一にも喧嘩が始まっては大変なことですから。

「わざわざこのような場所までやってきて、余に何用だ？」

「久しぶりに会ったんだから、少しくらい愛想よくしてもいいじゃん！」

「その方、ここのところ姿が見られなかったが、どこに行っていた？」

「精霊王に封印されてたのさ！」

「あぁ、そういえば最後に会ったときも、彼《か》の者の名を上げていたな」

妖精王様の物言いに対して、龍王様は律儀《りちぎ》に世間話を振ってみせました。

淡々とした対応が常ではございますが、決してコミュニケーションを取れない方ではないようです。以前、ドラゴンシティに攻めてきたときのイメージが強いので、メイドとしては恐ろしくて仕方がありませんけれど。

「その方が連れている者たちには、余も見覚えがある」

先方の注目が妖精王様から我々に移りました。

緊張から自然と背筋が伸びてしまいます。

自身のすぐ隣、尻尾をピンと伸ばしたドラゴンさんが言いました。

『この妖精に聞いた！　オマエ、精霊王に騙されてたって本当なのか？』

「……何のことだ？」

「おい、本人にそのような聞き方をしては、龍王殿も困ってしまうだろう」

案の定、龍王様は困惑したように首を傾げられました。

エルフさんからは即座にフォローでございます。

以降、彼女たちの間では、町長さんのお宅で妖精王様から聞かされた、龍王様と先代の不死王様との確執が語られ始めます。実際にはその裏側で暗躍していただろう精霊王様の行いも含めてのことです。

『オマエは精霊王に騙されて、先代の不死王を攻めたって聞いた。あと、先代の不死王も精霊王に唆《そそのか》されてオマエを攻めたって、この妖精は言ってた。だから、もしそれが本当なら、私たちは色々と考えないといけない』

ドラゴンさんの言う、私たち、というのは彼女の他、龍王様と仲違《なかたが》いとなった同族、エンシェントドラゴンの方々を指してのことでしょう。不死王様との喧嘩に際して、エンシェントドラゴンの方々も大変な被害を受けたのだとか。

以来、龍王様は同族の下を離れて、こちらに住んでいると聞きます。

『だから尋ねる。どうなんだ？　本当のことなのか？』

「たしかに不死王との諍いの前後で、精霊王が余の下を尋ねてきたことはあった」

『ほ、本当かっ!?』

「しかし、あれは余が自らの意思で決めたものだ。精霊王の言葉は関係がない」

『アイツはなんて言ってたんだよ！』

「その方の言葉通り、不死王がどうのと喚《わめ》いていたことは余も覚えている」

龍王様、とことん王様気質でございますね。

もし仮に妖精王様のお言葉が本当だとすれば、ご同族と仲直りをする絶好の機会だと思うのですが、ご本人にはその意思がまるで感じられません。ただ粛々と事実関係を口にする姿は、まさに王様って感じがします。

やたらとフレンドリーな妖精王様とは対象的です。

『だから、オマエは精霊王から色々と言われたから、不死王と喧嘩を始めたんだろ?』

「それは違うぞ、娘よ」

『えっ……』

「不死王の眷属が各地で力を増していることは、余もそれ以前から把握していた。あの者から兎や角言われるまでもなく、懸念を示していた。あの者が余の下を訪れたことは、数多《あまた》あった判断材料の一つに過ぎない」

『そ、そうなのか?』

「ああ、そうなのだ」

『あと、娘って言うな。私の方が年上なんだから』

「ならば、お姉ちゃんと呼べばいいか?」

『っ……そ、それもちょっと嫌だ!』

冗談を言っている素振りもなく、真顔でドラゴンさんに問いかけた龍王様。

ところどころで会話のテンポが急に崩れるのは、どうやら彼もドラゴンさんと同じでございますね。龍族の方々は総じてこうした傾向があるのでしょうか。出会って間もない頃の彼女を思い起こします。


「ちょっと待った! お前、精霊王に唆されて不死王に突撃したんじゃないの?」

二人のやり取りを受けて、妖精王様から声が上がりました。

空に浮かんだ彼女は、両手両足を伸ばして必死に自らを主張です。

我々に色々と語っていた手前、ご本人の面目も丸潰れの会話でございますから。

「それは貴様の勝手な想像だ。いずれにせよ余の判断は変わらなかっただろう」

「そんなことを言いつつも、精霊王のこと、憎々しく思っているに違いない!」

「余はあの者をどうとも感じていない」

「んなっ……」

妖精王様、会話の流れが当初の予定と違っております。続けられた先方の発言には、彼女も驚いたように声を上げました。

他方、淡々と受け答えに応じるのが龍王様です。

「繰り返すが、その方らは何用でこの地を訪れた?」

「精霊王のこと、アタシと一緒に倒してくれよ!」

「どうして余が、そのようなことをせねばならんのだ」

「だってお前、アイツに騙されてたじゃん！」

「何故そうなる？　余は誰にも騙されてはいない」

「ぐぬぬぬぬっ……」

取り付く島もございません。

こちらのメイドとしましては、いらぬ諍いの種が一つ消えたことで、内心ホッとしております。龍王様の助力がなければ、妖精王様も精霊王様に食ってかかるような真似は控えられるのではないでしょうか。

少なくとも出会い頭の喧嘩では、自ら一歩を退《ひ》いてみせた彼女です。

「思い起こせば、その方は以前から度々、精霊王と衝突していたな」

「それは違うんだよ。アイツが卑怯なことをするからさ！」

「いずれにしても、世を騒がせていたことには変わりあるまい。貴様らがどうなったところで余は構わぬ。だが、この町の者たちに被害が及ぶとあらば、無視することはできぬ。やるなら他所でやるといい」

なにやら会話の雲行きが怪しくなって参りましたよ。

妖精王様の仰っていた過去の経緯に嘘はございませんでした。しかしながら、龍王様の反応は我々が想定していたものと異なって感じられます。妖精王様も彼の態度を目の当たりにして、焦り始めておられますね。

我々は何を信じたらいいのでしょうか。

遥か昔の出来事ということもあり、一介のメイド風情には何が何やら。

「妖精王殿、どうか落ち着いて欲しい」

「落ち着いてるよ？　アタシはちゃんと落ち着いているんだから」

「うむ、落ち着きのある妖精王殿に、是非とも確認したいことがある」

果敢に両者の間へ切り込んでいくエルフさん、とても素敵でございます。

龍王様も含めて、皆々の注目が彼女に移りました。

「不死王との件より以前、貴殿は精霊王と交流があったのだろうか？」

「交流なんてとんでもない！　アイツは悪い精霊さ」

「具体的にどの辺りを悪いと感じているのか、我々に教えて頂きたいのだが」

「なんでもかんでも首を突っ込んで、自分たちの都合がいいようにしていく。アタシたち妖精のことも、部外者の癖に他所からやってきて、色々と口出ししてきたんだ。あんなやつの言うこと、耳を貸したら絶対に駄目なのだよ」

龍王様と不死王様が喧嘩をする以前から、妖精王様と精霊王様は仲が悪かったようでございます。龍王様の下まで、精霊王様の悪事を告げ口に向かったのも、その辺りが影響してのことでしょう。

「う、うむ。なんとなく状況は察することができた」

エルフさんもその辺りを把握したようで、小さく頷《うなず》かれました。

その傍ら、妖精王様の意識がドラゴンさんに向かいます。

「お前は自分たちの王様のこと、今のままでいいと思ってるの？」

『オマエの言うことが本当なら、ぜんぜん良くはない。でも、良くはないけど、私には分からないことばかりだ。オマエの言うことも、精霊王の言うことも、そして、そこで偉そうにしているやつの言うことも』

先代の不死王様がご存命で、お話し合いができたのなら、それもこれも一発で解決したことでしょう。タナカさんにお願いを申し上げましたら、きっといい感じに取り持って下さるに違いありません。

けれど、それもこれも無い物ねだりにございます。

「いずれにせよ、龍王殿の意向は確認できた。ならばこの場は一度、身を引くべきではなかろうか。このまま議論を重ねたところで、今以上に何か進展が得られるとは思えない。どうだろうか、妖精王殿」

「ぐぬぅ、分かったよ」

「承知してもらえて幸いだ」

妖精王様が頷かれたところで、我々は謁見の間から撤収です。

龍王様から呼び止められることもなく、同所を後にしました。

＊

【ソフィアちゃん視点】

龍王様の居城を発《た》った我々の歩みは、翼人の方々の町に向かいました。

せっかく浮遊大陸まで足を運んだのだから、ここで一泊していかないか、とのエルフさんの発案を受けてのことでございます。龍王様の勧誘に失敗したことで、鬱憤を溜めて思われる妖精王様を気遣ってのことでしょう。

反対意見は上がらず、我々は通りで見かけたお宿に部屋を取りました。

それから皆で揃って町の飲食店に繰り出しました。

夕食には些か早い時間帯、店内はかなり閑散としております。

フロアの奥まった場所に席を確保すると、四人と一羽でテーブルを囲むことになりました。メイドは鳥さんを抱えたまま入店しておりましたが、店員の方からはこれといって文句を言われることもありませんでした。

料理の注文に際して確認したところ、支払いはペニー帝国の貨幣でも構わないとのこと。こちらが提示した硬貨を吟味した結果、店長さんから直々に承諾を頂きました。これ幸いと我々は、同店オススメの品々を注文です。

店が空いていたことも手伝い、料理はそう待たずに到着しました。

翼人の方々の食生活を知るまたとない機会、飲食店の娘としましては、興味をそそられる食卓です。これが前評判を確認せずに入った割には、思いのほか美味しくて、ちょっと得した気分になりました。

そうして異国の料理に舌鼓を打っていたのも束の間のこと。

「よし、決めた！」

食卓に着いてから難しい表情をされていた妖精王様が言いました。

お人形サイズの彼女は、椅子に座った我々とは異なり、卓上に座りながら食事を頂いております。利用している食器も小型のものです。本来であれば調味料などを取り分けるのに用いられる、とても小さなお皿を使われています。

手にした匙《さじ》も香辛料などを掬《すく》うのに利用される、我々人間からすれば耳かきのようなものを使われていますね。それでも彼女のサイズからすると、十分過ぎる大きさのようには感じますが。

ちなみに鳥さんも彼女と同様、卓上でお皿を啄《ついば》んでおります。

「な、何を決めたのだろうか？　妖精王殿」

「他所の王のところに行く！」

「……申し訳ない。浅慮な我々にもう少し細かく説明をして頂けると嬉しいのだが」

「龍王が頼りにならないなら、他のやつに声をかけるしかないだろう？　何人か当たれば一人くらい、アタシに協力してくれるのが出てくると思う。そうすれば精霊王だって、大人しく逃げていくことだろう！」

『お、おい、こいつらは精霊王に関係ない。喧嘩に巻き込むのは駄目だ！』

「ん？　別にアタシ一人で行くから、お前たちは気にしなくてもいいのだよ？」

『ふぁ？』

妖精王様の発言を受けて、皆さんの食事の手が止まりました。

ドラゴンさんの不安げな物言いを耳にしたことで、鳥さんも彼女に注目です。一方でエルフさんは落ち着いていらっしゃいますね。なにやら考える素振りを見せたかと思えば、妖精王様に言いました。

「ふむ。そういうことであれば、私も同行させてもらっていいだろうか？」

「別にいいけど、どうしてだい？」

「王と呼ばれる存在に興味がある。このような機会でなければ、謁見することはできないだろう。差し支えなければ、しばらく妖精王殿に同行させてもらえるとありがたく考えているのだが、どうだろう」

「別にいいよ？　たしかにアタシたちみたいなのって、あまり表に出ないものなぁ」

『ちょっと待て！　オマエ、なんでそうなるんだ!?』

「貴様らは町に戻っていて構わない。これは私の勝手な判断だ」

エルフさんの考えていること、なんとなくメイドにも察せられました。

妖精王様の行動を把握しておきたいのでしょう。

彼女の今後の動き方によっては、精霊王様との喧嘩のみならず、タナカさんやドラゴンシティの方々を巻き込んだ騒動に発展する可能性がございます。本人の近くにいれば、事前に把握することができますから。

ドラゴンさんも同じく思い至ったようで、すぐさま同意の声を上げられました。

『それなら私も行くぞ！　い、一緒に行くっ！』

「あの、そういうことでしたら、私もご一緒させて頂けたらと……」

だとすれば、自身も声を上げない訳にはいきません。普段は皆さんのお荷物になってばかりのメイドでございます。こうした機会に少しでも協力したいと考える程度には、私もドラゴンシティに愛着を覚えておりますとも。

どこまでお役に立てるかは定かでありませんが。

「本当？　当代の不死王が一緒してくれるの、アタシも嬉しいな！」

『ふぁぁー？』

妖精王様からは快諾を頂きました。

彼女に見つめられた鳥さんは、首を傾げるばかりです。

口元に料理のソースがちょこんと付いているの、とても可愛らしいですね。お世話係のメイドは、これをナプキンで拭わせて頂きましょう。為されるがままジッと大人しくしている姿が、これまた愛らしいのです。

その傍らでおもむろに、エルフさんが席から腰を上げられました。


「そういうことであれば、この場で少々時間をもらっても構わないだろうか？」

「ん？　別にいいけど、どうしたの？」

「こちらまで足を運ぶのに際して、我々は誰に連絡もなしに外へ出ている。できることなら、家の者たちに事情を説明しておきたい。勝手な話となり申し訳ないが、しばし食事の席を抜けさせて頂きたい」

「うん、いいよ！　っていうか、食べ終わってからでもいいじゃん」

「そうだろうか？　お気遣いを申し訳ない」

ニカッと気持ちのいい笑みを浮かべて、妖精王様は頷かれました。

どうやら当面の予定が決定の予感でございます。

とても恐ろしくはありますが、帰るべき我が家の為、頑張りどころですね。

＊

エディタ先生の置き手紙から妖精王様の動向を確認した我々は、彼女の仲間集めに対抗する為、ドラゴンシテ

ィを出発した。今後、どのように状況が転がるかは定かでない。けれど、町の為にできることはすべてやっておきたいところ。

移動は精霊王様の空間魔法。

メンバーは彼女の他、縦ロールとキモロンゲ、それにブサメンの四名。

一瞬の暗転を挟んで訪れた先は、樹木の鬱蒼と茂る界隈であった。

どうやら山林の只中にやって来たようである。それも林業者の手が入った祖国の山林部とは雲泥の差。周りを囲っている木々は枝打ちがされておらず、四方八方に伸び放題。まっすぐに伸びず根本からひん曲がった幹も多い。

また、その根本には様々な種類の草が大量に生えている。可愛らしい花を付けているものもあれば、これ絶対に虫とか食べちゃうやつだよね、なんて思わせるグロテスクな外観の代物も見られる。

更には大量に繁殖した蔦《つた》類がそこかしこに絡まって、もはや我々人類には一歩を踏み出すことにも躊躇する有様。それとなく眺めた葉っぱの上、カラフルな色合いの虫とか見つけてしまったら、二の腕に鳥肌が立ってきたぞ。

ブサメンとはかなり相性がよろしくないロケーションである。

「これまた凄ぃところに出たわねぇ。どんな王様が住んでいるのかしらぁ？」

「ご主人、何が飛び出してくるか分かりません。どうかお気をつけ下さい」

「精霊王様、こちらはどういった場所なのか、軽くご説明を願いたいのですが」

「ここから少し歩くと、樹王が生えてるんだよねー」

樹王、とのことである。

聞き慣れないフレーズに一瞬、何のことかと疑問に首を傾げそうになった。どうやら樹木の王様がおられるらしい。その説明を耳にした後だと、こちらの自然豊かな在り方にも納得がいった。

「ついこの間まで、ここはちょっとした広場だったんだけど、もう埋まっちゃってる」

精霊王様が手前に向けて軽く腕を振るった。

すると草や蔦の茂りが吹き飛んで、そこから石碑のようなものが現れた。かなり年季が入っている。所々に苔《こけ》とか生えている。表面には文字っぽいものが刻まれているけれど、ボロボロで何と書かれているのか不明。

「これから我々が会いに向かうのは、樹王様となるのでしょうか？」

「そーだよ？　君たちニンゲンとも比較的、相性がいいんじゃないかなぁ」

「なるほど」

彼女もそれなりに吟味した上で、訪問先を選んだのだろう。精霊王様がどれだけ追い詰められているか、如実に窺えるお心遣いでございます。出会った当初と比べて、かなり我々に寄り添って思われる。

「この森の中を歩いて行くのだとしたら、なかなか骨が折れそうよねぇ」

「贅沢を言うことは憚《はばか》られますが、ドリスさんの意見は分からないでもありません」

以前までは広場であったという精霊王様の言葉通り、石碑の周りは多少なりとも拓けている。足元には草が生えているけれど、それも腰の高さを超えることはない。けれど、元広場と思しき界隈を抜けると、その先には草の壁。

ぐるりと一巡するように周囲を見回すも、獣道すら見当たらない。

これって不用意に足を踏み入れたら、絶対に虫とか付くでしょう。

対象のヴィジュアル次第では、無様な姿を晒《さら》す自信満々なのだけれど。

「この場所って樹王が張ってる結界の一端なんだよね」

「結界、ですか？」

「目印に石碑とか建ててみたんだけど、行くたびに草に埋もれてるの困っちゃう」

やれやれだと言わんばかりの態度で呟いた精霊王様。

その腕が石碑より先に向けて掲げられた。

直後には足元に魔法陣が浮かび上がる。

何をするつもりかと、疑問に首を傾げるブサメン。

その面前で顕著な変化が見られた。

延々とどこまでも茂って思われた樹木や草の連なり。それが精霊王様の腕を掲げた先で、成長の様子を逆再生したかのように、するすると退行していく。木々は背丈を短くし、花は蕾となり、葉は枝に消える。

やがてはどれも地面に生えた小さな芽となってしまった。

その一角だけ、切り取られたかのように草木の密度が下がった。

これが腕の掲げられた先、二、三メートルほどの幅で山林の奥まで続く。

山間部に通っている林道さながら、左右を木々に囲まれて、道を思わせる空間が現れたのだ。碌《ろく》に整地もされていない、自動車の乗り入れも困難な細々とした空間が、山中に向かい通じている。

「これまた幻想的な光景ですね。思わず目を奪われてしまいました」

「やっぱりというか、貴方と一緒にいると退屈しないわぁ」

「ご主人、この先から強い力を感じる。決して注意を怠らないでもらいたい」

「それじゃー、行くよ？」

率先して歩き始めた精霊王様。

その背中を追いかけて、ブサメン、縦ロール、キモロンゲの並びで続く。

こうなると自身は完全に異世界観光モード。

頭上から木々の葉を越えて差し込む日差しのキラキラとした輝きに照らされながら、傍らに深い緑の連なりを眺めつつ、軽快に土を踏みしめて歩く。少しひんやりとした空気が心地よくて、思わず深呼吸とかしてしまう。

こういうお散歩コース、自宅の近所に欲しいと願わずにはいられない感じ。

時折ふわりと吹いた風に、精霊王様のミニスカが捲《めく》れ上がるの堪らない。縦ロールが同行している為、碌に視線を向けることができず、どこまでも清々《すがすが》しい風景に対して、悶々とした思いを溜めつつの散歩日和。

すると、数分ほど進んだところで、向かう先に拓けた場所が見えてきた。石碑の周辺も拓けていたけれど、それとは比べものにならない。やがて、その只中に一歩を踏み入れたところで、我々は目の当たりにした。

拓けた空間の中央に、巨大な樹木がズズンと聳《そび》え立っている。

シルエット的には、モンキーポッドのような雰囲気。しかしながら、自身が知っているそれとは規模感が段違い。幹の太さからして、ちょっとしたビルって感じ。当然ながら我々の頭上は枝に覆われて、高さを測ることは叶わない。

「ニンゲンと精霊……それも王が自ら……どういう風の吹き回し……なのだろうか」

どこからとも無く声が聞こえてきた。

野太い声が近隣一帯に響く。

これきっと、樹王様でしょう。

状況的に考えて、我々の前に立っている大樹がご本人ではなかろうか。

「い、いきなり攻撃されたりとか、しないわよねぇ？」

「ご主人、どうか私の後ろに」

さっそくマゾ魔族がピリピリとし始めた。

ブサメンも万が一に備えて回復魔法をスタンバイ。

他方、精霊王様は大樹に向かって軽い調子で受け答え。

「前に不死王が騒々しくしてたときに相談したこと、植物たちの王様は覚えてるかなぁ？」

「あぁ……覚えている、とも。この界隈にも……不死者たちの、群れが……彷徨《さまよ》うていた」

謎の声が発せられるのに応じて、大樹の枝がざわざわと小さく震えた。


ブサメンの想像通り、声の主は正面の樹木にして樹王様のようだ。

精霊王様との間で会話が始まる。

「当時の騒動を引き合いに出して、こっちのやり方が気に入らないから云々《うんぬん》、元気のいい妖精が一方的に難癖を付けてくれて困ってるの。もしも何かあったとき、君たちは私と仲良くしてくれるかなぁ？」

「ふむ……なるほど、そういうことか……」

前置きもへったくれもなく、単刀直入に本題へ突入。

聞いた感じ、樹王様とはそれなりに交友があるみたい。

けれど、あまりにも不躾《ぶしつけ》なやり取り。

精霊王様ってば、本当に大丈夫なのだろうか。

「不死者を……退けてもらった……恩がある。我々は……精霊たちに……味方しよう」

「本当？　精霊王、とっても嬉しいなぁ！」

などと、心配に思ったのも束の間のこと。

精霊王様ってば、一発で樹王様を攻略。

過去、先代の不死王様はこちらの森林にも攻め入っていたっぽい。その経緯が当人の意思によるものか、メスガキ王様の暗躍によるものか、詳細を確認したい欲求に駆られる。ただ、それはこの地を離れてからにするとしよう。

　それとなく縦ロールを確認すると、彼女も不安そうな眼差しを精霊王様に向けている。

「ところで……その方の、隣にいる……ニンゲンや魔族は……何者だ？」

「こっちにいるのは精霊王のお友達！　樹王も仲良くしてくれると嬉しいなぁ」

「……友達？」

　風が吹いた訳でもないのに、ザザザと大樹の枝葉が擦れ合って音を立てる。

　先方の意識がブサメンや縦ロール、キモロンゲに移ったような感じ。

　樹王様の本体が判明したところで、醤油顔はステータスチェックの時間。

　さて、どんなものでしょう。

名　前：テトロバキア
性　別：なし
種　族：世界樹
レベル：7310
ジョブ：樹王
ＨＰ：619857001／619857001
ＭＰ：2668900019／2668900019
ＳＴＲ：1202930
ＶＩＴ：45000100
ＤＥＸ：2100900
ＡＧＩ：4803340
ＩＮＴ：22000991
ＬＵＣ：1500399

正真正銘、キング属性であらせられる。

　とても丈夫そうな反面、植物なだけあって移動は苦手みたい。っていうか、完全に根を地に張っていらっしゃるけれど、動き回れたりするのだろうか。まさか、ドリアードのようにピョンと飛び出したりはしないでしょう。

「魔族と……精霊が……親しく、しているとは……思わなんだ……」

「お初にお目にかかります、樹王殿。ご指摘の通り私は魔族、名をエヴァンゲロスと申す。精霊王とは、こちらのニンゲンを仲立ちとする形で、訳あって行動を共にしている。向こうしばらくは交友を持つこととなった次第、よしなにして頂けたら幸いです」

キモロンゲ、なにを格好《かっこ》つけてくれちゃっているの。

縦ロールに調教されたくて一緒にいるだけなのに。

心なしか距離の感じられる自己紹介は、魔族としての立ち位置が関係しているのではなかろうか。他方、ここぞとばかりに自らを売り込んでいくのが、彼の主人にして世にも奇妙なロリ巨乳。

「はじめまして、樹王様。わたくしはドリス・オブ・アハーンと申しますわぁ」

スカートの裾を両手で摘《つま》み、優雅にお辞儀をしてみせる。

この流れはブサメンも続いたほうがよさそうだ。

「田中と申します。どうぞ、よろしくお願いいたします」

縦ロールに並んでお辞儀をする。

三人から挨拶があったところで、樹王様の枝葉がザザザと揺れた。

「この者の……知り合いにしては……随分と、礼儀正しい……ように思う」


「えぇえ、本人の前なのに精霊王のこと下げるの止めて欲しいなぁ」

「樹王様、一つ質問をよろしいでしょうか？」

「……なんだ？　ニンゲンよ」

「精霊王様が不死王を退けた、というのはどういったお話でしょうか？」

率先して樹王様に問いかけるブサメン。

先程のやり取りで気になっていた点、この場で確認してしまいたい。

縦ロールやキモロンゲも、きっと気がかりであることだろう。

「言葉の通りだ……。この者たちが過去……不死王の手勢を……この地より、退けた」

「それはつまり、不死王が樹王様の下に攻めてきた、ということでしょうか？」

「攻めてきた……というと……語弊がある。不死王より、発せられる瘴気が……我々の……営みのある地まで……侵蝕していた。これに……対応する為……我々は……精霊たちの力を……借りたのだ」

「なるほど、そのようなことがあったのですね」

こうして伝えられた内容は、素直に信じてもいいのだろうか。

それもこれも過去の出来事であるから、何が正しくて何が間違っているのか、ブサメンには判断が困難である。それでも樹王様の語りっぷりからは、精霊王様に対して、ある程度の信用っぽいものが窺えた。

先方が上手いこと丸め込まれている、という可能性も考えられるけれど。

既に龍王様という前例を目撃しておりますので。

「まさかとは思うけれど、君ってばここでも私のこと疑ってるのかなぁ？」

「龍王様との件がありますので、確認は必要かなと」

「あっ、そうだ！」

ブサメンの物言いに対して、精霊王様の意識が樹王様に向かう。

そして、何かを思い至ったかのように、彼女は先方にまくし立てる。

「先代の不死王なんだけど、代替わりしたこと伝えておくね！　あと、君が気にしていた魔王の不在も、このニンゲンに討たれて代替わり。例によって弱体化したから、当面は何がどうなることもないんじゃないかなぁ？」

都合の悪い話題から逃げるべく、率先して他所へ話を振る精霊王様。

本当にこの人、どこまで信じていいんだろう。

一緒に行動していて、不安しかないの困ってしまう。

「なんと、魔王が……ニンゲンに……討たれた、のか？」

「びっくりだよねぇ？　私も驚いたよぉ」

「……この短い期間で……随分と、世の中が……騒がしくなった……ようだ」

「そうそう、まさにその通り」

精霊王様の視線がこちらに向けられた。

物言いたげな眼差しだ。

たしかにどちらのイベントも、ブサメンは現場に居合わせた。

「精霊たちの王が……自ら……この地に招き入れた……だけのことは……ある訳か……」

何処《どこ》からどう見ても樹木している樹王様には、表情もへったくれもない。それでも、ただでさえ間延びした口調が、殊更に時間を掛けて発せられたとあらば、なにやら悩んでいるだろうことは窺えた。

ややあって、先方は枝葉をザザザと震わせながら言った。

「ニンゲンたちよ……その方らに……これを……与える」

「はい？」

間髪《かんはつ》を容《い》れず、頭上からぽとりと果実のようなものが降ってきた。

自分と縦ロール、それにキモロンゲの手前に一つずつ。

大きさはりんごくらい。

色合いも真っ赤。

ただし、形は若干異なっており、肉厚なパパイヤみたいな感じ。

我々の頭の上に茂っているのは樹王様の樹木。素直に考えたのなら、こちらの果実は先方に実ったもの、ということになる。初めて顔を合わせた客人に対して、お茶代わりのおもてなし、みたいな感じだろうか。

困惑する我々に対して、樹王様からはすぐに補足が入った。

「この地を、訪れた者に……与えるよう……ちょっと前から……決めている」

「頑張ってやって来たご褒美だよねー。樹王の数少ない趣味、みたいな？」

よくぞ参った、褒めてつかわす、これを受け取れい、って感じらしい。

高難易度ダンジョンのクリア報酬、などと考えておけば、きっと当たらずとも遠からず。この場は大人しく受け取っておくべきだろう。ブサメンは素直に頷いて、足元に落ちてきた果実を拾い上げる。

「お気遣い下さりありがとうございます」

「その方が……気にすることは……ない。この地を、訪れた者には……等しく与える……ようにしている。そちらの者の……言葉通り……これは、自身にとって……趣味のような……ものであるからして」

「なるほど、そうなのですね」

鼻先に近づけると、ふわりと甘い香りが漂ってきた。

これがまた美味しそう。

よく冷やしてお風呂上がりにでも頂きたい気分。

とはいえ、食用か否かは確認しておくべきだろう。

「失礼ですが、これは我々人が食べられるものなのでしょうか？」

「毒は……ない。むしろ……身体にいい……健康になる……」

「左様ですか」

微妙に怪しい感じの物言いが気になる。

人外の方々の生理的な感覚が、我々人間とは大きく異なっていることは、これまでもロリゴンを筆頭とした面々との交流で把握済み。精霊王様の知り合いということも手伝い、口に含むことには躊躇する。パッと見た感じ美味しそうではあるけど。

「身体の悪いところが治って、寿命がググッと延びるよね！」

「……そうなのですか？」

それって人間辞めるタイプのアイテムだったりしませんか？

喉元まで出かかった言葉を危ういところで飲み込む。

ドラゴンシティに持ち帰り、エディタ先生や魔道貴族にお伺いを立てるべきだろう。表面に傷は付いていないし、色艶も大変よろしい。手に持った感じ、果肉もそこまで柔らかくはない。冷暗所で保存しておけば、数日くらい余裕で持つと思われる。

などと醤油顔が検討していたところ、縦ロールから声が上がった。

「まさかとは思うのですけれど、この果実、生命の実だったりするのかしらぁ？」

「人の世では……そのように……呼ばれているとも……聞いた覚えが……ある」

「っ……」

彼女の表情が顕著な変化を見せた。

驚愕から目を見開いて、手にした果実を見つめている。

どうやらかなりレアなアイテムらしい。

そうかと思えば、我々の面前、手にした果実に齧《かじ》り付いた。

貴族の娘さんらしからぬ、豪快な喰らいっぷりである。

綺麗に並んだ真っ白な歯が、勢いよく果肉を齧り取る。

シャクッと小気味好い音を立てて、丸みを帯びた果実が縦ロールのお口の形に欠けた。彼女はこれを眺めながら、モグモグと勢いよく咀嚼して、ゴクリ、躊躇なく果肉を飲み込んだ。

相変わらず、思い切りの良い性格をされている。

たっぷりと詰め込んで膨らんだ頬がエロかった。

「ドリスさん、なにもこの場で口にせずとも……」

「貴方ねぇ、まさかとは思うけれど、生命の実を知らないのぉ？」

「すみませんが、ご教示を頂いてもよろしいでしょうか」

「その実を一口でも食したのなら、歳を経ても衰えることのない健康な肉体と、人の身を超えた寿命を得られると、様々な冒険譚や御伽噺《おとぎばなし》で謳われているじゃないのぉ。有名所だと『勇者と神秘の国の物語』で出てくるわねぇ」

「なるほど、そのようなお話があったのですね」

「作中の内容はどれも創作が多いと言われているけれど、生命の実については、大半の作品で描写が一貫しているのよぉ。あと、果実を食べたことを主張して、実際に長生きした人物の記録があるから、現実のものとして考えられているわぁ」

　どうやら異世界においては、かなり有名なアイテムであったみたい。

　語ってみせる縦ロールは満面の笑みだ。

　いいものを食ったと言わんばかり。

　自分はこの果実、どうするべきだろうか。

「わたくしたち人間が人の枠を超えて長寿を得るには、いくつか方法があるわぁ。だけど、大半は敷居が高かったり、代償が大きかったりするじゃなぁい？　妖精の加護は眉唾だし、龍族の儀式は難易度が高い。不死者になるのは完全に外道」

　どこかで聞いたような行いが、説明に入り込んでいやしないか。

　前にロリゴンから誘われた件とか、思いっきり該当しそう。

「だけど、生命の実は果肉を口にするだけで、それが手に入ってしまうのよぉ」

「ドリスさんの言うとおり、多くの人々が憧れるには十分なものですね」

「けれど、まさか樹王様から与えられていたなんて、夢にも思わなかったわぁ」

「たしかに、以前……勇者を名乗る者に……同じものを……与えた……覚えがある」

「この度は大変素晴らしいものを頂きましたこと、心から感謝いたします。樹王様」

　出会い頭の挨拶にも増して、深々と頭を下げてお辞儀をする縦ロール。

　たしかに素晴らしいアイテムを頂戴してしまった。

「本来であれば……独力で、この地を訪れた者に……与えることに……している。しかし……その方らは……精霊王が選んだ……存在となる。ならば、こうして……与えることには……差し支えがないと、考えた」

ところで、ブサメンは少しばかり気がかりなことがある。

自分のような中年野郎が食す分には、これといって問題もないだろう。けれど、縦ロールのような未成年が食した場合、多少なりとも差し支えがあるのではなかろうか。それは常日頃からエディタ先生が気にしておられる事柄について。

「ところで樹王様、こちらの果実について質問をよろしいでしょうか？」

「なんだ？　言って、みると……いい」

「こちらの果実を口にして寿命が延びた場合、その影響に応じて、生物の肉体的な成長、性成熟などが遅れたりはしませんか？　長寿な種族の中には、成長に時間を要する方々も少なくありません」

「うむ……遅れる……ニンゲンが食したら……エルフくらい……成長が……遅れる」

「えっ……」

樹王様からの回答を受けて、縦ロールの表情が強張りを見せた。

大貴族の令嬢である彼女にとって、成人と婚姻は人生でも指折りのイベント。どこかへ嫁ぐにせよ、婿をもらうにせよ、その将来設計は彼女のみならずアハーン家にとっても、非常に重要な出来事であると想像される。

当然ながら、縦ロールはその時を成人した女性として迎える。

だがしかし、何年経っても見た目はロリータ。

二十歳を過ぎてもロリータ、かもしれない。

三十路を過ぎてもロリータ、の可能性もある。

本人も気づいたようで、わなわなと肩を震わせ始めた。

一方、ロリコンは大歓喜。

やったぞ、ロリ巨乳フォーエバー。

ほんの数日、見事に咲いて散るサクラのような、儚《はかな》い代物であると考えていた。それがまさか、期間延長のお知らせ。忠実なる下僕二号として、これほど喜ばしいことはない。自分がもらった分も是非、お召し上がり頂けないだろうか。

「……どうした……ニンゲンよ」

「…………」

縦ロールは驚愕に固まったまま動きが見られない。

既に見込まれている婚約者の好みが、高身長のモデル体型であったりするのか。

だとすれば由々しき事態。

なんたって彼女は、どこからどうみてもロリ巨乳。

ご主人様の反応を目の当たりにしたことで、キモロンゲからも声が上がった。

「ご主人、決して気にすることはない。ご主人の美貌は今この瞬間であっても、世の誰もが羨むものに他ならない。もしよろしければ、私が与えられた分についても、ご主人に食して頂きたいと考えている」

「……な、なんでもありませんわぁ。どうかお気になさらずに」

下僕の提案をスルーして、縦ロールは樹王様に受け答え。

キモロンゲのやつ、まさかとは思うけれど、ブサメンと同じことを考えていやしないか。すかさず自らの取り分を献上せんとする姿勢には、疑問を覚えざるを得ない。


追加で二つ食べたら、寿命までずっとロリ巨乳とか、どうだろう。

醤油顔としては激推しの案件。

「それと……代わりと、言っては……なんだが……頼みたいことが……ある」

そして、生命の実とやらに一喜一憂していたのも束の間のこと。

またしても我々の身辺で、予期せぬ変化が見られた。

「この苗木を……その方らの、住まう地へ……植えて……欲しい」

今度は足元の地面から、ポコリと小さな芽が生えてきた。

急に出てきたものだから、ちょっと驚いた。

飛び上がりそうになった。

ショックを受けている縦ロールに代わり、以降はブサメンが会話を担当。

「樹王様、こちらは？」

「我が眷属……その小さな、芽にして……未来への……希望……」

「植えた土地に影響が出るようなら、できれば遠慮を願いたいのですが」

「ニンゲンにとっては、どちらかというと良い影響があると思うよぉ？」

「そうなのですか？」

「端的に言うと、近隣の土地が豊かになるからねっ！」

これまた非常に魅力的なご褒美である。

どの程度の規模感で、土地が豊かになるのだろう。状況次第では、人類的には成長の実と同じか、それ以上に価値があるような気がする。町長宅の中庭に植えたのなら、ロリゴンの菜園も安泰だろう。

「屋敷の庭に住まっているドリアードと喧嘩したりしませんか？」

「大丈夫だと思うよぉ？　むしろ、喜んでくれるんじゃないかなぁ」

「そういうことであれば、お受けさせて頂きます」

「あぁ……助かる……どうか……日当たりのよいところに……植えて欲しい」

「承知しました」

「しばらくは……毎日……水をやって、くれると……とても嬉しい」

「ご安心下さい。お水も毎日しっかりとあげさせて頂きます」

「おぉぉ……その方の、気遣いに……感謝する」

当面は町長宅の中庭で大切に育てさせて頂こう。ものを浮かせる魔法を利用して、芽吹いたばかりの苗木を周りの土壌ごと確保する。ズボッと引き抜くような感じで、根っこを土が付いたまま浮かせる。

今しがたに与えられた生命の実と合わせて、なんとなく先方の思惑は察した。

樹王様の結界内に侵入できるくらい、ある程度の才覚のある存在。それでいて農耕を行う種族に自らの株を与えて、勢力圏の拡大に努めているのだろう。一方的な善意ではなく、いわゆる持ちつ持たれつな関係を育みたいのだと思われる。

「それと……もう一つ、頼みたい……ことがある」

「えぇー、まだ何かあるのぉ？」

「ここのところ……ゴブリンや、オークの群れが……繰り返し、近隣を……訪れている」

「それがどーしたの？　あんなの何処にだって住んでいるでしょ？」

「……とても飢えている……のだ。このままだと……我々の森が……少し、禿げる」

先方の口調からは、それなりに困っている感じが伝わってきた。表情こそ皆無の樹王様ではあるけれど、多分に情緒の感じられる物言いは、割と訴えるものがある。ポーカーフェイスが常の龍王様とは対象的な在り方だ。

精霊王様もその辺りを察したのか、続く言葉を促すように言う。

「飢えた群れが繰り返しっていうと、どこかで何かあったのかなぁ？」

「分からぬ……だが、ここ数百年ほど……見られなかった……規模だ」

「つまり私たちで、それを追っ払えばいーのかなぁ？」

「うむ……もしも……暇に、しているなら……そうして欲しい」

「暇にしている訳じゃないけど、それくらいなら手伝ってもいいよ？」

オークについては、ブサメンも過去に討伐経験がある。大した手合いではなかったと記憶している。群れがどれだけ大規模であったとしても、決して苦労することはないだろう。精霊王様が一緒なら尚のこと。

ただし、ゴブリンに関しては思うところがないでもない。自身が知っているゴブリンというと、薬草ゴブリンのみ。彼らとの関係を思えば、一方的にどうこうすることには抵抗を覚えた。今あの兄妹は、どこで何をしているのだろう。

「その方らは……この後、虫王の下へ……向かうのであろう？」

「だとしたら、何か問題があるのかなぁ？」

胸の内を見透かされたことで、精霊王様の眉がピクリと動いた。

ただ、樹王様としては別段、含みのある発言ではなかった。

「急いでいるなら……彼の者に……伝えてくれる……だけでも……構わない」

「あぁ、そういうこと？　だったら状況に合わせて判断させてもらうねー」

「うむ……助かる。……どうか、よろしく……頼みたい」

精霊王様は既に、次に訪ねるべき王様を決めていた。

個人的には、虫、という響きに不安を覚える。

王様であるからには、まさか普通の虫ではないだろう。樹王様のように一線を画したサイズ感で登場とか、あるいは獣王様のように二足歩行の昆虫ヘッドとか、先方の在り方には色々と想像が及ぶ。

そして、いずれの場合であっても、不安しか覚えない。できれば遠慮したい。

虫とか大嫌い。

けれど、我々の置かれた状況を思うと、贅沢を言っている場合でもない。

「それじゃー、さっそくだけど出発しようかな！」

「ここのところ……世の中が……騒がしい。気をつけて……行くといい」

そんな感じで樹王様とのやり取りは、終始円満なままま終えられた。

先方の穏やかな言葉に見送られて、我々は同所を出発。

若干一名、顔を曇らせている人物もいるけれど、ブサメンとしては得るものが多い訪問であった。なんなら定期的に樹王様の下を訪れて、関係各所にロリータの実をバラ撒きたい衝動に駆られる。

＊

【ソフィアちゃん視点】

翼人族の町を訪れた翌日、同所で一泊した我々は、浮遊大陸を出発することになりました。個人的にはもうちょっと、町を見て回りたかった気がしないでもありません。機会があれば、是非また訪れてみたいものですね。

移動は妖精王様の魔法でございます。

エルフさんと同様、空間魔法を用いて目的地までひとっ飛びでした。

そうして訪れた先、メイドは周囲の光景に圧倒されております。

「あの、こちらは一体、どういった場所なのでしょうか……」

ひと目見て、普通じゃないと理解できます。

だって、お魚が泳いでいます。

我々の周りでは、お魚が沢山、気持ち良さそうに泳いでおりますよ。

どうやらメイドは、水の中に立っているみたいです。

また、その先には驚いたことに、立派な神殿がございます。

水の中にありながら、大小様々な石材を重ね合わせて築造された建物は、かなりの規模でございます。デザインも荘厳な雰囲気が感じられまして、非常に神秘的な光景ではありませんか。内側には明かりまで灯っております。

我々はこれを海底に立って、少し離れたところから眺めている次第にございます。

「まさかとは思うが、あちらに見えるのは海王の居城、なのだろうか？」

「うん、その通りさ！　エルフは物知りだな」

『っ……』

事前に行き先を知らされていなかった我々です。

着いてからのお楽しみ、との妖精王様のお言葉に促されて向かった先、見事に驚いてしまっております。ドラゴンさんもピンと尻尾を立てて、キョロキョロと周囲の様子を窺い始めました。

メイドが抱いた鳥さんも、周囲を泳いでいるお魚に興味津々です。

「鳥さん、とても神秘的な光景ですね」

『ふぁきゅ、ふぁきゅ』

我々の周りには、目に見えない壁のようなものがございます。

恐らく妖精王様による魔法なのでしょう。

おかげで溺れることなく、こうして呼吸と会話を行えております。

これがまた不思議なものでして、ついつい手を伸ばしたくなります。

すると、メイドが腕を伸ばそうとした直後、妖精王様が大きな声で言いました。

「あっ、水の中に手とか突っ込んじゃ駄目！」

「え？　駄目なんですか？」

「この結界、それなりに外から圧が掛かっているのだよ」

学のないメイドは疑問に首を傾げるばかりです。

エルフさんが即座に補足して下さいました。

「海王が住まう海底神殿は、それなりに深い場所にあると聞いている。結界の外では、海面まで存在している水の重さが、肉体に影響を及ぼす。それがどれほどのものかは、貴様も普段運んでいる茶の湯を思えば、想像できるだろう?」

「な、なるほど」

ポット一杯分のお湯であっても、手にしていればそれなりに疲れます。その何百倍、何千倍という量の海水が全身に載っかってきたら。などと考えると、妖精王様のご指摘は、なんと恐ろしい話でしょう。

きっとペチャンコになってしまいますよ。

『だから、腕がぎゅってしたのか』

「……貴様は既に突っ込んでいたのか」

ドラゴンさん、言ったそばからお手々が濡れてしまっておりますね。

屈強なドラゴンである彼女だからこそ、無事だったと考えるべきでしょう。

「それじゃあ、海王に会いに行くぞぉ!」

声高らかに宣言した妖精王様が、海底神殿に向かい移動を始めました。

メイドは置いていかれないように、大慌てでその背中を追いかけます。

すると、傍らを歩くエルフさんからありがたいお言葉が。

「安心していい。貴様の周りには私も障壁を張っている。妖精王殿の魔法から外に出たところで、いきなり潰れることはない。ただ、呼吸の問題はあるので、早めにどこか広い場所に向かいたいものだ」

『おい、私は濡れたぞ?』

「貴様は自前で何とかできるだろう?」

『ぐるるぅ……』

ドラゴンさん、ちょっと寂しそうな表情が可愛らしいですね。

そうして海底を歩くことしばらく、我々は神殿の正面までやってきました。

同所には上半身が魚、下半身が人、といった非常に特徴的な外見の方が二名、出入り口となる門を守るように立っています。共に槍を手にしており、その切っ先は我々が近づくのに応じて、すぐさまこちらに向けられました。

「お前たち、止まれ!」

「この地に何用だ!」

続けられたのは警戒の声でございます。

彼らの周りに空気の層はありません。それなのに普通にお喋りをされているの、とても不思議でございます。空気の代わりに海水を利用して、喉を震わせていらっしゃるのでしょうか。色々と考えてしまいます。

「海王はいるかい？　妖精王が会いに来たぞ！」

妖精王様のご挨拶は、龍王様の居城を訪れた際と変わりません。

そして、門の前に立っている兵の方々の反応も同様でした。

互いに顔を見合わせた後、うち一人が神殿内に向かい泳いでいきました。槍を手にしていながらも、器用にスイスイと海中を進んでいきます。残る一人は門前に残り、我々の警戒に当たっております。

やがて、すぐに確認が取れたとのことで、神殿内に案内を受けました。

妖精王様、海の中にまで知り合いがいるとは、お顔が広くございます。

神殿の内側は所々に、空気が存在するスペースが見られました。案内をして下さった半魚人の方のご説明によれば、地上での活動を想定した訓練や、我々のような陸上からの客人に向けて用意しているとのことです。

それでも海水に満ちているスペースの方が遥かに多くございます。そこかしこにお魚が泳いでいたりしまして、神殿内には幻想的な光景が広がっておりました。ゆっくりと見て回りたい欲求に駆られます。

メイドの貧相な人生、一生の思い出となる光景の数々ではございませんか。

そうして神殿内を歩くことしばし、我々は広々としたお部屋に案内されました。

出入り口から奥に向けて延びた間取りは、お城の謁見の間であったり、教会の聖堂を思わせる作りとなっております。一番奥まった場所には、多少ばかりの段差が設けられており、その上に玉座がございました。

我々の歩みは段差の正面まで参ります。

やがて、座に着いた人物を眺めて、妖精王様が言いました。

「やあやあ、妖精王が会いに来たぞ。元気にしていたかい？　海王や」

「……事前に連絡もせず唐突にやって来るの、相変わらずですね」

「仕方がないだろう？　ついこの間まで、封印されちゃってたんだから」

「ここのところ姿を見せなかったのは、そのような経緯があったのですか」

　どうやら玉座にかけた人物が、海王様のようでございます。

　ところで、これがちょっと不思議な感じです。

　なんと申しますか、想像していたのとイメージが違いますね。王様というからには、もっとこう、厳《いか》つい風貌というか、恐ろしいお姿を想定しておりました。大きな海竜であるとか、大柄で怖い顔の半魚人だとか、そういうのです。

　しかし、我々を出迎えたのは、お魚でございました。大変失礼なことだとは思いますが、お魚以外の何者でもございません。

　全長を我々人と比較したのなら、物心付く前の子供くらいでございます。メイドの技量でも捌けるサイズ感ですね。胴体が肉厚でふっくらしており、とても食べ甲斐がありそうなお姿をされております。

　なんという種族なのでしょうか。

パッと見た感じ、白身の気配を感じます。

「ところで、そちらの者たちはなんですか？」

「アタシの友達だ！」

「エルフとニンゲン、それにドラゴンですか……」

　お魚様の注目が、妖精王様と並んだ我々を一巡するように移ろいました。

　取り分けドラゴンさんを意識されていたような気がします。

　ちなみにですが、こうして我々がやり取りしている室内は、隅々まで海水によって満たされております。ですから海王様は玉座の上にこそおられますが、座るというよりは、座面の上に直立されています。

　もし仮に水がなかったらどうされるのか、とても気になる光景ですね。

『……な、なんだよ？』

「ドラゴンがわざわざ海の中にまで足を運ぶとは、どういった用件なのですかね？」

『用があるのは私たちじゃないぞ？　そっちの妖精が話があるって言うんだ』

「そうなのですか？」

「君は未だに、ドラゴンを目の敵にしているのかい？」

「何を言っているのですか？　どうして私がそのようなことをするのです」

「まあ、アタシは別にどうだっていいんだけどさ」

　妖精王様と海王様のやり取りですが、割と不躾な感じでございますね。

　一歩間違えたら喧嘩に発展しそうな雰囲気が、メイドとしては眺めていてハラハラしてしまいます。ただ、そうして語る妖精王様は、終始ニコニコと笑みを浮かべていらっしゃるので、きっと大丈夫だと信じたいところです。

「妖精王、貴方はわざわざ喧嘩を売りに、こちらまでやって来たのですか？」

「いやいや、むしろ逆なのだよ。しばらくアタシたちと仲良くして欲しいの」

「……どういうことでしょうか？」

　愚直な物言いに、海王様は眉をひそめました。

　いえ、お魚なので眉はありません。

　しかしながら、目元の辺りがニュッと寄って、それっぽい感じです。

とても表情豊かなお魚様でございます。

　段々と可愛らしく感じて参りました。

　メイドが抱いている鳥さんとは、また方向性の異なる愛らしさを覚えます。

「前にここへ来たとき、精霊王と喧嘩になりそうだって言ったの覚えてる？」

「貴方を封印した相手というのは、精霊王なのですか？」

「そう、その通り。あれから色々とあって、今も喧嘩の真っ最中なんだけど、海王にはあっち側に付かないでおいてくれると嬉しいなぁって思ってきたの。アタシのお願い、どうか聞いてもらえないかな？」

「猪突猛進な貴方が、そのような政治的な立ち回りを気にするとは意外ですね」

「先に始めたのは向こうだから！　アタシはやりたくてやってる訳じゃないし」

「たしかに彼の存在は、他の王たちとの間でも時折、話題に上ることがあります」

　妖精王様と海王様の間では、軽快にお話が進んでいきます。

　居合わせた我々は、これを隣から眺めるばかりです。

「お願いできるかな？」

「喧嘩に協力しろ、と言われたら無理ですが、中立を貫く分には構いません」

「おぉ、君は話が分かるなぁ！」

「どこぞの大陸の件では、貴方にも色々と世話になっていますからね」

　どうやらお二人は以前から交友があるようですね。

しかも、それなりに親しい間柄のようです。出会い頭には不仲を想像させられた軽い感じのやり取りも、互いに対する信頼の表れだと判断して、間違いないのではないでしょうか。メイドはその事実にホッと胸を撫で下ろしました。

「そういえば、あれはもう解決したのかい？」

「まさか？　解決なんて土台無理な話だと思いますよ。私やあの者が存命である限り、海と陸は分断されたままではないでしょうか。まあ、あちらも同じように考えているでしょうし、こちらとしては一向に構わない訳ですが」

「せっかく鳥王が仲裁してくれたのに」

「彼には申し訳ないことをしたと感じています。しかし、悪いのは先方ですから」

「もう少し仲良くした方がいいんじゃないの？」

「それを今の貴方が言いますか？」

　お魚様の語る表情が、苦いものでも口にしてしまったかのように、ニュッと苛立《いらだ》ちに歪《ゆが》みました。なにかしら問題を抱えているみたいではございますが、門外漢の我々にはまるで見当がつきません。

　これには妖精王様も空気を読んだようで、話題を変えるように言いました。

「まあ、用件はそれだけ！　いきなりやってきて悪かったよ」

「ところで私としては、貴方の言うお友達というのが気になるのですが」

　改めて海王様の注目が我々に向けられました。

　メイドは思わず背筋がピンと伸びます。

　そこで妖精王様からは、先の精霊王様の行いと合わせて、不死王様と龍王様の間で起こった騒動について説明がなされました。彼女の言葉に従えば、前者の悪巧みによって喧嘩をする羽目となった後者ご両名とその顛末《てんまつ》です。

我々や龍王様に対しても、同様のお話を立て続けに語ってきた妖精王様ですから、お喋りの内容にもだいぶ慣れが感じられます。そう時間を要することなく、サラリと一通り説明されました。

すると、海王様からは素直な相槌《あいづち》がありました。

「なるほど、陸ではそのようなことが起こっていたのですね」

「そういう訳で、こいつらは精霊王のやつに騙されそうになっていたのだよ。だから、アタシが一緒に連れてきた！　あんなのと一緒にいたら、絶対に大変なことになる。損をするに決まってる」

妖精王様は腰に手を当てて、大きく胸を張りながら仰います。

これに対して、すかさず声を上げたのがエルフさんです。

メイドのすぐ隣から凛々《りり》しい声が響きました。

「正確に言えば、妖精王殿の手引きで龍王殿との対話に臨ませて頂いた」

「そうなのですか？」

「見ての通り、不死王との騒動では当事者となった者も同行している」

ドラゴンさんを視線で指し示して、彼女は言いました。

妖精王様と精霊王様、どちらか一方の派閥に与することがないよう、中立を保つべくの行いであることは、政に疎《うと》いメイドであっても理解できます。海王様の手前、しっかりと訴えておこうという算段なのでございましょう。

このような状況でも果敢に会話へ割って入るエルフさん、とても頼もしいです。

『そ、そうだ！　その通りなんだ！』

すぐさまドラゴンさんも同意を示されました。

なんたってドラゴンシティの安全がかかっております。

メイドとしても何かできることはないかと意識を巡らせておりますが、残念ながら飯屋の娘風情にできることはございません。黙ってお二人の頑張りを眺めるしかないのが、心苦しくございます。

妖精王様はこれといって気にされた様子もなく、言葉を続けられました。

「それなのに結局、龍王のやつはいつもの調子なのさ。当時の余の判断は決して間違っていなかった、とかなんとか偉そうなことを言って、こっちの言葉にはちっとも耳を傾けようともしなかったの」

「困ったものではありますが、ドラゴンという生き物は、そのように出来ているのです。仕方がありません。その行いを正すような真似は、時間の無駄でしかないのです。放っておくのが正しい判断だと思いますよ」

　他方、海王様は龍王様の反応について思うところがあるようです。

　というよりは、ドラゴン全般について、割と辛辣なご意見が上がって参りました。不死王様との騒動に対する発言というよりは、なにやら腹の中に抱えた鬱憤をぶちまけただけのような気もしますよ。

『なぁ、海王はドラゴンに対して、い、嫌なこととかあるのか？』

　一方的なドラゴン評を耳にしたことで、町長さんに反応が見られました。妖精王様の発言はまだしも、海王様のご意見は、彼女も無関係ではありません。相手が一騎当千の強者とあらば、どうしても気になってしまったのでしょう。

　するとお返事は本人からではなく、妖精王様から返ってきました。

「気にしないでやってくれよ。コイツ、昔からずっと龍族に嫉妬しているの」

『……嫉妬？』

「ドラゴンってデカくて厳ついだろう？　どれだけ強くなっても、やっぱり見た目って気になるみたいなのだよ。前にもそれが原因で、西方の海でイキってたシーサーペントが、八つ当たり的に倒されたりしたし」

「客人の前で失礼なことを言わないで下さい。別に嫉妬などしていません」

「ほらほら、そういうところ」

　海王様はどうやら、ドラゴンの威風堂々としたお姿を羨ましく感じているようです。

　たしかに玉座に佇まれたお魚様は、とても控えめな体貌をされてございます。

　ひと目見て王様だと気づく方は、恐らく稀《まれ》なのではないでしょうか。

「あまり失礼なことを口にするなら、貴方との約束もどうなるか分かりませんよ？」

「いやいや、待ってくれよう。ちょっとした冗談じゃないかい」

「姿などいくらでも取り繕う方法はあります。しかし、私は敢えてこの姿をしているのです。この世に生まれ落ちた、自らの種としての姿に、大きな誇りを持っているのです。ぽんぽんと姿を変えるドラゴンと一緒にしないで頂きたい」

『私のこの格好《かっこう》を言っているのなら、小さい方が便利だから変えてるだけだ』

「本当ですか？　そうは言いつつも、人に媚《こび》を売っているのではありませんか？」

『っ……』

ドラゴンさん、相変わらず嘘の吐けない方でございます。言い訳を口にしたのも束の間、表情がピシリと強張ったかと思えば、尻尾がピンと伸びてしまいました。何を語ることもなく、内面を如実に物語っております。

思い起こせば、彼女が人の姿を取るのに至ったのは、タナカさんとの関係が理由でした。他者からすれば、媚を売っていると受け取れなくもない経緯です。黙っていればバレないと思うのですが、素直に反応されてしまいましたね。


「し、失礼だが、海王殿は龍王殿との仲が芳《かんば》しくないのだろうか？」

エルフさんが即座、話題を変えるべく声を上げられました。

額に浮かび上がった脂汗には、彼女の気苦労が窺えます。

せめて拭って差し上げたい気持ちが、メイドの胸にはこみ上げております。

「仲が悪いということはありません。ただ、こちらの妖精王ほど、頻繁に交流している訳ではないのです。あちらは空の民。一方で我々は海の民。普通に暮らしていれば、そこまで接点は多くありませんから」

「それは良かった。龍族としても海王殿と事を構えるような真似は控えたいはず」

チラチラとドラゴンさんを見つめながら、エルフさんが言います。

見つめられた彼女は、渋々といった面持ちで受け答えに応じました。

『本当に強いやつは、どんな格好をしてても強い。私はそれをニンゲンから学んだ』

「……なるほど」

多分、タナカさんを指してのことでしょう。

私は彼より強い方を他に知りません。

ただ、海王様は少しばかり勘違いしたようで、メイドが抱いた鳥さんを見つめておられます。こちらの彼が当代の不死王であることは、先程にも妖精王様から、先代と龍王様の確執を語るのに合わせて説明がありました。

お魚様も可愛らしいですが、こちらの鳥さんも大変愛らしくございます。少なくとも強さとは無縁の愛らしさではないでしょうか。ついでに言えば、その身体を抱いているのは脆弱《ぜいじゃく》な人間のメイドでございますから。

「こうして人やエルフと共に行動している者の発言であれば、多少は信じられるのかもしれませんね。ですが今の発言はやはり、龍族の驕《おご》りを感じざるを得ません。自らの姿を誇るからこその物言いでしょう」

「それだったら今の海王の発言も同じでしょ？　めっちゃ誇ってたじゃん」

「……まあ、いいでしょう。互いに自らを誇り合ってこその異種族です」

『…………』

ドラゴンさん、釈然としない表情をされておりますね。

海王様はどうやら、かなり神経質な方のようです。

そして、プライドも高そうです。

何故、王の名を冠する方々は、どなたも個性的な性格をされているのでしょうか。いえ、強大な力を備えているからこそ、性格が尖ってしまうのかもしれません。

我々人の世でも、お金持ちには変わった方が多いですし。

おかげでエルフさんはハラハラしっぱなしです。

海王様を見つめてアワアワ、ドラゴンさんを見つめてアワアワ。

メイドも肝を冷やしてばかりでございます。

唯一、鳥さんだけがどっしりと構えておりますね。この状況にありながら、うつらうつらと船を漕いでおります。翼人族の町では朝から沢山ご飯を食べていたので、満腹感から睡魔がやってきたのでしょう。

「んじゃまあ、当面はそういう感じでよろしく頼むのだよ」

ふわりと空中で宙返りをして、妖精王様が言いました。

彼女の意識が向けられた先には、部屋の出入り口がございます。閉じられたドアに身体を向けつつ、海王様を振り返ってのお言葉です。一連のお喋りもそうですが、全身から元気が満ち溢れて感じられますね。

「もう行くのですか？　夕餉《ゆうげ》の席を用意しようかと考えていたのですが」

「他の知り合いのところも、今のうちに訪ねておきたいんだよね」

「そうですか……」

海王様と面会する機会を得たのも束の間、どうやらお開きのようです。

心なしかお魚様の表情が、残念そうな感じでございます。

つっけんどんな物言いの割には、妖精王様との交流を大切にしているのかもしれません。

「次に来るときは、手土産の一つでも期待したいところですね」

「おうとも、期待して待っててね！」

そんなこんなで海王様との謁見は終了となりました。

こちらのお魚様との出会いが、今後どのように転ぶのか。現時点ではまるで想像ができません。ただ、こうしてお話をする姿を拝見した限り、そこまで悪い方ではないような気がしております。

今はただ行く先の平穏を祈るばかりにございます。

各界の王（二）
Kings of all worlds (2nd)

　樹王様の下を出発した我々は、次いで虫王様を訪ねることになった。

　精霊王様の話によると、二人の王様はかなり仲がいいらしい。当初から両名をまとめてゲットする算段であったとは、移動の間に本人から説明を受けた。事前に樹王様の協力が得られたのなら、虫王様も間違いないだろう、とのこと。

　意気揚々と語る彼女の言葉に従い、我々は空間魔法でワープ。

　一瞬の暗転を挟んで周囲の光景が一変する。

　巨大な樹木と、その周囲を覆っていた鬱蒼と茂る草木。耳には絶え間なく響いていた、得体の知れない虫や鳥の鳴き声。青々とした香りに鼻が慣れる間もなく、その一切合切が瞬時に失われた。

　代わりに現れたのは、どこまでも続く荒野である。

「樹王様のところと比べると、かなり殺風景な場所に出たわねぇ」

「ご主人、かなり空気が乾燥しています。喉や鼻の粘膜にはご注意を」

　キモロンゲの言うとおり、一帯はとても乾燥している。高温多湿に慣れたアジア人としては、お肌の乾燥が気になるレベル。ひゅうと吹いた風に、ぶわっと砂埃《すなぼこり》が巻き上げられる光景は、眺めていて口元を覆いたくなる。

　植生も相応のもの。大地は地平の彼方《かなた》まで地肌が見えている。所々に申し訳程度、剃り残した無精髭《ぶしょうひげ》のように、背が低くて幹の細い木が生えている。葉を失って丸裸となった、枯れ木寸前のものもちらほらと。

　小山のように隆起した岩石層が点在しており、これが殺風景さに拍車をかけている。

「精霊王様、生き物が生息するには、いささか厳しい環境のように思いますが」

「地上には何もないけど、ここの地下にはちょっとした遺跡が埋まってるの」

「……左様ですか」

地下に生息する虫。

嫌な予感しかしない。

狭い空間で小さいのが大量にゾゾゾと蠢《うごめ》く、そんな光景が脳裏に想像されて、二の腕にブツブツとしたものが浮かび上がった。この場は縦ロールとキモロンゲに対応を任せて、自分は地上で待っているとか、駄目だろうか。

「たしかこの辺りに入り口があったんだけどなぁ」

戸惑う我々の傍ら、精霊王様がひょこひょこと動き回り始めた。

我々は黙って彼女の行いを眺めるばかり。

ややあって、少し離れたところから元気な声が届けられた。

「あった。ちょっと崩れちゃってるけど、ここから中に入れるよー」

精霊王様が我々に向かい、こっちへ来い、と手を振る。

致し方なし、ブサメンは彼女の下に向かった。

縦ロールとキモロンゲも付いてくる。

地表に隆起した岩盤の陰に隠れて、地下に続く階段のようなものを発見。

我々の面前、精霊王様が軽く腕を振るうと、表面に積もっていた土埃が払われて、その奥から扉のようなものが見えてきた。厚みの感じられる石製。表面が著しく風化した階段に対して、扉のみ経過年数が浅いように感じる。

「前にここへ来たとき、階段が埋もれないよう途中に扉を付けておいたんだよね！」

「樹王様のところの石碑もそうですが、精霊王様は意外とマメなところありますよね」

「偉い？　ねぇ、精霊王って偉い？　もっと素直に褒めてくれてもいいんだよぉ？」

隙あらばこちらの腕に抱きついてくるメスガキ王様。

縦ロールの前でそういうことは止《や》めて頂きたし。

でも嬉しいの困っちゃう。

なんてラッキースケベ的な思いに心を躍らせていたのも束の間のこと。実際には先方とのステータス差の都合上、力任せに離れることができないシリアスな状況。圧倒的に劣っているＳＴＲ値が先方からの拘束を強固なものとする。

自らのＩＮＴ一点豪華主義を知られる訳にいかないブサメンは、精々平然と受け答えするばかり。彼女は軽い気持ちで触れているのだろうけれど、これが万力で固定されているみたいに強固なの、本気で焦り始めている。

でも、やっぱり、正直に言って興奮する。

そのまま逆レされたくて仕方がありません。

「ちょっと前はこの辺りにも、人がたぁーくさん住んでたんだけどねー」

「その人たちはどうされたんですか？」

「虫王と鳥王の喧嘩のせいで滅んじゃった！」

「…………」

アハッ！　みたいな表情を浮かべて語る精霊王様。

素敵な笑顔でいらっしゃる。

「地上の町は全部吹き飛んだけど、こうして地下の構造物は残ったの」

「ちょっと前というのは、どれくらい昔の出来事なんでしょうか？」

「うーん？　あんまり詳しく覚えてないけど、千年くらい前？」

めっちゃ適当な感じがする。

ただ、地表にこれっぽっちも構造物が残っていない辺り、千年くらい昔、という言葉には多少なりとも信憑性が感じられた。もしかしたら、王様たちの喧嘩を受けて、当時の時点ですべて吹き飛んでしまったのかもだけど。

「まさかとは思うけれど、ここはポルオチの荒野なのかしらぁ？」

「たしかそんな名前だった気がするなぁー」

「ドリスさん、ご存知なのですか？」

「古都の崩壊に、そんな裏話があっただなんて驚きだわぁ……」

地下に続く階段を眺めて、縦ロールは驚いたように語る。

人類の間でも、それなりに有名な場所らしい。

「知らないのかしらぁ？　千年以上の昔、この地にあった都市ポルオチは、他のどの国の町よりも繁栄していたらしいわよぉ？　けれど、それが急に何の脈絡もなく、ある年代を境にして歴史から消えてしまうのぉ」

「それは不思議な話ですね」

「消滅の理由には諸説あるけれど、どれも真偽の程は定かでないらしいわぁ」

「当時の状況を記した書物などは残っていないのでしょうか？」

「各地に沢山残っているわよぉ？　ただ、その分だけ偽物も多いらしいのよねぇ」

「なるほど」

千年前ともなれば、史実を面白おかしく脚色した作り話も、それなりに含まれることだろう。当時を知らない人間が真実に辿り着くことは、かなり困難に思われる。現代の日本人が平安時代の出来事を語るようなものだから。

「どの書物にも同一の名前が度々出てくるから、当時そこに都市があったことは間違いないと言われているわぁ。痕跡を発見した人も少なくないそうよぉ？　けど、いざ現地を訪れてみると、本当に何もないのねぇ」

「精霊王様の言う地下の構造物に、言及は見られるのでしょうか？」

「何かあるような噂は耳にした覚えがあるけれど、この辺りには古くから凶悪なモンスターが巣食っているから、詳しい調査は行えていないという話よぉ？　近所に王様の住まいがあるというのなら、それも納得できる経緯だけれどぉ」

縦ロールの説明を耳にしたところで、思わず周囲に意識が向かう。

こうして眺めた限り、目が届く範囲に生き物の姿は見られない。

「今でも腕自慢の冒険者なんかが、ポルオチの遺物に一攫千金を夢見て、足を運んでいると聞いたことがあるわぁ。実際にそうした者たちの活躍から、都市の存在には裏付けが取れているそうよぉ」

「たしかに鳥王との喧嘩以来、この辺りは虫たちの縄張りって感じかなぁ」

「鳥王様、負けちゃったんですか？」

「うん、ボロ負けだったらしいよー？　当時の鳥王、代替わりから間もなかったし」

大きめの石をひっくり返したら、その下から虫がうじゃうじゃと、みたいな光景が脳裏に浮かんで、背筋がブルリと震えた。子供の頃は嬉々としてひっくり返していたのに、どうして大人になると、苦手意識が芽生えてしまうのか。

個人的にはロリエルフ王とか、そういう方と仲良くしたい。

どこかに居ないものか、ムチムチ太ももロリエルフ王。

「千年という時間は人間にとって、想像できないくらい長いものだわぁ。でも、都市の形跡がすべて風化するとは思えないから、当時何か大きな出来事があったとは考えられているそうよぉ。王様同士の喧嘩が原因とは想像もしなかったけれどぉ」

前にエディタ先生から伺った、ポポタン半島の下半分が消失した騒動とまったく同じである。あちらについては精霊王様と妖精王様の喧嘩が原因だった。しかも騒動を起こした張本人は、今も平然としておられる。

キングな方々は、やはり危険極まりない。

こんなに危ない存在がそこいらを勝手気ままに闊歩していて、異世界の行く末は大丈夫なのだろうか。喧嘩が長引いたりしたら、都市や半島どころか、大陸の一つくらいは壊滅しても不思議ではない気がするのだけれど。

それなりに大きさのある隕石の衝突と同じくらい、インパクトがありそうな気がする。

「昔の話で盛り上がるのもいいけど、精霊王は早く虫王のところに行きたいなぁー」

「承知しました。モンスターに見つかっても面倒なので、先を急ぎましょう」

精霊王様に急かされるようにして、我々は地下に続く階段に足を向けた。

彼女を筆頭にブサメン、縦ロール、キモロンゲの隊列となる。まるで遠足気分のメスガキ王様に対して、残る三名は神妙な面持ちでの突入。醤油顔は主に虫を警戒。縦ロールとキモロンゲはモンスターに意識を払ってのことだろう。

扉を越えて十数段ほどの段差を下りきると、そこは地上からの光も届かずに真っ暗。

魔法の明かりをいくつか浮かべての進行となった。

ちなみに内部は総石造り。

歴史の教科書で眺めた、ピラミッド内部の写真を彷彿《ほうふつ》とさせる。

通路はそれなりに幅広で、普通自動車が通行できるくらい。

天井も二、三メートルほど。

地下の構造物とは思えないほど広々としている。

雨風にさらされることなく経過している為、千年以上という歳月に対して、風化の形跡はかなり控えめだ。乾燥した土地柄、樹木の根に荒らされるようなこともなく、当時の光景がそのまま残っていた。

「荒野の下にこんな神秘的な空間が広がっているとは思わなかったわぁ」

「モンスターの存在がなければ、観光地として人気が出そうですね」

「ご主人、油断は禁物かと。どこから何が飛び出してくるか分かりません」

閑散とした空間をああだこうだと寸感を交わしつつ歩く。

すると、数十メートルほど進んだ辺りでのこと。

醤油顔は危惧していた存在を視界に捉えた。

「っ……」

誰にも先んじて足を止めたのがブサメン。

魔法の明かりに照らされた廊下の隅、虫が十数匹ほど、一箇所に固まって蠢いている。大きさは我が家の鳥さんと同じくらい。黒光りする甲虫で、足をワキワキとやりながら、何かを貪るように食していらっしゃる。

それが我々の登場を受けて、一斉に反応を見せた。

こちらに向かい姿勢を改める。

そうかと思えば、一様にシュバババと駆け寄ってきたから恐怖。

「交渉に出向いている手前、あまり殺したくはないんだけどなぁ」

全身を硬直させたブサメン。

縦ロールを守るよう前に出たキモロンゲ。

その傍らで精霊王様が、埃でも払うように腕を一閃させた。

間髪を容れず、虫たちは上下にスライスされて後方に吹き飛んでいく。目に見えない刃《やいば》的な何かが飛んでいって、対象を切り裂いたみたい。どの個体も例外なく、べチャリと廊下の壁に当たり、床に落ちて、ピクピクと痙《けい》攣《れん》し始めた。

「アレ、まさかとは思うけれど、ロックバグの仲間かしら？」

「恐らくその亜種ではないかなと」

縦ロールが虫の死骸を眺めて驚いている。

キモロンゲも警戒の姿勢を緩めない。

念のため、ステータスを確認しておこうかな。

名　前：スペペン
性　別：オス
種　族：ブラックロックバグ
レベル：329
ジョブ：自宅警備員
Ｈ　Ｐ：0／51002
Ｍ　Ｐ：120／120
ＳＴＲ：29110
ＶＩＴ：34910
ＤＥＸ：10030
ＡＧＩ：50320
ＩＮＴ：231
ＬＵＣ：1900

おぉ、なんと凶悪な値だろう。

並の人類では対処不可能。

先ほど縦ロールが語っていた、近隣に巣食っている凶悪なモンスターとやら、想像した以上につよつよの予感。

これでは地下の探索など進みよう筈もない。生きて地上に戻るだけでも大変なことだろう。

「どーしたのぉ？　さっきから表情が芳しくない気がするよぉ？」

「暗い場所が苦手でして、どうか気にならさずに頂けたらと」

「あっ、もしかして虫が嫌いなのかなぁ？」

「…………」

ブサメンが返答に悩んでいると、精霊王様に動きが見られた。

何を思ったのか、パタパタと駆け足で通路の隅へ。

そこで何かを拾い上げて、再びこちらに向かい戻ってくる。

「ほらほら、これとかどぉーかな？　かっこいーよね？」

蜘蛛《くも》っぽい虫を手にしていらっしゃる。

成熟したアシダカグモくらいの大きさ。

それをこちらの顔に向けて近づけてきた。

「っ……」

咄嗟、ファイアボールしてしまった。

ボッと小さく炎が吹き上がると同時に、蜘蛛は一瞬にして蒸発。

一緒に精霊王様の指が燃えてしまったのごめんなさい。

意地の悪そうな笑みから一変、彼女は驚愕の面持ちでブサメンを見つめる。

「そ、そんなに怒らないでよぉ……」

「すみません、つい咄嗟に反応してしまいまして」

「精霊王、すっごく悲しくなっちゃうんだからぁ」

「虫が苦手なのは事実です。どうか今後は控えて頂けたらと」

ファイアボールは蜘蛛とメスガキ王様、どちらにも効果は抜群。

以降、虫たちの対応は精霊王様が一手に引き受けてくれた。その気配を察するや否や、腕を振るって排除して下さるの恐れ入ります。おかげさまで道中は安心して足を進めることができた。

ところで、思いのほか遺跡を満喫しているのが縦ロール。

「この剣、ミスリル製よぉ？　しかもかなり上等な作りをしているわぁ」

「ご主人、回収するのであれば、荷物は私が持っておきましょう」


手付かずの遺跡に一番乗り。

結果、お宝ゲットの機会に繰り返し恵まれた。

内部を歩きがてら、そこかしこで金目の物を物色しまくり。

「これってもしかして、ポルオチで流通していた硬貨かしらぁ？」

「同じようなデザインの物を、私も過去に見た覚えがあります」

遺跡内には通路により結ばれて、居住区と思しき空間や、多数の人が集まれそうなホールなど、様々な施設が確認できた。地下空間も都市に住まう人々の生活の場として機能していたようである。

一部では天井が崩壊した跡も確認できた。多分、完全な地下施設という訳ではなく、一部は地上と通じ合っていたのだろう。枯渇した上下水道も見受けられる。しかし、それらも王様同士の喧嘩を受けて、既に埋まって久しく感じられた。

所々では白骨化した遺体にも遭遇。

その首根っこからペンダントを引っこ抜いた縦ロールは、はめ込まれていた宝石の価値をキモロンゲと議論する。下僕のズボンのポケットは既に、彼女が持ち帰りを決めた戦利品でパンパンに膨れている。

なんて逞《たくま》しいロリ巨乳だろう。

「ねぇねぇ、君は宝物探し、しなくていーの？」

「我々の町の財政状況は、割と安定していますので」

「ふぅーん」

まず間違いなく虫とか出てくるから、絶対にやりたくありません。

そんなこんなで地下に下りてから、小一時間ほどが経過しただろうか。

我々の行く先に一際大きな扉が現れた。

この先にボスが待ってますよ、と訴えんばかりのデザインである。

「精霊王様、もしやこの扉の先に虫王様が？」

「たぶん、居るんじゃないかなぁ？」

ブサメンの問いかけに応えつつ、彼女の手が扉を引き開く。

放置されていた年月の割に、蝶番《ちょうつがい》は軽快に動いて室内を顕《あら》わとした。

見たところ教会的な施設である。

まず目に入ったのは、正面奥に設けられた内陣のような空間。フロア内の床からいくつか段が重ねられた上に、主祭壇と思しき設備が設けられている。丸っと石製の為、未だにその形がしっかりと残る。

その正面には我々が入ってきた出入り口まで、広々とした身廊っぽい空間が続く。きっと崩壊以前は、椅子の類いでも並んでいたのではなかろうか。土埃と共に散らばった木片から、なんとなく当時の様子が想像される。

そして、目当ての存在はその只中、主祭壇の正面にいらした。

「虫たちが騒々しくしていたのは、オマエたちが原因だったのか」

とても刺激的な姿をされている。

まず、最初に目に飛び込んできたのは、おっぱい。

それも縦ロールやダークムチムチのそれを超えて思われるボリュームの代物。ブサメンが異世界を訪れて拝見した中でも、指折りの巨乳ではなかろうか。刺激的なサプライズを受けて、心が沸き立つのを感じる。

なんたって服をお召しになっていない。

剥き出しの最強おっぱい。

ともすれば、童貞の視線はスルスルと下方に向かう。

引き締まった腰のくびれを過ぎて、その更に先へ。

するとどうしたことか、そこには求めていた造形が見られず、代わりに蜘蛛の足。とても気になっていた部分が、まさにその箇所から失われて、代わりにグロテスクで昆虫ライクな脚部が生えている。

「やっほぉー！　申し訳ないとは思うけれど、勝手に入ってきちゃった」

「事前に使いをよこしてくれたのなら、妾《わらわ》も虫たちを下げることができた」

「急ぎの用件だったから、そういう訳にもいかなかったんだよねぇ」

なんてこったと、異形の下半身から逃げるよう、ブサメンの意識は上半身へ。

すると首から上に待っていたのは、絶世の美女。

ちょっとキツめのクールな顔立ちに、腰の辺りまで伸びたブロンドの長髪が大変よく映えていらっしゃる。化粧をしている気配もみられないのに、ハリウッド映画に登場する美人女優さながら。

首からはネックレスを下げていたりして、お洒落《しゃれ》にも興味があるっぽい。

「それはオマエが連れているニンゲンや魔族とも関係しているのか？」

「うんうん、まさにその通りだよぉ」

「行方が知られていない魔王について、何か判明したのなら知りたい」

「そっちも色々と分かったけど、それとは別件でお話をしたいなぁー」

美しい容貌を目の当たりにしたことで、視線は再びおっぱいへ。

やはりこちらも素晴らしい造形美。

なにより、圧倒的なボリューム。

だからこそ自然と視線は下方に向かっていき、そこで蜘蛛の足に出会い、悲しみを覚える。一瞬、いいや、これはこれでイケるのではなかろうか、などと真面目に検討して、それでもワキワキと動く艶《なま》めかしい動きに悲しみを覚える。

表面に生えた微細な体毛とか、完全に蜘蛛。

しかも腰から下、人類を逸脱した部分が上半身の三倍くらい大きいの恐ろしい。

そうして眼球スクワットを繰り返すこと三セット。

童貞は敗北を悟った。

目の前に現れた壁は、とても高いものだった。こういうのが良い、という人も世の中にいることは知っている。しかし、いざ本物を目の当たりにしたことで、醤油顔はその可能性を自ら摘み取ることと決めた。

心なしか悔しい気持ちなのは何故だろう。

「どーしたの？　虫王のことジッと見つめちゃったりして」

「いいえ、決してそのようなことはありませんが」

「アラクネが珍しいのかなぁ？」

「たしかに彼女のような方とは、今回初めてお会いしました」

縦ロールも醤油顔と同様、彼女のような種族と顔を合わせるのは初めてみたい。驚いた面持ちを浮かべながらも、興味深そうに先方の姿を窺っている。傍らでは例によって、警戒の姿勢となったキモロンゲが守りに入った。

そうした我々を気にした様子もなく、虫王様は精霊王様に向けて言葉を続ける。

「して、精霊の親玉が自ら出向いてまで、妾に如何様《いかよう》な話があるというのか」

「虫たちを統べる君に、是非ともお願いしたいことがあるんだよねー」

精霊王様からはすぐさま、同所を訪れた理由が説明された。

ドラゴンシティで醤油顔に語ってみせたのと同じ内容だ。

樹王様に主張した内容とも相違ない。

龍王様と不死王様の過去の確執と、これに手を出して痛い目をみた精霊王様。その辺りを自身に都合がいいようにオブラートに包みつつ、妖精王様の反応と合わせてご説明。ブサメンは例によって聞くに徹する。

「そういう訳で、ヤンチャな妖精に声をかけられても、無視してくれると嬉しいなぁ」

「一方的に封印されたとあらば、妖精王の憤《いきどお》りも自然なものかと思う」

「もぉー、そういうこと言わないでよぉ。正しいのは精霊王なんだから！」

「だとしても、妾まで巻き込む理由があるのか？」

「ちなみに樹王は、同じ話をしたら快く承諾してくれたんだけどなぁ？」

ブサメンの傍らをチラリと眺めて、精霊王様が言う。

そちらには樹王様から譲り受けた苗木が浮遊魔法に支えられて、ぷかぷかと浮かんでいる。これに多少なりとも信憑性を覚えたのか、虫王様からはすぐに反応がみられた。

「分かった。そういうことであれば妾としても、頷くことに吝《やぶさ》かではない」

「ありがとぉー！　君ならそう言ってくれると、私は信じてたよぉー」

あぁ、そうだ。

虫王様のステータスを確認しておこう。

名　前：モルタン
性　別：メス
種　族：アラクネ
レベル：6920
ジョブ：虫王
ＨＰ：1420000020／1420000020
ＭＰ：1322298000／1322298000
STR：18001080
VIT：1002659
DEX：1098431
AGI：1000172
INT：1001910
LUC：2004895

ＩＮＴやＶＩＴに特化していた樹王様と比較して、かなりバランスの取れた値をされている。この辺りは種族的な在り方が影響してのことではなかろうか。一般的なアラクネの値も確認してみたいところ。

ただ、フロア内には彼女と我々以外、第三者の姿は見られない。おかげで室内はがなり閑散としている。目を凝らせば部屋の隅の方に、小さな虫の数匹くらいは発見できるかもしれないけれど。

「ところでそっちのニンゲン、なかなか良い格好をしている」

精霊王様との問答が一段落したところで、虫王様の意識が縦ロールに移った。

予期せず声をかけられた彼女は、それでも毅然として受け答え。

「それはもしかして、わたくしのことを言っているのかしらぁ？」

「妾、最近になってお洒落に目覚めた」

すると先方から続けられたのは、完全に明後日の方向からのトーク。

これには彼女も虚を衝《つ》かれたようで、キョトンとした表情となる。

「こういうのは、ニンゲンの文化であったろう？」

「…………」

自らの胸元を強調するよう、グイッと正面に押し出した虫王様。

そこにはネックレスが下げられている。

それとなく他にも目を向けてみると、手の指には指輪がいくつか嵌められていた。手首にはブレスレット。こちらへ至るまでの道中、縦ロールが行っていたのと同じように、地下の遺跡で手に入れたものではなかろうか。

どれも綺麗に磨かれており、魔法の明かりを反射してピカピカと輝いている。

「こうして眺めるオマエの装いは、なかなか魅力的に映る」

「そ、そうかしらぁ？　王たる方から直々にお褒めを頂き、とても恐縮だわぁ」

どうやら虫王様は縦ロールの装いが気になるようだ。

たしかに彼女は常日頃から華やかな格好をしている。

ただ、個人的にはもう少し、スカートの丈が短いと嬉しい。普段、丈長のスカートを穿《は》いてばかりの縦ロール。なかなか拝見する機会がない彼女の太ももに、ブサメンは思いを馳せて止まない。

顔面を両足で股間にホールドされたまま、小一時間くらい過ごしたい。

言葉責め付きだと尚良し。

「ニンゲン、この首飾り、どうだろう？」

首から下げていたネックレスを手に取った虫王様。

我々に向かい数歩近づき、縦ロールに示す。

応じてワキワキと動いた蜘蛛の足。

おっぱいに向かいがちであった童貞の意識は、反射的に腰から下へ。思わず後退《あとずさ》りしそうになったが、これを危ういところで堪える。即座、自らを盾とするべく動いたキモロンゲに対して、縦ロールはこれに片腕を上げると制止の指示。

　彼女は自ら半歩を踏み出すと、先方が掲げたネックレスに意識を集中させた。

「その輝きはゴールド製だと存じます。とても良い品ですわぁ」

「しかし、オマエの装いと比べると、些か華やかさに欠けていると思う」

「ネックレスに限らず、そちらの指輪やブレスレットも素敵だと思いますわ」

「本当に？」

「統一された力強い色合いが、虫王様の荘厳なお姿に良く似合っておいでですわぁ」

「妾もそこが気に入っていた。ニンゲン、なかなか見る目があるようだ」

　縦ロールの品評を耳にして、虫王様の表情に笑みが浮かんだ。

　お気に入りの品々であったらしい。

　そして、こうなると強いのが我らがロリ巨乳。

「もしよろしければ、こちらの品をお贈りさせては頂けないでしょうか」


　首から下げていたネックレスを差し出して、彼女は意気揚々と言う。

　虫王様が着けている貴金属と同じような色合いの品だ。恐らく同じゴールド製ではなかろうか。こちらの遺跡でも装飾品の類いを拾っていたけれど、差し出したものについては彼女の私物。ブサメンも過去に見た覚えがあります。

　素材こそ同一であっても、先方が身につけているものと比べて見栄えがする。理由は精緻なデザイン。たまに忘れそうになるけれど、彼女はプッシー共和国でも有数の公爵令嬢。きっとお高い代物なのではなかろうか。

　虫王様もそこに価値を見出《みいだ》したようで、驚いたように問うてくる。

「本当にいいのか？」

「どうかお近づきの印に、気兼ねなく受け取って頂けたら幸いですわぁ」

「妾、本当にもらってしまうぞ？　後で返せと言われても、返さぬぞ？」

「そのようなことは言いませんわ」

「……ならば、是非とも受け取る」

より一層、虫王様が我々に近づいてきた。

縦ロールからネックレスが渡される。

キモロンゲの警戒も最高潮。

ブサメンはより近くで拝見する弩級おっぱいと蜘蛛の足にメンタルが激しく揺さぶられる。興奮すればいいのか、恐怖すればいいのか、背反する本能のせめぎ合いに、すべてを諦めて興奮したくなる。

これが堕ちる感覚、というやつだろうか。

なんと甘美な。

「それと差し支えなければ、虫王様に服をお贈りさせて頂けないかしらぁ」

「妾に服を？」

「とても魅力的なお身体をされているからこそ、体格にあった服を探すだけでも大変ではありませんこと？　素材の素晴らしさに見合った服を、是非ともわたくしに選ばせて頂きたく考えておりますわぁ」

「あぁ、まさにオマエの言うとおり。妾はとても困っていた」

そのままの位置関係で、縦ロールと虫王様の会話は継続。

醤油顔はいつでも回復魔法を行使できるよう意識しつつ、二人のやり取りを静観する。精霊王様は何も言ってこないし、きっと大丈夫だろう。キモロンゲの表情は酷いことになっているけれど。

「しかし、どうしてそこまでする？」

「虫王様の肉体は我々人間の男にとって、あまりにも魅力的なものなのです」

「世辞は結構。悲鳴を上げて逃げていく姿しか、妾はニンゲンを知らない」

「それは然《しか》るべき人物が目の当たりにしていないからですわぁ」

虫王様へ語ると共に、ブサメンに対して視線を向けた縦ロール。

勘違いしないで欲しい。

まだ堕ちてはいない。

どうしたらいいのか分からない感情を抱えたまま悩んでいる。

人はこうした葛藤の末に、趣味を広げていくのだろうか。

「オマエは、とてもいいニンゲンだ。この姿を恐れるこ

ともしない」

「多様性は美意識をより高みに導いてくれるものだと、常々考えておりますの」

「おぉ、それはなんと、心地の好い言葉だろうか……」

縦ロールのやたらと意識が高い語りっぷりを耳にして、虫王様は満更でもない面持ちを浮かべた。実際、彼女のようなモンスターと遭遇したのなら、大半のニンゲンは剣を構えるか、すぐさま逃げ出すだろう。

だからこそ、説得力を覚えたようである。

「従者として高位の魔族を従えている点も、なかなか見栄えがする」

「ゲロス、良かったわねぇ。虫王様から直々に褒められたわよぉ」

「ご主人、どうか油断をなさらないように」

先程からブサメンは、キモロンゲからチラチラと視線を向けられて止まない。万が一の際にはオマエも手伝えよ、という催促だろう。どうか安心して頂きたい。忠実なる下僕二号は、ご主人様の安全を第一に備えておりますとも。

そうした周囲の心配を他所に二人の間では会話が進む。


「妾、オマエに相談がある」

「なんでしょうか？」

「できることなら、お洒落の指南役を頼みたい。これからも色々と教えて欲しい」

「そういうことでしたら、虫王様が満足のいくまでお付き合いいたしますわぁ」

結果、縦ロールは見事に虫王様とのコネをゲット。

本当にこういうところ逞しい。

ペニー帝国とプッシー共和国は向こうしばらく仲良し小好しが決定路線。ペニー帝国が北の大国と事を構えてしまった手前、彼女も祖国を守る為に必死なのだろう。自前で王様たちとの関係を構築すべく奮闘していらっしゃる。

マゾ魔族の協力があれば、精霊王様の案内がなくとも足を運ぶことは可能だ。

「ねぇねぇ、私からもお話ししていいかなぁー？　まだ待ってたほうがいーい？」

盛り上がりを見せる虫王様と縦ロールを眺めて、精霊王様から茶々が入った。

いちいち言い方がねちっこい。

「お時間を頂戴してしまい申し訳ありません。どうぞ続きをお願いしますわぁ」

縦ロールは即座に身を引いた。

虫王様は名残惜しそうに彼女を眺めつつ、精霊王様に向き直った。縦ロールから受け取ったネックレスを早速、自らの首に回しつつのこと。ただ、そうした態度はメスガキ王様の言葉を耳にして、すぐさま改められることになった。

「樹王から伝言を預かってるんだけど、話してもいーかなぁ？」

「樹王から？　聞こう」

ネックレスに向けられていた意識が精霊王様に移った。

どうやら樹王様の名前が響いたみたい。

「ゴブリンやオークが群れを成して、樹王のところに押し寄せてるみたいなんだよねぇ。なんでも数が多いみたいで、森が荒らされないうちに追い払って欲しいとか言ってたよ！　面倒なら私たちが手伝ってもいいけど、どーする？」

「承知した。そういうことであれば、すぐに妾が出向くとしよう」


「わざわざ？　配下の虫を向ければよくない？」

「オマエの話の裏付けも取りたい」

「もぉー！　そんなことしなくても、精霊王は嘘なんて言ってないのにぃ」

樹王様からの伝言に対して、虫王様の姿勢はとても素直だった。

つい先程にも、前者の承諾を引き合いに出されて、すぐさま態度を翻した後者である。両者の結びつきはかなり強固なものなのだろう。精霊王様が先に前者の下を訪れていた理由にも合点がいった。

彼女よりも樹王様の方が遥かに、虫王様とは仲がいいと思われる。

「それと魔王についてだけど、なんでも封印されていたらしいよぉ？」

「そうか。道理で噂にも聞かなかった訳だ」

「で、封印から解けた途端、このニンゲンに倒されちゃったんだってさ！」

精霊王様の視線がすぐ隣に立った醤油顔に向けられる。

自ずと虫王様からも注目が与えられた。

「……なんだと？」

「凄いよねぇ。魔王もニンゲンに倒されるとは夢にも思わなかったろうねぇ」

「このような穴ぐらに住んでいるからと、妾を馬鹿にしているのか？」

「住まいの具合でいえば、精霊王のお家《うち》だってかなりの穴ぐらなんだけどぉ」

「…………」

唸るように問うた虫王様に対して、精霊王様は平素からの軽い調子で応じる。

すると先方の意識は彼女からキモロンゲに移った。

「そこの魔族、何か言うことはないのか？　オマエたちは同族から生まれ落ちる王の存在を信仰していた。他所の種族からこのようなことを言われて、どうして黙っている。文句の一つも出てこないのか？」

「残念ながら事実なのだ、虫たちの王よ」

「っ……」

キモロンゲの言葉を耳にして、虫王様の表情が引きつる。

改めてこちらに意識を移したかと思えば、まるで居室に害虫でも発見したかのように、半歩ほど身を引いた。

そうそう、この感じ。慣れ親しんだ異性からの反応に、思わず懐かしさのようなものを覚えた。

自身は虫を嫌悪している。

けれど、虫にだって相手を選ぶ権利はあるのだ。

改めて虫以下のポジションに自らのアイデンティティを感じる。

やたらとシックリと来るの、どうしよう。

「という訳で、当代の魔王は当面の間、大人しくしていると思うよぉ」

「その言い方、既に転生体も確認しているのか？」

「そっちは魔族の手から離れて、他所のニンゲンと一緒に暮らしているね！」

「ニンゲンに討たれたというのに、ニンゲンと共に暮らしているのか？」

「きっと魔王も色々とあったんだよぉ」

「そこな魔族よ、オマエは一体何をやっていたのだ」

「…………」

諸悪の根源は語る言葉もなく、顔を伏せて応じた。

それもこれも自らの性癖を優先したキモロンゲが原因である。自身も片棒を担いでいる手前、あまり強くは言えないけれど。遠い未来、魔王として力を付けた当代の魔王様がどういった行動に出るのか、心配でないと言えば嘘になる。

「よく伝えてくれた、精霊たちの王。妾、この借りは近いうちに返したいと思う」

「そんなことよりも最初に伝えたこと、重々頼みたいんだけどなぁ」

「分かっている。樹王から確認が取れたのなら、そちらも言われたようにする」

そんな感じで虫王様とのやり取りは過ぎていった。

立て続けに王様から協力を得たことで、精霊王様はホクホク顔だ。ドラゴンシティで作戦会議をしていたときよりも、幾分か振る舞いに余裕が出てきたような感じがする。ブサメンの気の所為《せい》かもしれないけれど。

＊

【ソフィアちゃん視点】

海底神殿を発った我々は、またも妖精王様の魔法で移動と相成りました。

次いで向かったのは、雄大な渓谷でございます。

まず最初に目に入ったのは、あまりにも大きな岩崖の並びです。ペニー帝国のお城でさえも比較にならないほど、非常に巨大な岩山の連なりと、それによって生まれた深く険しい谷が、地平の彼方まで続いております。

それらを一際高い位置にある巌《いわお》の上から眺めております。

かなり標高の高い地域のようで、すぐ近くには雲が浮かんでおりますね。

植生は控えめとなりまして、丈の短い草が点在するように生えております。背の高い木々はほとんど見受けられません。視界を占める割合は岩肌が八割、といった感じでしょうか。当然ながら我々以外、人の気配は皆無でございます。

そうした岩崖の連なりの間を穏やかに川が流れております。遠方には大きな滝の落ちる様子も見られます。ひと目見て自然の力強さを感じることができる、とても壮大な光景ではないでしょうか。

「鳥さん、とても高いですね……」

『ふぁぁ？』

ちなみにすぐ手前は崖です。過去に目にしたどんな建物よりも高い崖です。落ちたら絶命は免れない高さに、メイドは些か足が震えております。鳥さんを抱きしめる腕にも、自然と力が入ってしまいます。

『どこだ？　ここ』

「もしやバザンガスの渓谷だろうか？」

「たしかニンゲンたちの間では、そんな風に呼ばれてた気がするのだよ」

『オマエ、ここがどこだか知ってるのか？』

「貴様が町を設けたペニー帝国と、その北部に国土を接している北の大国。両国の国境付近には大きな山脈が延びているのだが、その峰の繋がりを東方に向かって進んだ辺り、と言えば想像できるだろうか？」

『ぐ、ぐるるるるっ……』

「まあ、帰りに軽く近隣を飛んでみればいい」

すぐ傍らではドラゴンさんとエルフさん、妖精王様のお三方もまた、同じ光景を眺めてお話をされております。彼女たちは一様に空を飛べますから、崖下との落差を気にした様子もありません。

足元が崩れたらどうしよう、などと考えているのはメイドだけみたいです。

過去、一度も空を飛んでいる姿を拝見したことがない鳥さんまでもが、なんら怯えることなく、身を乗り出すかのようにして風景を眺めている点については、些か解せないものを感じないでもありませんが。

「鳥たちの王はこのような場所に住まっているのか。どうりで話を聞かない訳だ」

「アタシが封じられる前のことだから、今も住んでるかどうかは分からないけど」

「妖精さんと行動を共にしていると学びが多い。貴重な機会に感謝したい」

「これくらい別に気にしなくてもいいのだよ。なんたって友達なんだから！」

「そ、そうか……」

海の中に建てられた神殿も素敵でしたが、こちらも素晴らしい光景でございます。決して楽観視できる状況ではありませんが、立て続けて目の当たりにした新鮮な景色に、メイドは多少なりとも観光気分が湧いて出ることを否定できません。

タナカさんと知り合ってからというもの、自らの知見に広がりを感じます。

『これからどうするんだ？　その辺りに鳥王の巣とかあるのか？』

「すぐ近くにガルーダの集落があるのさ」

「当代の鳥王はガルーダが務めているのだろうか？」

「おうとも、その通り！」

『こんな何もない場所に町を作ったら大変じゃないか。私は知っているぞ？　町っていうのは周りの町と交流がないと、なかなか立派にならないんだ。ニンゲンや亜人みたいな、数が多いヤツらが行き来をして、段々と立派になっていくんだ』

ドラゴンさんから鋭いご意見が上がりました。

ご自身も町長という役柄に収まり、日々頑張っておられるからこその意見でしょう。我々人間に対しても価値を見出して下さっていることには、出会った当初の彼女と比べて、多大なる変化を感じます。

胸を張って得意げな表情で語る姿には、一貫して彼女らしさを覚えておりますが。

「たしかに君たちの町と比較すると、こぢんまりと暮らしているのだよ」

『大切なのは、いろんなヤツが一緒になって暮らせることなんだ。あのニンゲンも、多様性がどうのこうのと、いつも口を酸っぱくして言ってた。喧嘩ばかりしていると、町はぜんぜん大きくならない』

「ただ、ガルーダって身体は頑丈だし、空を飛び回るのが大好きだから、あまり気にしてないと思う。むしろ、妙なのが近づいて来ることもないから、こういう場所の方が快適に過ごせるし！」

『そ、そうなのか？　だけど、それじゃあ町が大きくならないのに……』

「まぁ、なにはともあれ、ガルーダの集落に向けて移動しようではないか」

「それじゃあ、アタシに付いてきてよ！」

ということで、妖精王様の案内に従って移動でございます。

空を飛ぶ魔法でふわりと浮かび上がりまして、渓谷の只中を飛んでいきます。魔法を使えないメイドの面倒は、エルフさんが何を語るでもなく自然とみてくれました。いつも本当にありがとうございます。

崖の上から下方に向かい飛び立った我々は、迷路のように連なった岩山の間を、チョロチョロと流れている川に沿ってしばらく進みます。すると、行く先に周囲を岩壁に囲まれて、少し拓けた場所が見えてきました。

険しい岩稜《がんりょう》に囲まれた山中、そこだけポッカリと穴が空いているようでございます。

そして、同所には川の流れを中心として、家屋の立ち並ぶ光景が見られました。

『ここがガルーダの集落なのか？』

「そうだとも！」

大半のお宅は木造となりまして、丸太をそのまま利用したデザインが目立ちます。自然に溢れる周囲の光景と調和した感じが、とてもお洒落でございますね。材料の木材をどうやって調達したのかは、気になるところでありますが。

空を飛ぶのが大好きとのことで、他所の集落とも空路を利用して、日常的に貿易をされているのかもしれません。

また、周りを囲んでいる岩壁には、所々に横穴が掘られております。出入り口には家屋と同様、木造の扉が設けられております。こちらもお住まいなのでしょうか。もしくは倉庫的な用途も考えられそうです。

川べりには水車が回っております。一つといわず、いくつも立派なものが見受けられますね。その脇には小屋が併設されており、何かしら加工業のようなものが営まれている気配も感じられます。

放牧的で穏やかな風景ではありませんか。

どうやらガルーダの方々は、とても文化的な生活を営まれているみたいです。

「こうして眺めた限りであっても、なかなか豊かな生活を営まれているようだ」

「なんたってガルーダは個体として強力だもの。ニンゲンや亜人とは比べ物にならない。数はあんまり多くないけど、お前たちが住んでいる程度の大きさの町なら、一体でも攻め滅ぼすくらいのこと、訳ないと思うのだよ」

そのように言われると、のどかな集落がとても恐ろしいものに思えてきますね。ただ、それはメイドが抱いている鳥さんも同じことなので、あまり気にしないようにしましょう。でないと脇が湿ってきてしまいます。

『たしかにコイツら、たまにドラゴンにも喧嘩売ってくるからな……』

「貴様も売られたこと、あるのか？　喧嘩」

『ふふん、返り討ちにしてやった』

ドラゴンさん、自慢げな面持ちでの回答ですね。

問うたエルフさんはしょっぱい表情です。

「妖精王殿、この者を連れて行って大丈夫だろうか？」

「大丈夫じゃない？　返り討ちにされたのなら、ガルーダの自業自得じゃん！」

『そうだ、この妖精の言うとおりだ。弱いのに喧嘩を売ってくるのが悪い！』

妖精王様、とてもサッパリとした性格の持ち主です。

おかげでドラゴンさんとの相性はバッチリでございます。

そうこうしている間にも、集落が近づいて参りました。

我々はその手前で大地に降りまして、残る僅かばかりの距離を徒歩で近づいて行きます。すると、集落内にいた方々の内数名が、こちらに向かいやって来ました。バタバタと駆け足でございます。

その出で立ちは、端的に称すると鳥人間です。

背中に二枚一組の立派な翼が見られます。かなりの大きさです。

随所に羽毛が生えております。

それでいて人間と同じように、二本の足で立って歩いています。ただし、その造形は人というよりも鳥でございます。脚部には羽毛に代わり鱗《うろこ》が、末端には鋭い爪が生えております。両腕も同様です。ただ、皆さん手の指は爪を短めに整えておられますね。

そして、首から上は完全に鳥です。

フサフサの羽毛に覆われたお顔には大きな嘴《くちばし》が見られます。前後に伸びた骨格は、目や鼻の位置も人とは根本的に違っております。浮遊大陸で見かけた翼人の方々よりも、より一層鳥っぽい感じがします。

ですが、集落での暮らしっぷりは大差ありません。鳥類よりも断然人に近いように思われます。衣類を着用している方も多く、アクセサリーを身に着けている方も見られますね。身体の大きさは人と同じか、少し大きいくらいでしょうか。

『おい、こっちに走って来てるぞ？』

「鳥王のところまで案内してもらおう！」

「だ、大丈夫なのだろうか？」

などと考えたところで、ふとタナカさんの顔が脳裏に浮かびました。

こうしたメイドの意識は、ガルーダの方々に対してどう映るのでしょうか。鳥類を特徴づける点こそ誉《ほま》れとするべきなのか。それとも人類の在り方に変わらず、その延長線上として接すればいいのか。或いは他に何かあるのか。

文化や生活様式の異なっている相手を尊重することの、なんと難しいことでしょう。

どのような種族、人物であっても平然と接して、尚且つ大凡《おおよそ》のところ仲良くされているタナカさんのことが、すべて口から出任せであったとしても、今更ながらちょっと凄いなと思った次第にございます。

同族の女性からのみ露骨に忌諱《きい》されている事実に、改めて疑問を覚えるくらいには。

いいえ、理由は重々承知しているのですが。

「オマエたち、何者だっ！」

「妖精にエルフ、それにまさか、そっちのはドラゴンか？」

「ニンゲンが抱いている丸っこい鳥は、もしやフェニックスの幼生ではないか？」

集落の片隅、我々の下に集ったガルーダの方々は険しい面持ちです。

ああだこうだと賑やかにし始めました。

誰一人の例外なく警戒の色が見て取れます。ドラゴンさんのお話ではありませんが、多種多様な我々の在り方に困惑しているようにも感じられます。辺境にお住まいとあって、お客さんとは縁遠い生活も手伝ってのことでしょう。

「やあやあ、妖精王が訪ねてきたぞ。鳥王がいたら取り次いでおくれよ」

「な、なんだとっ⁉」

以降のやり取りは、海王様のところと同じでした。

妖精王様が名乗りを上げるや否や、ガルーダの方々に動揺が走ります。直後には数名が確認に走りまして、すぐさま集落内に案内を受けることとなりました。どうやら鳥王様は現在も、こちらにお住まいのようです。

通された先は集落内でも一際大きな家屋でした。

いくつかある部屋の中、奥まった一室に案内されました。

室内には中程に囲炉裏が設けられております。

先方はその一辺にあぐらをかいて座り、我々を待っておられました。

同所まで案内をして下さった方々と比較して、頭一つ分ほど大きな体格のガルーダさんです。胸板も分厚く筋骨隆々とされていますね。背中に生えた翼も立派なもので、ひと目見てこちらの方が集落の代表ではないかと想像させられます。

「たしかに本物がやって来たようだ。随分と久しぶりじゃねぇの」

「アタシのこと、ちゃんと覚えていてくれて嬉しいのだよ！」

「そりゃアンタみたいに騒々しいやつは、簡単には忘れられないぜ」

顔を合わせるや否や、早々にお話を始められた妖精王様。囲炉裏に座した人物が鳥王様なのは間違いないように思います。王様の存在を確認したことで、やはりと申しますか、メイドは自然と背筋が伸びる思いです。

すぐ隣に意識を向けると、エルフさんとドラゴンさんも幾分か緊張した面持ちでございますね。唯一、鳥さんだけが普段と変わらず、のほほんと面前の光景を眺めていらっしゃいます。食後の睡魔も一段落したみたいです。

「まあ、座れよ。立っていられると首が疲れる」

「前に来たときと比べて、君たちの集落には建物の数が増えたような気がする」

「どんだけ時間が経ったと思っているんだよ。アンタたち妖精にしてみれば、そこまで長い時間じゃないのかもしれないが、こっちは生まれて間もない子供が大人になる程度には、月日ってやつを感じているんだぜ？」

鳥王様に促されるがまま、我々は腰を下ろしました。

先方とは囲炉裏を挟んで対面に、ドラゴンさん、妖精王様、エルフさん、メイドの配置です。一列に横並びとなりました。鳥さんは自身の膝の上でございます。暴れるようなこともなく、いつも通りされるがままです。

「ところで、そっちの共連れは何なんだ？　これまた賑やかなこったい」

「こっちはアタシの友達さ。どうか一緒に歓迎してもらいたいな！」

「相変わらずだが、何を考えているのかサッパリ分からねぇヤツだぜ……」

妖精王様から離れた鳥王様の視線が、ドラゴンさんからエルフさん、メイドといった形で順番に移っていきます。やがて、最後に注目が向けられましたところ、自身が抱いております鳥さんで静止しました。

同じ鳥類として、思うところがあるのではないでしょうか。

「用件っていうのは、そっちのニンゲンが抱いてるフェニックスの幼生か？」

「これも事情を伝えるつもりではあったけど、君を訪ねたのは別の理由さ」

「まどろっこしいのは嫌いだ。悪いがさっさと用件を言っちゃくれないか」

「まず最初にこの鳥だけど、当代の不死王なのだよ」

「……なんだって？」

「このニンゲンが言うには、最近になって代替わりしたんだってさ！　実際に龍王とも喧嘩をしたらしくて、何度か顔も合わせてるみたい。あと、その関係で精霊王のやつがまた、裏で色々と悪いことをしてたりして……」

鳥王様へのご説明は、鳥さんの素性をお話しするところから始まりました。こちらに合わせて、龍王様と不死王様の確執を確認の上、両者の喧嘩を背景に、妖精王様ご自身も精霊王様と一悶着あったことを説明されました。

この辺りは海王様のところで話した内容と同じでございます。

当然ながら先方は鳥さんの身柄に疑心暗鬼です。そこでメイドがお願いして、鳥さんにはお屋敷の窓から魔法を一発、軽く撃って頂きました。遠く連なる山々の峰が、少しばかり形を変えたことで、先方は頬を引き攣《つ》らせながら納得です。

「オイラが山奥に引っ込んでいる間に、そんなことになってたのかい……」

「そういう訳だから、鳥王はこれからもアタシと仲良くしてはくれないかい？」

「正直に言うが、精霊王と事を構えるつもりはないんだぜ？」

「アタシたちが喧嘩になったとき、向こうに付かないでくれればいいのだよ」

「まぁ、それくらいなら構わないぜ」

「やったぞ、ありがとう！」

鳥王様からは即座に承諾が得られました。

妖精王様、嬉しそうですね。

「オイラが今の立場になった頃から、アンタには色々と世話になっているからな」

「それなら妖精王と一緒に、精霊王と喧嘩をしてくれてもいいと思うんだ」

「冗談を言わないでくれ。アンタたちと比べたら、オイラなんてまだまだ若輩者だ。とてもじゃないが、あんな化け物を相手に立ち回るなんて不可能だぜ。何をするにしても、この身には経験ってやつが足りない」

「相変わらず謙虚なことなんだよ」

「いいや、そいつは違う。オイラは機が熟すのを待っているんだぜ」

言動はぶっきらぼうに感じられる鳥王様です。しかしながら、内面は割と堅実なものとして感じられます。というより、妖精王様や龍王様、精霊王様といった他の王様方が、あまりにも癖が強いので、相対的に普通の方として映ります。

ただ、どことなく気取った言葉尻が、気にならないでもありませんが。

「しかし、当代の不死王がフェニックスから出るとは思わなかったぜ」

「だよな！　アタシも初めて聞いたときはビックリした！」

「先代はアレだったが、当代からは同族ってことで一つよろしく頼みたい」

『ふぁー？』

鳥さん、鳥王様から話しかけられておりますよ。

先方を眺めて首を傾げるばかりの彼に、メイドとしては不安を覚えざるを得ません。果たして理解しているのか、いないのか。多分、理解しておりませんね。今後の成長に期待でございます。

「まぁ、精霊王に龍王が付いたとくれば、就任早々、前途多難だとは思うがな」

「どうしてそうなるのだい？　今のところ精霊王は一人なのに」

「いやしかし、龍王は精霊王の言うことを素直に聞いてたんだろ？」

「ついさっき会ってきたけど、本人はそういうことは言ってなかった。それにほら、こうして同族のドラゴンだってアタシと一緒にいる。アイツ、自分の町のこと以外は、あんまり興味ないんだと思う」

「だとしたらアンタも、オイラにまで声を掛けたりして用意周到なことだぜ」

「精霊王のやつ、とんでもなく腹黒いからな！　アタシだって色々と支度してる」

「…………」

ふんすと鼻息も荒く妖精王様は語られました。精霊王様について語るときの彼女は、いつも不機嫌そうになります。彼女たちの間に横たわる確執は、並大抵のことではないのだと想像させられます。

まだ精霊王様と喧嘩をすると決まった訳ではないので、我々としてはなんとも言えないお二人のやり取りです。メイドの個人的な思いとしましては、鳥さんには王様同士の喧嘩に巻き込まれて欲しくありません。

他方、そうした彼女の姿を眺めて、鳥王様はなにやら考える素振りです。

顎に手を当てて、しばらく黙られました。

ややあって、ふと何かを決めたかのように、改めて声を上げました。

「なぁ、前言を撤回するような話になるが、ちょっと相談してもいいか？」

「なんだい？」

「今後の進展、条件次第ではオイラも、アンタたちに協力して構わないぜ」

「ほぅほぅ、それは気になるお話じゃないかい」

妖精王様と鳥王様の間では会話が進んでいきます。

門外漢である我々は、これを黙って眺めるばかりです。普段なら強引に会話へ割り込むこともお手の物であるドラゴンさんも、相手が王様たちとあっては神妙な面持ちとなり、口を噤《つぐ》んでおられます。

「アンタやそっちのニンゲンが抱いているフェニックスの幼生、当代の不死王の協力が得られるっていうのなら、こっちもアンタたちについたって構わねぇ。もちろん、この里のやつらに迷惑がかからない形で、っていうのが大前提だが」

「どういうことだい？」

「虫王のやつをぶっ殺したい」

すると聞こえてきたのは、これまた物騒なやり取りではありませんか。

今まさに自身が危惧していたところでございます。

これを耳にしては、即座にエルフさんが声を上げられました。

「横から口を挟んでしまい申し訳ない。些か物々しい話題が出てきたが、虫王との間ではどういった経緯があるのだろうか。差し支えないようであれば、我々にも理解できるように説明を頂きたいのだが」

鳥さんが王様たちの喧嘩に巻き込まれては大変だと、危惧して下さったようです。

ドラゴンさんも床に座ったまま、尻尾をピンと伸ばしておりますね。以前、龍王様がドラゴンシティに攻めてきた際のこと、身を挺してまで戦っていた鳥さん。その姿を目の当たりにして以来、彼女から彼には歩み寄りが見られます。

「アンタたち、ポルオチの荒野は知っているか?」

「うむ、過去には栄華を誇った大都市があったと、我々の間でも有名な話だ」

思い起こせばメイドも、そのような響きに覚えがあります。実家の飲食店でお客さんが話題に上げていた記憶がございますよ。なんでも遥か昔、とても栄えた裕福な都市が、今は延々と続く荒野の只中にあったのだとか。

ある人は作り話だとも言いますが、ある人は本当にあったのだと言います。

そして、現在も荒野の地下深くには、その都市が栄えていた頃の宝物が、遺跡と共に眠っているとかなんとかです。冒険者の方々が酒のつまみとして話題に上げる、よくある噂話でございますね。

しかし、エルフさんの物言いから察するに、どうやら史実のようであります。

「昔、ニンゲンと協力して町を作り上げようとしてたんだ。ニンゲンと鳥族が一緒に住めるような住みよい町を。当時、オイラは鳥王の役柄を継いだばかりで、何をするにせよ、やる気に満ち溢れていたんだよな」

「それが古代都市ポルオチなのだろうか? 千年以上も前の話だと思うのだが」

「ニンゲンだけじゃなくて、ドワーフやシルフ、アンタのようなエルフにも声を掛けたりして、色々とやっていたんだぜ? これが存外のこと上手くいって、町は見るみるうちに大きくなっていった」

エルフさんの疑問を肯定するように、鳥王様は言葉を続けます。

遠くを眺めるような面持ちには、傍目にも哀愁を感じてしまいますよ。

「ただ、町の運営がようやく軌道に乗り始めたところを、虫王のやつに乗っ取られちまった。いいや、乗っ取るならまだいい。滅ぼされちまった。作るのには随分と手間暇をかけたのに、壊れるときはあっという間だったぜ」

『っ……！』

鳥王様のお話を耳にして、ドラゴンさんに変化が見られました。

ピンと伸びていた尻尾がビクリと大きく震えました。

町長として邁進する彼女にとって、決して他人事ではない話題でございます。

「当時のオイラは今よりも尚のこと青かった。もう少し上手いこと立ち回ればよかったんだ。そうして悔やんでいるうちに、いつの間にかこの渓谷に引っ込んでから、結構な時間が経っちまったんだよな」

『オマエ、それじゃあここにいるガルーダは……』

「負けを認めない訳にはいかないぜ。オイラのせいで鳥族もニンゲンも、亜人も、沢山のやつらが死んじまったから。改めて考えれば、勝てずとも町を存続させる方法は、あったんじゃないかと思う。あぁ、オイラにも落ち度があったぜ」

ご自身の判断を正しかったと、数百年にわたって支持し続けている龍王様とは対象的でございますね。妖精王様や精霊王様もご自身の主義主張を強く持たれる方でしたので、鳥王様には王様らしからぬ謙虚さを覚えます。

きっとそれくらいお辛いことだったのでしょう。

それでも次の瞬間、彼は表情をくしゃりと歪めて、怒気も顕わに仰いました。

「だけど、虫王のヤツだけは許せねぇ。いつか絶対に殺す」

ギュッと握られた拳からも、決意の強さが窺える訴えでございます。

おかげでメイドは、その先の言葉をなんとなく察することができました。

「その手伝いをしてくれるっていうなら、オイラもアンタたちに手を貸すぜ」

『…………』

ジッと我々を見つめて、鳥王様は厳かにも言いました。

メイドは大反対でございます。

そんな危ないことに、鳥さんを参加させたくはありません。きっとタナカさんも、同じように仰って下さるのではないでしょうか。それに下手をしたら、王様を倒された虫たちが、怒って町に攻めてくるかもしれません。

「なぁ、どうだろう。オマエたちはコイツのこと手伝ってくれるか？」

そうした自身の思いとは裏腹に、妖精王様からはご提案の声が。

我々には上手い返事もございません。

これにはエルフさんも息を呑んで、お返事に悩んでおられます。

居心地の悪い沈黙がしばらく続きます。

ややあって、ドラゴンさんに反応がありました。

『お、おい……』

居た堪れない気持ちが溢れてしまったのでしょう。

困惑を隠しきれず、ソワソワとされ始めました。

町長というご自身の役柄から、鳥王様のおかれた状況が、他人事とは思えないのではないでしょうか。先日には町が龍王様に攻められもしました。その眼差しは鳥王様や妖精王様、我々の間で行ったり来たりでございます。

これに対して、冷静なのがエルフさんであります。

狼狽《うろた》えるドラゴンさんに対して、先制するように鳥王様に言いました。

「申し訳ないが、当代の不死王はとある者の庇護下にある。我々の一存で虫王との対立を決めることはできないのだ。鳥王殿の思いには我々も思うところあるが、持ち帰って相談させてはもらえないだろうか？」

「とある者？　それはアンタのこととは違うのか？」

エルフさんの発言を受けて、先方の意識がこちらに向かいました。

メイドとその腕に抱かれた鳥さんを見つめておられます。

王様同士の喧嘩に巻き込まれない為にも、この場はしっかりとお伝えしなければ。

「この鳥さんは、わ、私も別の方からお預かりしているに過ぎません」

「誰なんだ？　その別の方とやらは。フェニックスの親鳥か？」

「いえ、こちらの鳥さんが懐いていらっしゃる人物となるのですが……」

「まさかとは思うが、それもニンゲンなのか？」

「は、はい、そうです」

最近のタナカさん、割と人間離れしていますが、たぶん人間です。

ご本人はそのように主張しておりますし。

「ちなみにそのニンゲンっていうの、当代の魔王を倒しているらしい！」

「あぁん？　そりゃどういうことだ。まるで事情が見えてこないぜ」

「言葉通りの意味さ！」

「まさか、オイラのこと馬鹿にしているのか？」

メイドが素直に頷くと、妖精王様から即座に補足がありました。

その言葉を耳にして、鳥王様が唸るように仰いました。

言わんとすることは分からないでもありません。

ただ、怖い顔でそのように訴えられると、メイドは思わず震えてしまいます。

『ふぁ？　ふぁきゅ!?　ふぁっきゅー！』

すると、我々が責められていると感じたのか、鳥さんが声を上げました。私の腕からスポンと飛び出して、短い翼を広げながら威嚇のポーズでございます。お尻を左右にフリフリしながら、果敢にも鳥王様に挑まんとしております。

なんとラブリーなのでしょう。

おかげさまで先方も表情を和らげて下さいました。

メイドは大慌てで彼を抱き上げて、元あった場所にギュッとさせて頂きます。

「ちょいと待って欲しい。アンタの知り合いに危害を加えるつもりはないんだぜ？」

「大丈夫です、鳥さん。大丈夫ですから、どうか落ち着いて頂けたらと……」

『ふぁ？　ふぁきゅ？　ふぁっきゅ？』

「助かったぜ、ニンゲン。この場で魔法を撃たれたりしたらオイラも困っちまう」

「そういうことであれば、私から貴殿らに軽く説明をさせて頂きたい」

直後にはエルフさんから、タナカさんと魔王様の戦いについて、鳥王様に説明が行われました。先々代の魔王様が亡くなられて早々、先代の魔王様が封印されていたこと。そして、現代に蘇《よみがえ》って間もなく、タナカさんによって討たれたことです。

　一部は妖精王様も初めて耳にする内容であったようで、鳥王様と並んで聞き耳を立てておられました。彼女もタナカさんのことは、出会い頭にチラリと目の当たりにした限りです。具体的な活躍もご説明しておりませんでした。

「とても信じられねぇぜ。しかし、その証拠としてこの不死王がいるってことか」

「性悪精霊と一緒にいたニンゲンのこと？　だとしたら、どういった間柄なの？」

「龍王の暴力に対抗する為、精霊王の力を借りている、といった状況にある」

「っていうことは、やっぱりあの精霊が妙なことを企んでるってことだ！」

「いや、それは本人に確認をしないことには、なんとも言えないと思うが……」

「悪いのはあの精霊で間違いない！　アイツがきっとニンゲンを誑《たぶら》かしてる！」

　妖精王様、本当に精霊王様のことがお嫌いなのですね。それでもタナカさんが悪く言われるようなことがなかった点に、メイドはホッと一息でございます。もし万が一にも、妖精王様や鳥王様が先々代の魔王様と仲良くされていた場合、我々の立場は困窮を免れませんから。

「そんなバケモノみたいなニンゲンが、精霊王の味方についてるとなると、オイラたちだけで圧倒するのは無理じゃねぇか？　協力するとは言ったが、無駄死にするような真似は勘弁して欲しいんだぜ」

「だから、色々と知り合いに声をかけて回っているところさ！」

「他にはどんなヤツがいるんだ？」

「ついさっき、海王には声をかけてきた！」

「色の良い返事はもらえたのか？」

「そ、それなりだとは言っておくのだよ！」

「……そうか」

　妖精王様、ちょっと声が浮ついておりますね。

　龍王様からも協力を得られておりませんし、現時点で頂いたお返事は、中立のお約束でした。

　彼女に味方している王様は、メイドが把握している限りでは一人もおりません。一方で精霊王様には、タナカさんが付いておられます。数の上では不利なのですよね。

それにタナカさんには、お強い知り合いが何名かおられます。共に魔王様と戦っていたゴブリンの方々とか、かなり凄いのではないでしょうか。何百年も封印されて、世間と疎遠になっていた妖精王様は、不利な状況にあるのかもしれません。

「よし、わかったぜ。妖精たちの大将よ」

「おぉ？　何が分かったんだい」

「オイラもオマエたちのことが気になってきた。今すぐにどうこうって訳にはいかないだろうし、近いうちに改めて、こっちから相談に行かせてもらうぜ。アンタも精霊王とは、すぐに事を構えるつもりはないんだろう？」

「おうとも、是非とも頼むのだよ！」

「そっちのドラゴンが営んでいる町っていうのも気になるしな」

『私の町に来るのか？　来るんだったら、か、歓迎してやるぞ！』

「そうだな。そのときはよろしく頼みたいぜ」

打倒、精霊王様の仲間集めとしては、なかなか上手く進んでいない妖精王様の外交努力でございます。ただ、少なくとも海王様や鳥王様とは、かなり友好的な関係にあることが確認できました。

この事実が今後、どのように世の中へ影響してくるのか。

海王様との会見でも思いましたが、願わくば万事平穏に終えられて欲しいものです。

＊

荒野の地中深くに埋もれていた、遥か太古に作られたという地下遺跡。

同所で虫王様と別れた我々は、次なる目的地に向けて出発した。

樹王様と虫王様に続けて、また別の王様のところに向かうのだという。こうなると気分的には、営業の外回りって感じ。年末年始、付き合いのあるお取引先へ、菓子折りやカレンダーを持ってお伺いするやつ。

「よぉーし、それじゃぁー次もサクッと協力してもらおーかなぁ！」

「随分と機嫌がよろしいですね、精霊王様」

「君だって私の凄さ、ちょっとくらいは理解したんじゃ

ないかなぁ？」

　二人の王様から立て続けに協力を得たことで、精霊王様もドラゴンシティを出発した際と比較して、いくぶんか気分を持ち直して感じられる。ブサメンとの会話でも、持ち前のネチっこさを遺憾なく披露。

　ちなみに縦ロールやキモロンゲとは別行動となった。

　虫王様との友好関係をより確実なものとするべく、彼女たちはプレゼント用の衣類を調達しに向かっていった。不安がないと言えば嘘になる。けれど、縦ロールの行動力を思えば、醤油顔が何を言ったところで意味がない。

　万が一の際には、下僕一号がその身を挺してでも対処してくれると信じている。

「出会った当初から重々理解していたつもりではありますが」

「本当かなぁ？　そんなこと言って、精霊王のこと軽く見てたんじゃないのぉ？」

「いえいえ、滅相もありません」

　荒野を発った我々が次いで足を向けたのは、鬼たちが住まう島である。

　精霊王様曰く、次は鬼王のところに行くよ！　とのこと。

　なんでもゴブリンやオーガ、トロール、サイクロプスといった、いわゆるゴリマッチョなモンスターたちの王様がいるのだという。響きからして非常に男臭い感じが、童貞的には気分が盛り下がるのを感じる。

　現在は空の高いところに浮いて、これを眼下に眺めている次第。

　島自体はそれなりに規模がある。遠方への出張に際して利用した国内線。その飛行機の窓から眺めた淡路島《あわじしま》よりも、一回りほど大きいくらい。すぐ近くには内海を挟んで、かなり大きめの大陸と接している。

　島内の大半は山林に覆われており、残る僅かばかりの平野に、鬼たちの住処《すみか》と思しき家屋の連なりが窺える。海岸線の一部には、港を思わせる構造物もいくつか確認できた。船っぽいものも浜辺に並んでいる。

　こちらの鬼たちは、多少なりとも文化的な生活を送っているようだ。

　ただ、田畑と思しき区画は見られない。

　恐らくは狩猟と採集により暮らしているのだろう。もしくは略奪。

島の特徴的な位置取りも手伝い、バイキングの根城、みたいな感覚を覚える。

「ところで精霊王様、なにやら島の様子がおかしいような気がしますが」

「うーん、そうだねぇ」

精霊王様と共々、空から地上を眺めて疑問に首を傾げる。

理由は島の一部に見られる色合いの変化。

果実の一部が熟れて腐り始めたかのような、顕著な変化が見られた。

「なんだか所々、腐っちゃってる気がするよぉ」

「やっぱりそう思いますか」

というか、実際に腐っているような感じ。

主に変化が見られるのは、楕円状の島の大陸に面した側。同じ島内であっても、外界に面した側とくらべて、そちらだけ色合いが暗い。様々な色の絵の具を無秩序に混ぜこぜして生まれた、明度の感じられない灰色のような感じ。

あと、距離があるからよく分からないけれど、何かが地表で蠢いているような。

「どうしますか？」

「腐ってるっぽいところが気になるなぁ。ちょっと先に確認してみよーか」

「承知しました」

飛行魔法を操作して、島の大陸側に向かい高度を落としていく。

目指したのは平野に設けられた家屋の並ぶ辺り。

すると、島内の状況が段々と見えてきた。

「これ、本当に腐っちゃってませんか？」

「みたいだねぇ」

島の住民であったろうゴブリンやオーガを筆頭とした鬼たち。事切れた彼らがゾンビやスケルトンとして、同所では多数蠢めいていた。これといって目的もないようで、ただ近隣をノロノロと徘徊している。

十数メートルほど高度を維持していても、濃厚な腐敗臭が漂ってくるの辛い。

なんなら木々まで腐り落ちている。

また、近隣に立ち並んだ家屋は大半が半壊、ないしは全壊している。壁が崩れていたり、屋根が吹き飛んでいたり、燃え尽きて炭になっていたり。集落で何かしら騒動があっただろうことは想像に難くない。

「前に来たときもこんな感じだったんですか？」

「もぉー、そんな訳ないよぉ」

「それにしては被害の度合いが大きいように感じられますが」

「鬼たちの王とは、ここしばらく会ってなかったの。精霊王だって暇じゃないし」

「忙しい精霊王様は、普段は何をされているんですか？」

「えぇー、そんなこと聞いちゃうの？　本当に聞いちゃうつもりなのぉ？」

「…………」

どうしよう、精霊王様がかなりウザぃ。

あと、このまま地上に降りたら、絶対に襲われるでしょう。

その上、鼻の粘膜を刺激する圧倒的な異臭。

これ以上の調査は、できることなら控えたいところ。

「地上の調査ですが、どうされますか？　精霊王様」

「当初の目的はさておいて、こっちはこっちで気になるよねぇ？　できれば鬼王に会って事情を確認したいけど、君は精霊王のことを手伝ってくれるのかなぁ？　それとも捨てちゃう気満々なのかなぁ？」

「そういうことでしたら、是非ともお手伝いさせて頂けたらと」

「あぁん、嬉しいなぁ！　君ならそう言ってくれると信じてたよぉ！」

この場で嫌だと言ったら、後で何されるか分かったものじゃないし。

あと、いちいち腕に抱きついてくるのスーパー嬉しい。ウザいけど嬉しい。大好き。

もしやブサメンの動揺は既にバレており、これを引きずり出すべく意図してのアクションだったりするのだろうか。だとすれば、これ以上ないほどの逆レイプ感が、童貞の心を弥《いや》が上にも盛り上げる。

縦ロールに騎乗頂き、ハイハイした時に勝るとも劣らない高ぶりだ。

自身の腕力では拘束から抜け出せない、という危うい状況が癖になりそう。

「腐ってるところは分かったから、次は腐ってない辺りに行こーかなぁ」

「となると、外洋に面した側になりますかね」

「うん、あっちの方だね」

精霊王様が指先で指し示した界隈に向けて、飛行魔法により身を飛ばす。

島の中程にある山林部、ちょっとした小山をヒョイと越えての移動。

腐敗しているエリアは、こちらの山を境として内海側のみ。まるで線を引いたように綺麗に分かれている。外海側は未だ自然の風景がありのまま残っており、灰色の汚染は見られない。感覚的には綺麗に盛られたカレーライスって感じ。

その只中、ひと際目に付いた平野部に向かった。

界隈には木材で組まれた家屋が建ち並んでいる。どれも簡素な造りをしており、人類の営みと比較すると乱雑な感じがする。けれど、しっかりと屋根があり、壁があり、家としての風体を保っている。

ついでに言えば、大柄な鬼たちの肉体に合わせて建造されている為、平屋であっても我々人が住まう家屋の二階建て並の大きさがある。一部、隅の方に小さめの建物が並んでいるのは、ゴブリンたちの住まいだろうか。

集落の中ほどには川が流れており、これを水源として生活しているようだ。

「こちらはゾンビやスケルトンが見られませんね」

「だけど、肝心の鬼たちも消えちゃってるよぉ」

精霊王様の言うとおり、集落はもぬけの殻だった。

地上に降り立ち、何軒か家屋の内側を覗き込んでみる。

しかし、鬼たちの姿は一向に見られない。

「こっちも放棄されてから、それなりに時間が経ってるみたいだねー」

「ええ、そのようですね」

ゾンビやスケルトンが徘徊していた辺りは、他者の手により崩壊した家屋が多く目についた。対して腐敗の手が及んでいないエリアでは、建物は綺麗に形を残したまま、純粋に時間経過から荒れているように思われる。

家々の周りには雑草が伸び放題。

数ヶ月やそこらでは、ここまでには至らないだろうと思う。

住民が消えてから、最低でも数年は経過しているのではなかろうか。

海に面した場所には、港と思しき施設が設けられていた。陸地から海面に向けて、木製の桟橋を延ばしただけの簡素な作り。ただし、重量のある鬼たちでも安心して利用できるように、かなりゴツい構造をしている。

そして、同所には一隻も舟が見られなかった。

「もしや鬼たちは、この島を放棄してしまったのでしょうか？」

「そーなのかなぁ？」

空から眺めた限り、今しがたに確認した場所やこちら以外にも、島にはいくつか鬼たちの集落を思わせるエリアが見られた。そこで我々は、島内に点在するそれらを見て回ることにした。もしかしたら一体くらい、鬼が残っているかもしれないと。

けれど、残念ながら状況はどこも変わらずだった。

目についた場所を一通り確認したところで、我々は再び空に舞い上がる。

「こうなると鬼王様の所在も怪しいように思えますが、如何しますか？」

「うぅーん、これは悩むねぇ」

空の高いところから鬼たちの島を眺めて、精霊王様と作戦会議。

そこで醤油顔は、これまで気になっていたことを尋ねてみた。

「ところで精霊王様、腐敗している場所についてなのですが」

「なになに？」

「島の中程で線を引いたように、綺麗に止まっていると思いませんか？」

「あっ、君もそう思う？　やっぱりあの辺りに何かあるのかなぁ？」

「確認に向かわれますか？」

「そーだね。とりあえず、見に行ってみよーか」

互いに頷きあったところで、我々は島の中央にある小山に向かい身を飛ばした。

＊

結論から言うと、山の山頂付近には小さな祠《ほこら》があった。

岩肌に横穴を掘って設けられた、とても簡素な作りの祠だ。出入り口にはドアの類いも設けられておらず、傍目には洞窟さながら。ただ、例によってサイズ感が鬼仕様だったので、遠目にも気づくことができた。

内部構造は一本道。

十数メートルほどを進むと、突き当りにぶつかった。

その最奥で見つけたのが、祭壇を思わせる構造物。

石材を組み合わせて作られたそれは、個人宅に見られる仏壇と大差ない規模感。中程には供物を捧げるためと思しき台座が設けられている。飾り気のない簡素なデザインをしており、周りを囲んでいるむき出しの岩肌と絶妙にマッチしている。

ただし、我々が見つけたときには、既に破壊されていた。

正面から殴りつけたかのように、中央が大きく凹んでしまっている。

台座の上も空っぽ。

「鬼たちも信仰している神々があったりするのでしょうか？」

「うーん、精霊王は聞いたことないなぁ」

「私の祖国では土地や先祖を祀るような民族もおりましたが」

「強いて言えば、力こそすべて、みたいな？」

「あぁ、そっち系の方々ですか……」

人差し指を顎に当てて、悩むような素振りをする精霊王様。

狙ってやっているのか、素でその反応なのか。

「っていうか、これって何かを封印してたんじゃないかなぁ？」

「封印、ですか？」

「パッと見た感じ、完全に開封後って雰囲気だけど」

封印といえば、先代の魔王様もエディタ先生によって、幾百年という期間にわたって封じられていた。なにかしら悪事を働いた鬼王様が、どこかの誰かによって同じように、ということは考えられる。

精霊王様も妖精王様のこと封印してたし、王様界隈では日常茶飯事の予感。

倒せないなら封じてしまえの精神。

「鬼王様でしょうか？」

「どーだろうねぇ？　現時点じゃなんとも言えないなぁ」

精霊王様と一緒になって、しばらく祭壇を調査してみた。

しかし、何も手がかりは得られない。

そこで仕方なし、鬼王様との交渉は諦めて戻ることを決めた。

これ以上は時間の無駄との判断である。

そうして祠から外に出た間際のこと、ブサメンはふと気づいた。

岩肌にポッカリと空いた出入り口から少しだけ離れた辺り、地面に足跡が付いているではないか。空から降り立った際には背にしていた方向となり、こうして祠のある側から眺めるまで気づけなかった。

「精霊王様、あちらを見て下さい」

「なにかな？」

「地面に付けられて間もない足跡が見られます」

「あっ、本当だ！」

二人して足跡に向かい駆け寄る。

一人分ではない。

多分、三人分くらいあるぞ。

「しかも我々のものとは大きさが違っております」

「ニンゲンってこういうところ目敏《めざと》いよね」

「ですが、そう大した情報を得ることはできそうにありませんが」

やはり我々以外に何者かが、こちらの祠を訪れていたようである。それもかなり最近の出来事。集落が放棄されてから数年以上が経過していることを思えば、島に住まっていた鬼たち以外、第三者の可能性も十分に考えられる。

「改めて内海側を見て回りますか？」

「そーだねぇ……」

「鬼王様に恩を売るのであれば、ゾンビを軽く払う程度はお手伝いしますが」

「君のそういうマメなところ、精霊王的になかなか悪くないと思うよぉ？」

「ありがとうございます」

などとして、醤油顔がメスガキ王様のポイントを稼いでいた最中のことである。

遠方からズドンと大きな音が聞こえてきた。

まず間違いなく攻撃魔法の炸裂音。

それもかなり大規模な代物ではなかろうか。

「どうやら君が想像したとおり、私たち以外に誰かいるみたいだね」

「もしや我々とは僅かな差で、この祠では入れ違いになったのでは？」

「よぉし、行ってみよー！」

言うが早いか、空に飛び立った精霊王様。

ブサメンもすぐさま飛行魔法を行使。

真後ろに続いたのなら、スカートの中を存分に味わうことができる状況。敬愛するノーパン王様の本丸を拝みたい放題。思わず位置を取りたくなる。しかし、そんな卑しい心中を万が一にも見透かされたのなら、当面は主導権を奪われかねない。

苦心の末、童貞は彼女の隣に並ぶよう位置を取った。

こちらへ至るまでにも各所にて、延々と繰り返してきた自らとの戦いである。

飛行魔法とは、なんと業の深い魔法だろう。

もし仮に現代日本で実現されていたら、女性が一緒の場合はどういったポジションを取るべきだとか、目上の方が同行している場合は高低差に注意しなければとか、色々とルールが策定されただろうな、などと下らないことが脳裏に浮かぶ。

上空に向かって高度を上げると、内海にほど近い平野部、灰色に汚染された辺りから土埃が上がっているのが見えた。どうやら我々以外に誰か、ゾンビやスケルトンを除いて、こちらの島で活動している者たちがいるみたいだ。

「精霊王様、如何されますか？」

「そんなの突撃に決まってるよぉ」

「相手の素性も確認せずによろしいのですか？」

「だって君も精霊王のこと、手伝ってくれるんでしょ？」

「仰る通りでございますね」

自身と精霊王様が協力したのなら、並の相手であれば後れを取ることはあるまい。たとえ龍王様が相手であっても、退けることは可能と思われる。それこそ王様たちが徒党を組んで攻めて来たりしない限りは大丈夫。

そのように考えたところで、いざ現場に向けて飛び立つ。

すると騒動の様子はすぐに見えてきた。

腐敗した鬼たちの集落の只中、何者かが立ち並んでいる。

見たところ、戦況は三対一。

しかも驚いたことに前者の内二名は、自身も見覚えのある方々であった。

誰にも先んじて声を上げたのは精霊王様である。

「あっ、鬼王がいる！」

前者三名の内、唯一ブサメンが知らない人物を見つめてのこと。

先方は頭から角を生やした巨人である。身の丈は三メートル以上ありそうだ。筋骨隆々とした肉体は人類を超越した分厚い筋肉に覆われている。顔立ちは端的に称して鬼。口元からは鋭い牙が覗いている。肌の色は真っ赤。手にはトゲの生えた金棒を握りしめている。これもまた非常に大きくて、我々人間と比べても尚のこと巨大。一体どうやって作り上げたのかと疑問に思うほど。そんなおっかない人物が、臨戦態勢で構えていらっしゃる。

「龍王様やスペンサー伯爵と一緒なのが気になるところですが」

「それは本人に聞いてみるしかないかなぁ？」

飛行魔法を解除して地上に降り立つ。

騒動の場から数メートルの地点。

先方も我々の存在には、早々に気づいたようだ。

特に顕著な反応を見せたのがスペンサー伯爵である。

「なっ、どうしてタナカ伯爵がこのような場所に！」

「恐らくスペンサー伯爵と同じではないかなと」

「相変わらず節操のないことですね」

「それはお互い様ではありませんか？」

彼女は表情を強張らせると共に、憤怒《ふんぬ》の面持ちでブサメンに言う。

龍王様に次ぐ味方として、鬼王様のスカウトに訪れたのだろう。

北の大国においては、ナンシー隊長の活躍により、ライバルのアッカーマン公爵に大きく差をつけられてしまったスペンサー伯爵である。負けた分を取り返す為、龍王様を説き伏せてこの地を訪れたのだろう。

「ここのところ引きこもってばかりの龍王が、どーして鬼王と一緒にいるの？」

「余はこのニンゲンに頼まれて、鬼たちの島を訪れた。すると、島内で封印されている鬼王を発見した。旧知の好《よしみ》、放置するのも忍びないので、こうして解放したところ、同じく島内で封印を行ったと思しき不死者を発見した」

「それってもしかして、島の中央にあった山の祠のこと？」

「うむ、その通りだ」

皆々の意識がスペンサー伯爵たちと相対していた人物に向けられる。

　こちらは一言で言うなら、ミイラ。

　人間のミイラである。

　そんな人物がローブを思わせる衣服を着用の上、自らの足で立っている。

　手には厳つい杖。

「島に溢れたゾンビやスケルトンは、このリッチが原因なのかなー？」

「余は鬼たちの王からそのように聞いた」

　リッチ、とのことである。

　過去にプレイしたゲームなどでは、ゾンビの上位版的なポジションにあるモンスターとして登場していた。それも比較的、ボスキャラやそれに類する強キャラとして拝見する機会が多かった気がする。

　取り急ぎ、鬼王様とリッチの二名について、ステータスを確認だ。

名　前：バードン
性　別：オス
種　族：グレートオーガ
レベル：6815
ジョブ：鬼王
ＨＰ：1090000190／2990000190
ＭＰ：600029800／1100029800
ＳＴＲ：19020000
ＶＩＴ：22006778
ＤＥＸ：150093300
ＡＧＩ：9177700
ＩＮＴ：8001700
ＬＵＣ：1007798

　鬼王様、確認が取れました。

　龍王様に勝るとも劣らないパワーをお持ちですね。

　ただ、個人的には妖精王様の方が、ＳＴＲが高い事実に驚愕を覚えている。

名　前：ギデオン
性　別：オス
種　族：エルダーリッチ

レベル：2601
ジョブ：無職
HP：4280088／9280088
MP：21220300／35220300
STR：489332
VIT：690056
DEX：700900
AGI：120900
INT：2902120
LUC：1000

龍王様には見劣りするけれど、リッチの方もかなりお強い。

エディタ先生やロリゴンなどといい勝負をするのではなかろうか。いや、不死属性は生き物に対して有利だから、一方的に勝敗が決まるかも。そうして考えると、かなり驚異的な存在でございます。

「このリッチ、先代の不死王と一緒に見た覚えがあるなぁー」

「私も貴方にはお会いした覚えがありますよ、精霊王」

喋った。リッチが喋ったぞ。

しかも意外と流暢《りゅうちょう》なお喋りにドキッとした。

だって声がダンディ。

外見は完全に干物なんだけど、喉とか枯れていないのだろうか。

「どーしてこんなところで、鬼王を相手に喧嘩なんてしているのかな？」

「それが我が主人である不死王からの指示であったからです。せっかく百年以上もの時をかけて、どうにか鬼王を封じたというのに、まさか龍王が出張ってくるとは想定外のこと。渾身の封印が解けてしまいました」

リッチの方はやれやれだと言わんばかりの態度で語る。王様たちを相手にしても、なんら動じた様子がないのは素直に凄いと思う。多分、今まさに鬼王様や龍王様から狙われていたのではなかろうか。精霊王様が割って入らなければ、倒されていたのではないかと思うのだけれど。

事実、彼の背後では地面が大きく抉《えぐ》れている。

「不死王が鬼王に喧嘩を売る理由が分からないなぁー。教えて欲しいなぁー」

「この島の近くには、我が主人の寝床があるのです。そこへ鬼たちがやって来て賑やかにし始めたので、これをどうにかせよと、私は主人から仰《おお》せつかりました。そこでこうして鬼王を封印し、島の鬼たちを追い払いと、大変忙しくしておりました」

「あぁ、そういうこと」

「私が鬼王の対処に邁進している間に、主人はどこかへ消えてしまいましたが」

先代の不死王様が鳥さんと代替わりする数日前まで、どこぞの湿地帯の地下で長いこと眠っていた事実は、自身もエディタ先生から説明を受けている。少なくとも百年以上は同所に留《とど》まっていたとか。

多分、そちらへ引っ越しする以前の住まいが、この島からそう離れていない場所にあるのだろう。リッチの方による主張と、我々が遭遇した先代の不死王様の存在に矛盾は見られない。相変わらず時間のスケールが大きな方々だ。

あと、問題解決に鬼王様の封印を真っ向から検討する辺り、この方ちょっとヤバい。

結果として実現してしまった点も含めて。

「それでも律儀に仕事を続けているとか、元ニンゲンって感じがするよねぇ」

「お言葉ですが、むしろ貴方たち王なる存在が、あまりにも適当過ぎるのです。ただ、やり甲斐のある仕事ではありました。鬼王を封印せしめた瞬間には、この身を不死者に貶《おとし》める以前も含めて、会心の達成感を覚えた次第です」

「私を君のご主人様と一緒にしないで欲しいなぁ。アレは際立って適当なんだよ」

「ええまあ、そうした判断は分からないでもありませんが」

「もうちょっと考えてから行動しろって、私も何度伝えたことか分からないよぉ」

「ところで精霊王、先代の不死王、との表現はどういった意味ですか？」

「君のご主人様、代替わりしちゃったんだよねー」

「んなっ……」

あまりにも軽々しい精霊王様の物言い。

リッチの方は甚《いた》く驚いたように身体を震わせた。

会話のテンポがよろしくございますね。

先代の不死王様ってば、終活はおろか仕事を任せていた部下にさえ、事前に連絡を入れていなかったようだ。改めて彼の逝き際を思い起こしては思う。あまりに長く存在したからこそ、この世に対する執着を失っていたのかもしれない。

おかげでリッチの方の肩書が無職であった理由、把握してしまった。

勤め先の会社が夜逃げしたようなものである。

「それは本気で言っているのですか？　精霊王よ」

「このニンゲンが、代替わりの瞬間に立ち会ったらしいよ？」

「……つまり、その者が次代の不死王と？」

妖精王様と言葉を交わしていたのも束の間、先方の意識がこちらに移った。

眼球が抜け落ちて、眼窩《がんか》にぽっかり穴の空いた骸骨状の頭部が、それでもジッと醤油顔を見つめるように向けられる。よくよく見てみれば、目玉の代わりに蝋燭《ろうそく》の炎のようなものが小さく灯っているの怖い。

「いいえ、私は目撃者に過ぎません。当代の不死王は別の方が務めています」

鳥さんの存在は黙っておこうかな。

ただでさえ登場人物が急に増えてごたついている。更に騒動の輪を広げるような真似は控えておきたい。こちらの島を巡る問題が、リッチの方や先代の不死王様を越えて、当代の不死王様にまで及んでは大変なこと。

そうこうしていると、我々のやり取りを黙って聞いていた鬼王様が口を開いた。

「精霊タチノ王ヨ、邪魔ヲシテクレルナ。コノ不死者ハ、オレガ殺ス」

「今の話を聞いた感じ、君たち鬼にも非があるように思うんだけどなぁ」

「ソノヨウナコトハ、関係ナイ。強イ者ガ勝ツ。タダソレダケノコト」

「君も君で相変わらずだよねぇ」

「村ヲ壊サレタ恨ミ、民ヲ殺サレタ恨ミ、マサカ晴ラサデオクベキカ」

「君の理論に従うと、負けた民は弱いから仕方がない、ってことになるんだけど」

「……ウ、ウヌゥ。タシカニ、ソノトオリ。シカシ、ソレハ、シカシ……」

鬼王様は厳つい見た目に違《たが》わず、かなり武闘派な性格であらせられる。同時に融通が利かない性格の持ち主であることが、僅かなやり取りで丸分かり。おかげで即座に、精霊王様に論破されてしまった。

リッチの方に封印された経緯も、その辺りに原因がありそうな気がする。

「余は城に戻りたい。時間がかかるようなら先に戻っていよう」

「龍王様、で、できれば鬼王様にはご同行を願えたらと考えておりまして……」

「ならばその方が説得する他にあるまい」

スペンサー伯爵は相変わらず、祖国と龍王様の間で板挟み。

出会って間もない王様のお持ち帰りに腐心して止まない。

彼女は大慌てで鬼王様に向き直り、祈るように言葉を続けた。

「先程にも交わした約束の通り、どうか我々にご協力を頂けませんか？」

「オマエタチニハ、感謝シテイル。約束ドオリ。協力スル意思ガアル」

「ならばさっさと、その不死者を処分するといい。余は早く帰りたいのだ」

「アァ、言ワレルマデモナイ」

こうして面々を前にしたことで、重ねて思う。

王様たちには癖の強い方々が多い。

彼らの上に一人くらい、万物の王的な立場で圧倒的なパワーから、すべてを取りまとめてくれる優秀な人物とか、いないものだろうか。エディタ先生みたいに穏やかで、ロリロリで、太ももがムチムチな方に、是非ともご就任を頂きたい。

こういう人たちが無秩序に存在している、というだけで無駄にハラハラしてしまう。

「精霊王様、既に先方は与する相手を決められているように思いますが」

「たしかにこの状況は、ちょっと分が悪いかなぁ」

謹んで精霊王様にご意見を伺う。

鬼王様は彼女とも面識があるような口ぶりで会話をしていた。けれど、現時点で龍王様やスペンサー伯爵に対する感謝の意識は、それ以上のものと思われる。こうなると彼の勧誘は困難を極めるのではなかろうか。

そうした我々のやり取りの傍ら、鬼王様とリッチの方の間ではバトルが勃発。

「主人が失われたとあらば、この地に固執する理由はありません。随分と長い付き合いになりましたが、私もそろそろお暇《いとま》させて頂くとしましょう。精霊王とその共連れには、代替わりを伝えてくれたこと感謝します」

「逃ガスモノカ！」

地を蹴って飛び出した鬼王様は、目にも留まらぬ勢いで相手に急接近。

大きく振り上げられた金棒は、リッチの方を捉えていた。

ほっそりとした干物状の肉体は、これを腹部に受けてズドンという音と共に破裂。着用していたローブもろとも散り散りとなって後方に吹き飛んだ。まるで爆発物でも仕込んだかのような威力は、眺めていて背筋が寒くなる思い。

細切れとなったリッチの方の肉体がボトボトと地面に落ちる。

するとどうしたことか、その内いくつかの下に魔法陣が浮かび上がった。ブサメンも見覚えのあるデザインは、空間魔法のそれではなかろうか。そろそろ自身も習得するべきかと、最近になって悩み始めている。

「死ネッ！」

咄嗟に動いた鬼王様が、近くにあった頭部に向けて足を振り下ろす。

しかしながら、リッチの方の肉体が消失した。頭部のみならず、現場からはリッチの方の肉体が消失した。

その下に魔法陣が浮かんでいたいくつかの体組織が、一瞬にして消えたのである。

流石は不死属性の方。バラバラ殺人さながらの状況にありながら、逃げ果《おお》せてしまった。完全に無事とは言えないけれど、恐らく存命だろう。先方に感じていた余裕は、逃走の手筈を整えていたからこその代物と思われる。

彼は先代の不死王様に関する貴重な情報源。自身も尋ねたいことがあったので、その事実は嬉しい。けれど、これを素直に口にしては鬼王様の機嫌を損ねかねないので、今は黙っておくことにしよう。

「クソ、逃ガシタカ……」

鬼王様が悔しそうに言った。

その足が改めて地面を踏みつけると、ズズンと大地が震えた。

まるで地震でも起こったかのような衝撃である。

「リッチは消えた。追いかけることも不可能であろう」

「そのようですね」

龍王様の呟きにスペンサー伯爵が頷いて応じる。

ところで、ブサメンは気づいた。

樹王様が言っていたゴブリンやオークの大移動、原因はコレじゃなかろうか。こちらの島を追い出された鬼たちの一部が新天地を求めて、樹王様が住まっている森の近くにまで流れてきたに違いない。

素直に報告したら、彼らの間でもまたひと悶着ありそうな気がする。

「鬼王様、一つこの場で忠告がございます」

「ナンダ？」

憤る鬼王様を眺めて、スペンサー伯爵が声を上げた。

その眼差しはブサメンを睨むように見つめている。

「そちらの人間は先代の不死王と面識があり、当代の不死王とも懇意にしています。もしも不死王の存在を憎むのであれば、あまり近づくことは勧められません。ついでに言えば我々も、不死王のことはあまりよく思っておりませんので」

「ナルホド、不死王ニ与シテイル、トイウコトカ……」

スペンサー伯爵ってば、そういうこと言うのズルい。

当代の不死王と我々の関係は既に周知の事実。

咄嗟には上手い言い訳も浮かばない。

鬼王様の意識が醤油顔に向かったことを確認して、彼女は続けざまに言う。

「タナカ伯爵、私は貴方のことを決して許しません」

「左様でございますか」

「いつか必ずや、その余裕を打ち砕いてみせます」

口調こそ平然を取り繕っているスペンサー伯爵。けれど、その胸中では憤怒が渦を巻いて感じられる。

醤油顔はここぞとばかりに姉妹丼を催促。

「そうは仰っても、こちらのスタンスは一向に変わりません。我々はいつでも貴方たち姉妹を迎え入れる用意があります。アッカーマン公爵に敗れて行き場を失うようなことがありましたら、どうか我々の町にいらして下さい」

「っ……りゅ、龍王様、城へ戻りましょう！」

「うむ、余は最初からそのつもりだ」

スペンサー伯爵が言うのに応じて、彼らの足元に魔法陣がブォンと出現。直後には伯爵のみならず鬼王様も含めて、その姿が我々の前から消えた。後に残ったのはブサメンと精霊王様のみである。

龍王様、どんだけお家に帰りたかったの。

もしやトイレとか我慢していたのだろうか。

先方の気配が完全に消えたところで、精霊王様がボヤくように言う。

「あーあぁ、君のせいで鬼王との関係が拗れちゃったよぉ」

「事前に不死王を囲っていた時点で、どうにもならなかったと思いますが」

「これは責任を取ってもらわないとなぁー」

「責任とは言っても、具体的にどういったことを考えているのですか？」

「鬼王が攻めてきたら、アレの対処は君に頑張ってもらわないとだよねぇ？」

「そのような状況に陥らないよう努めるのが、何よりの責任かなと思いますが」

「君のそういうところ、悔しいけど精霊王は嫌いになれないんだよなぁー」

その台詞《せりふ》、本当だろうか。

童貞のことからかっているんじゃありませんか？

ところで、もし仮に先代の不死王様が存命だった場合、我々が関知するまでもなく、両名の間では喧嘩が始まっていたことだろう。そうして考えると恐ろしい。舞台となった地域は、まず間違いなく無事では済まないでしょう。

地図から消えたポポタン半島の下半分と、同じ運命を辿るような気がしてならない。

こちらの世界はもしかしたら、かなり危ういバランスの上に成り立っているのかも。元の世界では権益というしがらみで固められていた暴力装置。それが異世界では人の形を取り、自由気ままに歩き回っている。

その危うさったらない。

王様たちの諍いを眺めていて、ふとそんなことを思った。

終末（一）

Armageddon (1st)

精霊王様とブサメンは、鬼王様との交渉に失敗。スペンサー伯爵と彼女に味方する二人の王様を見送ったところで、真っ直ぐにドラゴンシティまで戻ってきた。空間魔法により移動した先は、町長宅にある執務室となる。

同所でソファーに掛けて、彼女とは今後についてを話し合っている次第。

「各界の王様巡りはこれで終わりですか？　一両日中に片付いてしまいましたが」

「他のところは事前に根回しが必要だから、行くとしてもしばらく先だね！」

「左様ですか」

その辺りの匙加減は、精霊王様の感覚を信じる他にない。

門外漢のブサメンにはさっぱり分からないので。

ただ、そうなると暇になってしまうのが自身の身の上。

ペニー帝国は北の大国との戦争で忙しくしているけれど、戦場から出禁を喰らっている平たい黄色族は、これに大手を振って参加することができない。裏方から支援するにしても、立場や顔を隠す必要がある。

つまり行えることの幅が限られており、現時点では仕事もほとんど抱えていない。

妖精王様に連れ去られてしまったエディタ先生たちも、割と元気にやっているようなので、そこまでの心配は不要。可能ならお手伝いしたいけれど、精霊王様と行動を共にしていた自身が、いきなり合流するのは無理な気がする。

「精霊王様、差し支えなければ今後の予定を伺いたいのですが」

「そこいらの精霊に頼んで、知り合いの居場所を探してるところだよぉ？」

「なるほど」

「だから、しばらくは君と一緒に過ごしたいなぁ！」

これでもかという程に媚を売ってくる精霊王様。

今もお互いの位置取りは、一つのソファーに横並びで腰を落ち着けている。それもすぐ隣に座して、互いの太ももが接するほどの距離感。こちらのメスガキ王様、童貞の攻略方法を完全に理解されている。

ホールドされた片腕、どれだけ力を込めてもピクリとも動かないのやっぱり興奮する。

「私はこれから、首都カリスの王城に向かおうと思うのですが」

「だったら私も一緒に行こーかな」

「承知しました」

「なんたって私と君は一蓮托生だからね！」

「…………」

多分、鬼王様を取り逃がしたことで、ちょっとだけ弱気になっているっぽい。

よりによって北の大国、スペンサー伯爵にゲットされてしまったし。

我々の置かれた状況はかなりシビアだ。

もしも妖精王様と龍王様が協力の姿勢を見せた場合、こちらが対応しなければならない相手戦力は、これに鬼王様を追加した三名の王様。対する我々は、精霊王様とブサメン、それに鳥さんの二人プラス一羽という態勢。

あとは精霊王様が勧誘した樹王様と虫王様がどこまで協力してくれるか。

いいや、エディタ先生から頂いた手紙を思い起こせば、相手方も我々と同じように、他所の王様から協力を引き出しているかも。そうして考えると、より多くの王様を相手取る必要が出てくる。

精霊王様の王様界隈における信頼が、勝敗を決めそうな状況だ。

まるで勝てる気がしない。

「君、龍王と仲良くしているニンゲンとは仲が悪いんだよね？　そーでしょ？」

「ええ、その通りです。よくご存知ですね」

「鬼王まで仲間になっちゃったよ？　いくら君でも一人だと大変じゃなーい？」

「たしかに精霊王様が危惧されている通りではないかなと」

「あぁ、こうなったらもう君は、精霊王のことを頼るしかないなぁ。そーだよね？」

「…………」

ニヤニヤと厭《いや》らしい笑みを浮かべて、無防備にも顔を近づけてくる精霊王様。

自身の意思に関係なく、彼女との間にあった溝が確実に埋められていく。

「だからもう君たちは、妖精王とは仲良くできないと思うんだよなぁー」

「さて、それはどうでしょうか」

「あぁん、いいのかなぁ？　そんなこと言っちゃって、本当にいいのかなぁ？」

「ところで精霊王様、私は王城に向けて出発したいのですが」

「仕方がないなぁ。素直になれない君のために、私が連れて行ってあげる！」

ピョンと飛び上がるようにソファーから降り立った精霊王様。

その足元に魔法陣が浮かび上がる。

断ることも憚られて、醤油顔は彼女に促されるがまま、町長宅を出発した。

＊

空間魔法により移動した先は、首都カリスの王城。

その中でも最奥に位置する陛下の私室だった。

なんと王族のプライベートスペースにいきなりの転移。てっきりお城の近くにでも出るものとばかり考えていたので、これには自身も驚いた。ここ最近で見慣れた光景に、思わずギョッとしてしまう。

ただ、一番に驚いていたのは部屋の持ち主。

我々が訪れた直後、陛下は下着姿であらせられた。

なんとお着替えシーンに突撃。

ズボンを両手に片足を上げているシーン。

陛下、腹巻きとか召されるタイプの王族なのですね。

これほど嬉しくない生着替えはない。たゆんたゆんの腹部にブサメンは同族意識を覚えた。こちらの世界は労働環境や食糧事情から、町を歩いていると細マッチョが標準みたいな雰囲気があるから。

出会い頭、やっほー、遊びにきたよぉー、とは精霊王様の言。

陛下は無言。

それでもまだ、着替え中でよかったのかもしれない。万が一にもお妾《めかけ》さんとお楽しみの最中に突撃してしまったら、などと考えたところで、それはそれで気になってしまうのが童貞の悲しい性《さが》である。

以降、陛下から指示が為されて、すぐさま宰相殿とリチャードさんがやって来た。

「精霊王殿、陛下の私室にいきなり入ってくるのは、控えて頂きたいのですが」

「宰相、よいのだ。人と精霊ではモノの考え方にも隔たりがあるのであろう」

「そうは言いましても、陛下の身に万が一がありましたら一大事です」

「この者たちが相手では、万が一どころか狙われた時点で既に大事に他ならぬ」

「それはそうですが、しかし……」

苦言を呈する宰相殿と、これに器の大きなところを見せた我らが陛下。まさかとは思うが、精霊王様のことを狙っているのだろうか。だとしたらブサメン的には由々しき事態。嫉妬の炎を灯さざるを得ない。


ということで、宮中の三人組とブサメン、それに精霊王様の五名でお打ち合わせ。

まずは我々からスペンサー伯爵の動向を報告させて頂いた。

すると、陛下の顔色はみるみるうちに青ざめていった。

「そ、そうか。北の大国は龍王に次いで、鬼王なる存在を仲間に引き入れたと」

「我々の見立てでは、龍王に勝るとも劣らない戦力であることと存じます」

「なんと、それはまた大変なことになった……」

宰相殿とリチャードさんの面持ちも芳しくない。

後者からはすぐに声が上がった。

「タナカさん、現時点でこちらとの戦力差は見えているのでしょうか?」

「我々も精霊王様の知人を当たりまして、既に樹王様と虫王様から友好関係を取り付けております。こちらを加味した場合、純粋に数の上で考えたのであれば、先方が三、対してこちらが四となります」

「おぉ、それならば問題ないのではないか?」

「しかしながら、今挙げた二名の王については、別件から協力を取り付けた次第となります。いざ実際に事が起こった際に、どこまで助力を得られるかは、現時点ではなんとも言えません」

「さ、左様であるか……」

パァッと笑みを浮かべたのも束の間、即座に消沈する陛下。

相変わらず表情豊かであらせられる。

樹王様と虫王様は妖精王様との喧嘩が前提。龍王様や鬼王様が相手ではどこまで協力して下さるものか不明。あまり当てにしない方がいいだろう。しかもこちらは自身をカウントの上、鳥さんの存在も勘定に入れている。

あと、樹王様に至っては完全に樹木。生えている場所から動けない気がする。

どこぞのミノっている獣王様も数えようかとは考えたけれど、彼は他所の王様と比べてステータスがワンランク下だから、カウントを控えておいた。多分、喧嘩をしたら瞬殺されてしまう。同じ理由から、当代の魔王様も頭数には入れておりません。

「先方が三、ですか？　今のお話を聞く限り、二ではないかと思うのですが」

「他にもう一体、妖精王なる存在が相手方に協力する可能性があります」

「失礼ですが、王という存在はどれほど世に存在しているのでしょうか？」

「そちらについては私もすべてを把握している訳ではありません。ただ、精霊王様のお言葉に従うと、そこまで多くはないとのことです。恐らく十や二十を見積もっておけばよろしいのではないかなと」

妖精王様と精霊王様の喧嘩については黙っておくことにした。

まず間違いなく塩《しょ》っぱい顔をされてしまう。

これを見越してか、精霊王様からも声は上がらない。

「左様ですか……」

醤油顔の説明を耳にしたことで、リチャードさんの表情は殊更芳しくないものに。ただでさえ細い目元を更に細めて、深刻そうな面持ちで相槌を一つ。しばらく待ってみても、問答が続けられる気配はない。

部屋の雰囲気がかなり淀んでしまった。

そこでブサメンは話題を変えるべく、陛下に向けてお尋ね申し上げる。

「ところで陛下、北の大国との戦況に変わりはありませんでしょうか？」

「うむ。それなのだが、タナカ伯爵に相談したいことがある」

「是非ともお聞かせ願えたらと」

「昨晩、現地から報告があったのだ。なんでも一度は退いていった北の大国の飛空艇が、国境付近まで取って返したというのだ。先日に訪れていた船団と比較しては劣るが、それでもかなりの規模であるという」

「それはまた大変なことではありませんか」

現地から王宮まで情報を伝達するには、飛行魔法を行使可能な魔法使いが伝言をリレーしたとしても、数時間を要すると思う。そうして考えると、現場では既に陛下が把握している以上の状況が展開されている可能性が高い。

「報告によれば、北の大国は我が国と国境を接している山脈に、拠点を築いているのではないか、とのことだ。仔細は定かでないが、大量の物資が現地に運び込まれているのを確認したという」

「なるほど」


ナンシー隊長によってもたらされた北の大国の内情。防がれた奇襲作戦。アッカーマン公爵が今後とも自国の兵力を利用してペニー帝国を攻めようと考えたのなら、正攻法で国境付近にある山脈を越える必要が出てくる。

そのための第一歩、といった感じが想像された。

だとすれば、今すぐにどうこうすることはない。

けれど、拠点が完成した暁には、ペニー帝国の陥落は免れないように思う。

その辺りは陛下も把握しているようで、深刻そうな面持ちで彼は語った。

「このまま拠点が完成した場合、続く攻勢は苛烈を極めることだろう」

「現地で活動しているゲリラ部隊はどうしているのでしょうか？」

「奇襲こそ追い返したが、我が国も決して小さくない被害を受けた。今はこれを立て直すべく部隊の大半を前線から退いている。現地で活動しているのは、こうして情報を収集している斥候くらいなものだ」

「左様でございますか」

チラリと宰相殿に目を向けるも、補足の声は上がってこない。

陛下から語られた内容がすべてのようだ。

「私に相談したいことというのは、どういったお話になりますでしょうか？」

「タナカ伯爵と精霊王殿の立場や龍王との関係は、余も宰相やリチャードから重々説明を受けた。その上で提案なのだが、現地に赴《おもむ》いて陰ながら、兵たちを癒やしてやってはくれないだろうか？　伯爵は回復魔法が得意だと聞いておる」

「たしかにその程度であれば、龍王を刺激するようなことはないかと思います」

「おぉ、やってくれるか!?」

以前、プッシー共和国との紛争で行ったような、戦場全体を癒やすような真似は控えるべきだろう。けれど、後方で姿を隠しつつ医療班として働く分には、スペンサー伯爵から文句を言われるようなこともあるまい。

なんだったら精霊王様にご協力を頂いて、魔法により姿を偽ってもいい。

「ですが、根本的な解決には至らないような気もしております。北の大国による拠点の設営を遅らせることは可能でしょう。しかし、先方が備えた物量を思えば、いずれは完成することと存じます」

「うむ、そうして伯爵が稼いでくれた時間を利用して、余らも今後の方針を検討したいと考えておる。今は何をするにしても時間が足りておらんのだ。その為にタナカ伯爵には協力を願いたい」

正直、あまり期待できない。

けれど、素直に伝えることも憚られて、場当たり的に頷くことになる。

「承知しました。そういうことでしたら、すぐに現地へ向かわせて頂きます」

「伯爵には苦労ばかりかけて申し訳ないと、余も心苦しく思っている」

「勿体ないお言葉です。私もこの国には愛着を覚えておりますので」

「この戦争を終えた暁には必ずや、相応の褒美を与えることを約束する」

「ありがたき幸せにございます」

改まった先方の物言いに合わせて、ソファーから立ち上がりお辞儀を返す。

素直に申し上げると、過去には胸を躍らせていた褒美の二文字にも、最近はそこまで喜びを覚えておりません。今はただ穏やかな生活が欲しい。朝起きて、ソフィアちゃんが淹《い》れてくれたお茶を飲みつつ、書類仕事に精を出す。

そんな慎ましやかな日々。

などと考えたところで、異世界を訪れる以前までは、それこそ切望して止まなかった理想の生活であったことを思い起こす。なんとまあこちらのブサメンも、贅沢なことを考えるようになったものである。

それが人様の褌《ふんどし》で相撲を取り始めた結果だと思うと、これほど無様なことはない。

神さま印の回復魔法。

努力に見合わない成功。

これらを掲げてイキることほど、卑しい行いはないでしょう。

今更ながら、どうして自分はこの場に存在するのかと、疑問を覚えてしまう。

「それじゃー、すぐに出発するのかなぁ？」

話し合いが一段落したところで、精霊王様から問われた。

彼女も同行するつもりだろうか。

確認しようとしたら、間髪を容れずにリチャードさんから声が。

「でしたら本日くらいは、我が家でゆっくりと休んでいって下さい。タナカさん」

「よろしいのですか？」

「ここのところ忙しくされているのですから、せめてそれくらいはどうかと」

「ありがとうございます。でしたらリチャードさんのお言葉に甘えさせて頂きます」

「ねぇーねぇー、それって精霊王も一緒でいいのかなぁ？」

「勿論です。精霊王様にも是非、我が家にいらして頂けたらと存じます」

「わーい、やったぁー！」

醤油顔のみならず、リチャードさんにまで媚を売り始めた精霊王様。段々と形振《なりふ》り構わなくなってきておられますね。ブサメンとの関係を強化するべく、外堀を埋めに来ている予感。陛下との交流も、その一環だったりするのかも。

そんな感じで王宮でのやり取りは過ぎていった。

＊

翌日、首都カリスのフィッツクラレンス宅で一泊した醤油顔は、精霊王様と共にペニー帝国を出発した。

移動は彼女の空間魔法により大幅に時短。両国の国境付近にある山脈地帯は精霊王様もご存知であった為、まずは大雑把にジャンプ。そして、目的地となる帝国のキャンプ地まで、ラストワンマイルを飛行魔法により飛んでいく。

ちなみに本日はエステルちゃんとショタチンポも同行。前者の同行にはリチャードさんも難色を示した。けれど、本人の強い意志も手伝い、最終的には彼が折れる形で現地入りが決定。祖国のために頑張りたいの、とは繰り返し訴えられていたロリビッチの主張である。

相変わらずいい女していらっしゃる。

「エステルさん、アシュレイさん、空を飛ぶペースは大丈夫でしょうか？」

「気を遣ってくれなくても大丈夫よ。まだまだ余裕を持って飛べるわ」

「っ……！」

元気一杯のお返事があったエステルちゃんに対して、ショタチンポはどこか驚いたような面持ちとなり、こちらをジッと見つめている。彼女たちに合わせて飛んではいるけれど、気づかないうちに無理をさせていたかもしれない。

「アシュレイさん？　辛いようであれば、休憩を入れようかと思いますが」

「だ、大丈夫！　こっちも平気だから！」

「それにしては表情に変化が見られたように思うのですが」

「だってオッサン、私のこと名前で呼んでくれたの、凄く久しぶりじゃん。顔を合わせてもすぐにどっか行っちゃうし、ひとつ屋根の下にいても、なかなか話す機会がないだろ？　だからほら、う、嬉しかったりして……」

「左様でしたか」

この状況で急にデレられても困るんだけど。

空を飛んでいながら、身体をモジモジさせたりして、これまた器用なことである。見た目完全に美少女しているから童貞の本能が疼《うず》くの辛い。隙あらばブサメンの正面に躍り出て、スカートの中を見せつけんとするの絶対に確信犯でしょう。

これなら問題ないと判断して、そのまま飛行を継続。

するとしばらくして、目的地が見えてきた。

現場は国家間が概《おおむ》ね国境とみなしている峰の連なりから、ペニー帝国側に少しばかり引っ込んだ辺り。高木の見られない岩肌の露出した界隈から幾分か下り、周りを鬱蒼と茂る木々に囲まれた山中となる。

北の大国がそうであるように、ペニー帝国も近隣に拠点を設けるべく、現地では帝国兵たちが忙しくしていた。ただし、陛下が自ら語っていた通り、規模は僅か数百人ほど。斥候に出払っている方々を合わせても、前線で活動している兵の数は千人程度。

地上に降り立った直後、現地で出会った士官からは、そのように説明を受けた。

大規模な兵站《へいたん》というよりは、現地に居残りを命じられた兵たちが、その日暮らしの為に防空壕を掘っている、といった状況である。今後の合戦に向けて後方から援軍を迎え入れるなど、夢のまた夢といった感じ。

我々が訪れたのは、そうして生まれた拠点の一つ。

山中にあった天然の洞窟。

これを利用して設けられた前線基地。

出入り口は樹木で偽装されていた。これを越えて中に入ると、数メートルほど平坦な通路が続いている。真っ直ぐに延びたそれを進むと、突き当りでは大きく広がりを見せて、百平米ほどの広さがあった。恐らく魔法を利用してリフォームしたのだろう。

その只中、広間の中央には大きな魔法陣。

そして、傍らには我々も見知った人物が立っていた。

「なんだ、貴様まで来たのか、タナカよ」

「お久しぶりです、ファーレンさん」

魔道貴族である。

東西の勇者様も一緒だ。

ついこの間まで町長宅で一緒に生活をしていたというのに、随分と久しぶりに感じられる。三人とも先日の戦闘から現場に逗留《とうりゅう》を続けているようで、その出で立ちは土埃にまみれて大変なこと。近づくと汗の匂いが鼻先に漂った。

ところで、足元に描かれた魔法陣には、どことなく見覚えがある。

「こちらの魔法陣はもしや、前に暗黒大陸で発見したものでしょうか？」

「うむ、それを改良して実現した、定点間での輸送魔法陣となる」

「話には聞いておりましたが、すでに実用化されていたのですね」

「貴様のところとニップル王国の間も、同じもので結んでいるのだが」

「すみません、ここのところ忙しくて把握しておりませんでした」

こちらの設備が稼働を始めたのなら、物資の運搬効率は格段に向上しそう。

陛下からマゾ魔族に声がかかる頻度も下がるのではなかろうか。

直後には東西の勇者様からもご挨拶を頂いた。

「我々はファーレン卿の護衛を務めさせて頂いております」

「我が永遠の主人であるソフィア嬢には、しばし御身の下より離れなければならないこと、どうか申し訳ないとお伝え頂きたい。この国を守ることは、主人の故郷を守ることにも等しい。主人の居場所を失わせる訳にはいかないのだ」

東の勇者様のメイドさんに対する執着は、未だに衰えを知らない。

これには西の勇者様も苦笑い。

股間のいちもつは今も取れたままなのだろうか。

一方で精霊王様の存在を気にしているのが魔道貴族。ブサメンのすぐ隣に立っている彼女にチラチラと視線を送りつつ尋ねてくる。思えばドラゴンシティでは入れ違いとなり、今回初めての顔合わせとなる両名だ。

「ところで貴様よ、そちらはもしや精霊たちの王、なのだろうか？」

「ええ、そのとおりです」

精霊王様のお姿については既にご存知みたい。

多分、陛下あたりから話に聞いたのだろう。

「精霊王様、こちらはファーレン卿、我が国一番の魔法使いとなります」

「ふぅーん？　それってもしかして、君よりも上ってことなのかなぁ？」

　醤油顔の説明を受けて、精霊王様の魔道貴族を見つめる眼差しが力強いものに。

　これにブルリと身を震わせつつ、彼は粛々と受け答え。

「魔道に対する知見においては、決して負けるものではないと自負している。しかしながら、この身に宿した魔力については、比較することもおこがましい。そういった意味では、貴殿らと比べたのなら凡夫に他ならない」

「そっか！　なら精霊王とは仲良くできそうだねっ！」

「う、うむ……」

　出会い頭にマウンティングを仕掛けていく精霊王様、本当にネチっこい。

　ニカッと浮かべられた笑みの裏側に性格の悪さを感じる。

　これに不安を覚えたのか、魔道貴族の意識は早々、醤油顔に戻ってきた。

「しかし、貴様らまでやって来てしまって大丈夫なのだろうか？」

「可能であれば、裏方から支援させて頂けたらと」

「やはり表立って活動することは憚られるか」

「万が一にも龍王が出張って来ては大変なことですから」

　ペニー帝国と北の大国の戦争中における龍王様のスタンスは、既に魔道貴族にも共有されているみたい。多分、陛下や宰相から伝えられたのだろう。この調子だとある程度の立場にある方々は、皆ご存知であるに違いない。

「だったらついでに一つ、頼みを聞いてはもらえないだろうか？」

「それはもしや、こちらに設けられた魔法陣に関係したことでしょうか？」

「うむ。せっかくなので貴様には、これに魔力を込めていって欲しいのだが」

「承知しました。そういうことでしたら協力させて頂きます」

　この手の魔法にはべらぼうな魔力が要求される。キング属性の方々を筆頭とした人外勢ならまだしも、人類のみによる運用を考えたのなら、多数の魔法使いが繰り返し魔力を補給しなければ、稼働させることは困難である。ただ、今なら自分や精霊王様が協力可能。

　当面は医療班として働きつつ、こちらで魔力源役を頑張るのがよさそうだ。

「しばらくはこちらで活動する予定ですので、定期的に対応をさせて頂きます」

「それは助かる。いかんせん魔力の消費量が大きいものでな」

「それって空間魔法の魔法陣だよねぇ？　ニンゲンが行使できるものなのかなぁ？」

「本来であれば起動させることすら儘《まま》ならない。しかし、この魔法陣は少々変わっていて、魔力を蓄積することが可能なのだ。我々のような小さな魔力しか持たない存在であっても、数でこれを補うことができる」

「っていうと、君が作ったのぉ？　魔族たちが使う魔法に雰囲気が似てるんだけど」

「魔族たちの魔法陣を拝借して、我々の用途に合うように改良したものだ。また、一部に冗長な点が見られたので、そちらも効率化を行っている。従来のものと比較して、いくらか少ない魔力で起動が可能だ」

「さっき言ってた魔道に対する知見って、こういうこと？」

「そのように受け取って頂いて差し支えない」

「ふぅーん」


なにやら意味深な面持ちを魔道貴族に向ける精霊王様。見つめられた本人はちょっとだけ誇らしげ。

王様が相手であっても毅然と対応してみせるのは、素直に凄いと思う。

ブサメンが床に描かれた陣に魔力を込めると、魔法陣はすぐに起動した。

以降、しばらく待ってみると、陣の上にどこからともなく物資が現れた。なんでも疎通先は王宮内の倉庫とのこと。事前に同所へ用意されていた物資が、矢継ぎ早に洞窟内へ運び込まれてくる。

最初に届けられたのは水や食糧。

次いで武器や防具といった装備品。

魔法陣の上に現れた品々は、洞窟の外に控えていた兵たちがやってきて、駆け足で別所へと運んでいく。倉庫的なスペースが他所に用意されているのだろう。そうして空になった空間へすぐさま、また追加で物資が届けられて、といった繰り返し。

きっと王城側では、大量の魔法使いが必死になって、魔力の供給に努めていることだろう。もし仮に人類が魔族の百分の一、千分の一しか魔力を持たなかったとしても、百人、千人の魔法使いを集めることは十分に可能である。

そうして魔道貴族の仕事を見守ることしばらく。

ちょっと飽きてきたので、自分の仕事に移ろうかと考えた矢先のこと。

これまでの荷物とは趣が異なるものが、魔法陣の上に現れた。

「皆さん、ごきげんよう。この度は前線への物資補給という大任を無事に果たして下さいましたこと、心より感謝を申しあげます。城から動くことができない父に代わり、祖国のために働いて下さる方々へお礼に参りました」

数名の人である。

しかも内一名、ご挨拶をした人物は自身も覚えのある顔立ち。

「お、王女殿下⁉　どうしてこのような場所にいらしたのですか！」

我らが陛下の一人娘、ロイヤルビッチである。

エステルちゃんからは驚愕の声が上がった。

東西の勇者様もビックリしている。

魔道貴族ですら戸惑いの表情を浮かべているから、事前に連絡のなかった来訪であったことが窺えた。当然ながら、自身も聞かされていない。出発前から決まっていたのなら、陛下から一言あると思うのだけれど。

一方で本人は悠然と我々に向かい口を開いた。

「久しぶりですね、エリザベス。いいえ、フィッツクラレンス子爵」

「アンジェリカ様、ここは戦地でございます。陛下はご存知なのでしょうか？」

「言ったでしょう？　私はお父様に代わり、使者としてこの地を訪れたのです」

彼女は自らの周りを囲んだ騎士たちを眺めて言う。

城内で見られる一般的な騎士と比較して、かなりお高そうな装備に身を包んだ面々だ。鎧や兜は綺麗に磨かれてピカピカと光沢を放っている。年齢は二十代から三十代。誰一人の例外なくイケメン揃い。ロイヤルビッチお抱えの近衛騎士だろう。

当初は万全の警戒態勢であった近衛騎士たちは、洞窟内に魔道貴族や東西の勇者様の姿を確認したことで、手にしていた剣を鞘に納めた。ピリリとしていた表情はすぐに落ち着きを見せて、王女殿下の背後に一歩身を引いて応じる。

果たして彼らのうち何名が、彼女の肉体で穴兄弟となっているのだろうか。

ちょっと考えただけなのに、王女様がとてもエロく見えてくる。

淫乱なヤリマンに騎乗位で犯されたい欲の高まりを感じる。

「ですが、あまりにも危険ではありませんか」

「私はそうは思いません。むしろ、タナカ伯爵が滞在しているこの地より安全な場所は、帝国内には存在しないのではありませんか？」

「仰ることは分からないでもありません、しかし……」

狼狽えるエステルちゃん。

彼女に構わず、王女様は精霊王様に向き直った。

「ところで失礼ですが、伯爵の隣にいらっしゃるのは、精霊たちの王であらせられますでしょうか？　差し出がましいお願いとなってしまい恐縮ですが、もしよろしければご挨拶をさせて頂けたらと」

「あっ、もしかして君がニンゲンたちの王様が言ってた、彼の一人娘なのかなぁ？」

「その通りでございます。どうぞお見知りおきを頂けたら幸いです」

スカートの裾を両手でつまみ上げて、丁寧にお辞儀をするロイヤルビッチ。こうして眺めている分には、普通のお姫様って感じ。しかし、その内に抱えた破滅願望を思えば、どうしても不安が鎌首をもたげる。

自然と自身も口を開いていた。

「王女殿下、差し支えなければ、こうして殿下が無事に現地まで到着されましたこと、我々から陛下へお伝えさせて頂こうと思います。そちらの魔法陣があれば、すぐに行って帰ってこられますので」

「フィッツクラレンス子爵にも伝えた通り、お父様にはしっかりと事情をお話ししてから参りました。ですから伯爵たちは心配をせずとも大丈夫ですよ？　王城からの出発に際しては、魔法陣の下から送り出してもらいましたもの」

「……左様でございますか」

まずは最悪のケースを免れたことにホッと一息。

でなければ、問答無用で送り返していたことだろう。

それでも念の為、魔道貴族に視線をチラリ。するとヤツからは、すぐに小さく頷きが返ってきた。ひとしきりご挨拶を頂いたら、本日中にも王城へお戻り願うとしよう。

「王女殿下、そういうことでしたら僕に現地を案内させて下さい」

「わ、私も同行します！」

西の勇者様とエステルちゃんが声を上げた。

これに頷いたロイヤルビッチは、お供として連れてきた騎士たちを伴い、魔法陣のある洞窟から外に出ていった。バタバタと賑やかな足音はすぐに遠退いて、その姿は我々の下から見えなくなる。

二人が行動を共にしていれば、流石の王女様も無茶な真似はできないだろう。

ブサメンはこれを魔法陣のあるフロアから見送った。

現地で活動している兵たちの日々は過酷。慰安は十分に価値があるものだ。何を考えて同所を訪れたのかは知らないが、表立って否定する真似は憚られた。精々愛嬌を振りまいて、下々のオナネタとして活躍されて頂きたし。

そして、王城からの荷物は彼女たちが最後であったようだ。


以降はしばらく待っても魔法陣に変化は見られない。

これを確認したところで、醤油顔は自らの持ち場に向かうことにした。

当初の予定通り、負傷した兵の方々に回復魔法をプレゼントである。

現場となるのは洞窟からそう離れていない防空壕。

魔法によって掘られた横穴の中、地面に枯れ草を敷いただけの寝床に、怪我をした兵たちが横たわっている。そのような施設が近隣にはいくつも設けられていた。多分、先日の戦闘で発生した負傷兵も多いことだろう。

こちらを一つ一つ巡って回復魔法をかけていく。

自然とナンシー隊長として活躍していたときのことを思い出す。

「ねぇーねぇー、君は回復魔法が得意だったりするのかなぁ？」

「他の魔法と比較したら、幾分か慣れがあるかもしれません」

傍らには精霊王様の姿が見られる。

何をするでもなく、醤油顔の後ろを付いて回っている。

「だとしても、精霊王の魔法を無効化しちゃうのは、どぉーかと思うなぁ」

「そのように言われても、自分ではどうしようもありませんので……」

「くやしぃーなぁー、くやしぃーなぁー」

「暇にしているようなら、精霊王様も手伝って下さいよ」

エステルちゃんと別行動となったショタチンポは、近隣の警備に協力するのだと息巻いて、現地を預かっている兵の方々と共に出ていった。多分、その辺りを一回りしたら戻ってくるのではなかろうか。

彼のステータス具合なら、並の相手には負けることもないと思う。先日もエステルちゃんと一緒になって、少数精鋭で戦場を飛行魔法で駆けていた。余程の相手が出てこない限り、どうこうされることはないだろう。

そして、怪我人の治療が終わった後は、基地の設営をお手伝い。

ストーンウォールを利用して、木々の間に隠して何軒か掘っ立て小屋を設けた。四方と天井を石壁で覆っただけの簡素なもの。それでもドラゴンシティの家屋と同じくらい頑丈なので、機能的には十分だと思う。

そんな感じで現地での時間は過ぎていった。

＊

【ソフィアちゃん視点】


ガルーダの方々の集落にお邪魔して一晩が過ぎました。鳥王様から勧められるがまま、寝床どころか食事まで頂いてしまった次第にございます。囲炉裏を囲みながら皆さんと一緒に食べたお鍋、とても美味でありました。村で醸造されているというお酒まで頂戴してしまいました。

なんでもガルーダの方々は、どなたもお酒が好きなのだとか。

妖精王様もかなり飲まれるようで、とても楽しげにされておりました。

エルフさんやドラゴンさんも先方の手前、珍しく口にされていましたね。

おかげさまで夜遅くまで楽しんでしまい、翌日、目が覚めると朝をとうに過ぎておりました。ついつい飲み過ぎてしまったメイドは見事に二日酔いでございます。しかし、そこはエルフさんの回復魔法によって一発完治です。

なんと素晴らしい魔法でしょう。飲食店の娘としては、興味を惹かれて止みません。

そこから更に昼食を頂いて、去り際にはお土産まで頂戴してしまいました。昨晩にも頂いていたお酒でございます。最後は鳥王様が自ら軒先に立って、我々を送り出して下さいました。近いうちに再会を約束してのお別れです。

魔法で身を浮かせた我々は、ガルーダの方々の集落を出発しました。

これまでは妖精王様の空間魔法のお世話になること度々でありましたが、本日は山々の頂より高いところを飛行魔法で飛んでの移動であります。不甲斐ないメイドの面倒は、エルフさんが見て下さっております。

『おい、私たちの町でもお酒をつくるぞ！　お酒！』

「それは構わないが、そのためには材料となる植物を育てねばならんのだが」

『何を育てればいいんだ？』

「貴様が中庭でやっている菜園、あそこの結果次第で決めたらどうだ？」

『えっ、あそこに生えてるやつからお酒がつくれるのか？』

「甘みのある穀物や果実であれば、大抵の植物は酒にすることができる」

『そ、そうなのかっ⁉　それなら町に戻ったらすぐにつくるぞ！』

進路は西方へ。

目的地はペニー帝国と北の大国の国境です。

渓谷を訪れた当初にやり取りしていた通り、国境付近の地理を確認していこう、とのことでございます。昨今、戦争状態に突入した両国となりますから、今のうちに現地の状況を把握しておくべきだろう、とのエルフさんの提案ですね。

妖精王様はこれといって難色を示すことなく、ご快諾を下さいました。

「オマエたち、お酒をつくるならアタシにも飲ませてくれよう！」

『いいぞ？　出来上がったら飲ませてやる！　沢山つくるからなっ！』

「量をつくるとなると、酒蔵を用意するところから始めないといかんな……」

他愛無い雑談を交わしながら、我々は空を飛んでいきます。

地上に目を向けたのなら、そこには地平の彼方まで続いている広大な山脈。よく晴れた青空の下、人が生きていくには過酷極まりない環境を遥か高みから一方的に眺めることの、なんと綺麗なことでしょうか。幻想的ですらあります。

普通に生きていたら、絶対に目にできない光景だと思うのです。

「ところで貴様よ、そろそろ両国の国境付近となるのだが、どうなのだ？」

『たしかにこの辺りの光景、見覚えがある。前に通ったような気がする』

エルフさんやドラゴンさんは、こういった風景を日常的に見ているのでしょうか。

そうして考えると、彼女たちの在り方がちょっと羨ましく感じられますね。タナカさんと出会い世界の広がりを知ったことで、メイドも欲が出てまいりました。もっと色々なところに行ってみたくなってしまいます。

「そういえば、貴様はタナカとぺぺ山で出会ったそうだな」

『な、なんでオマエが知ってるんだよ』

「本人から聞く機会があったのだ」

『……だったら何なんだ？』

「どうしてあのような場所に住まっていたのか、ふと気になってな」

『別になんだっていいだろ？　ちょ、ちょっと出かけたい気分だったんだ！』

『ふぁー？』

ちなみに鳥さんはメイドが抱っこしております。

不死王様となった今の彼であれば、空から落ちたくらいではビクともしないとは思いますが、念のためにしっかりと抱えさせて頂いております。ふかふかの羽毛がとても心地よくございますね。

かなりの勢いで飛んでいるにもかかわらず、本人はまるで動じた様子がありません。流石は小さくてもフェニックス、といった感じです。ただ、一向にご自身の翼で飛び立つ気配がない点には、一抹の不安を覚えておりますが。

『なぁ、あの辺りなんか、煙がモクモクしてないか？』

そうこうしていると、地上の一角を指先で指し示して、ドラゴンさんが言いました。

自ずと皆さんの注目はそちらに向かいます。

我々の進行方向から斜めに逸《そ》れて、峰の連なる辺りから少し遠退いた地点です。植生も疎らな岩肌がむき出しとなる高所から下り、樹木が茂り始めた山間部から、白い煙が立ち上っているのが見えます。

かなり距離があるので、こちらから見たら爪の先ほどの変化ではございますが。

ただ、周囲に生えている木々の大きさから察するに、現地ではそれなりにモクモクしていることと存じます。少なくとも焚き火を一つや二つ設けた程度では、これほどの煙は立ち上らないのではないかなと。

「たしかに貴様の言うとおり、火の手が上がっているようだ」

「ニンゲンが焚き火してるんじゃないの？」

「それにしては規模が大きいように思う。山火事かもしれない」


我々は空を飛びながら、しばらく煙の立ち上る様子を眺めておりました。

すると、ややあって煙の下の方から、ブワッと炎が立ち上がりました。

それから少しだけ遅れて、ズドンと大きな音が聞こえてきました。

どうやら煙が上がっていた辺りで、何かが爆発したようでございます。自身の拙《つたな》い経験から察するに、魔法が炸裂したように思えます。タナカさんが好んで使われるファイアボールの魔法など、まさにこんな感じです。

自ずとエルフさんとドラゴンさんの身が止まりました。

妖精王様も数瞬ばかり遅れて急停止。

空に浮かんで顔を合わせる形でございます。

『お、おい、どうするんだ？』

「念のため、確認に向かってみようと思うのだが」

「アタシは付き合ってもいいよ？」

「いや、妖精さんたちは先を急いでくれても構わないのだが……」

「水臭いこと言うなよ。何かあったら手を貸すのが友達だろう？」

「申し訳ない。そういうことであれば、同行して頂けると幸いだ」

妖精王様は快諾でございますね。

次いでエルフさんの注目はメイドに向かいました。

「ソフィアとその鳥は、先んじて町に送ろうと思うのだが……」

「あの、も、もしお邪魔でなければ、私もご一緒させて頂けたらと」

『ふぁきゅ？』

「分かった。ならば皆で確認に向かうとしよう」

「ありがとうございます！」

いつも細やかにお気遣い下さるエルフさん、神さまでございます。

そうしている間にも更にズドンと、追加で爆発音が聞こえてまいりましたよ。

空中に留まっていたのも束の間のこと。煙が立ち上っている界隈に向けて、我々は飛んでいくことになりました。これまでと比べたのなら、大きく高度を落として、木々の間を縫うようにしての移動です。

空の高いところに浮かんでいては、先方から容易に捕捉されてしまいますので、その辺りを考慮してのこととなります。現時点では相手の素性もまるで分かりませんから、用心するのは当然でありますね。

しかし、これが非常に恐ろしいものです。

樹木の枝が凄い勢いで前から後ろに流れていくのです。目に見えない障壁で守られてはおりますが、次の瞬間にも鋭く尖った枝先が、自身の顔に突き刺さるのではないかと、肝が冷える思いでございます。いいえ、それよりも先に、幹にぶつかってしまうのではないか、とも。

そんな具合にメイドが脇を湿らせることしばらく。

我々が辿り着いたのは、山中にありながら開けた場所でありました。

本来であれば樹木が茂っていただろう山岳部の一角。木々が伐採されて設けられた空間でございます。根っこに至るまで引き抜かれて、綺麗に整地されておりますね。

周囲には動物除けと思しき柵が巡らされております。

そこにいくつか建物が建てられておりました。

家屋というよりは、倉庫と称したほうがしっくりとくる感じです。

大半は平屋建てですが、一般的な民家と比べて屋根が高いです。また、どれも無骨な造りをしておりますね。山間部の集落というよりは、僻地に設けられた何らかの施設、といった雰囲気でございます。

そのうちのいくつかが、轟々《ごうごう》と炎を上げて燃えておりました。

どうやら我々が目撃した煙は、こちらの建物から昇っていたようです。

「おぉー、燃えてるなぁ」

「これはもしや、北の大国の前線基地ではないか？」

『なんで分かるんだよ？』

「兵が身につけた装備や、建物の端々に印が見られるだろう？」

周囲では武装した兵と思しき方々が、慌ただしく駆け回っております。

エルフさんの仰るとおり、そうした面々の装備には、所々に国旗のようなものが見られます。自身は見覚えがありませんが、アレが北の大国を示す紋章なのでしょう。同じものが建物や馬車にもちらほらと確認できます。

そうした光景を、我々は木々の間より顔を覗かせつつ窺っております。


絶賛炎上中の基地内からは、かなり距離がありますね。それでも耳を澄ませば、先方の声が聞こえてまいります。

「タナカ伯爵が攻めてきた！　タナカ伯爵が我が国に攻めこんできたぞ！」「スペンサー伯爵と龍王様に連絡を急げ！」「飛空艇に搭載された魔道通信を利用して、本国に連絡を入れるのだ！」「あぁ、この基地はもう駄目だぁ」「一般兵は物資を放棄して、早急に後方へ退避！」「相手は魔王すら倒してしまうようなバケモノだ！　決して抵抗するような素振りは見せるなよ!?」「逃げろ！　ここはもう終わりだ！　さっさと逃げるんだ！」

これがまたメイドとしては、耳を疑うようなお話でした。

タナカさん、タナカさんでございます。

それが北の大国に討ち入りだそうです。

どうなっているのでしょうか。

率先して他国に攻め入るような方ではなかったと思うのですが。

『アイツ、ここに来てるのか？』

「少なくとも私は、そのような話は聞いていないが……」

「タナカってたしか、精霊王と一緒にいたニンゲンのことだよな？　前にオマエたちが話しているの、アタシも聞いた覚えがある！　封印されていた魔王を倒したのも、そのニンゲンだって話だよな？」

「う、うむ。その通りだ、妖精さん」

エルフさんやドラゴンさんも戸惑っておられますね。当然ながら、メイドも困惑を隠し得ません。

『ふぁー？　ふぁー？』

我々の戸惑う姿を眺めて、鳥さんも首を傾げていらっしゃいます。

メイドを見上げる眼差しには、果たして何と応えたものでしょうか。

そうこうしている間にも、火の手は回っていきます。無事であった建物にも次々と飛び火していき、界隈は大変な騒動です。一部では魔法使いの方が放水に当たっておりますが、なかなか消火されそうにありません。

「なぁなぁ、これどうするんだ？」

『放っておくのか？』

「敵国の民である我々が出ていっては、余計に現場を混乱させるばかりだろう。また、もし仮にこの行いが、あの男によるものだとしたら、それを邪魔することは憚られる。彼らには悪いが、手を出すのは控えておきたい」

タナカさんにお考えがあってのことなら、エルフさんの仰るとおりですね。

けれど、そうでなかった場合が恐ろしくはございます。彼女もその点を懸念されているようで、すぐに言葉を続けられました。

「しかしながら、このままだと龍王が現場に出張って来かねない」

『そ、それは駄目だ！　絶対に駄目だぞ!?』

「だからこそ、あの男から事情を聞きたいところなのだが……」

エルフさんは何かを探すように、火災の現場へ目を向けております。

多分、タナカさんの姿を求めていらっしゃるのでしょう。

ですが我々のいる場所から、彼の姿を確認することはできません。

ややあって彼女は、妖精王様に向き直り、意を決したように言いました。

「妖精さん、しばらくここで待っていてもらってもいいだろうか？」

「別にいいけど、なにするんだい？」

「ここの施設を軽く見てこようと思う」

『それなら私もいくぞ！』

「貴様にはソフィアの面倒を見ていて欲しいのだが……」

「このニンゲンなら、アタシが見てるから安心してくれていいぞ！」

『ほら、妖精もこう言ってる！』

「まあ、そういうことであれば、どうか何卒お願いしたい」

「おうとも、任せて！」

妖精王様が頷かれたところで、エルフさんとドラゴンさんの姿がフッと音もなく消えてしまいました。恐らくはエルフさんの魔法ではないでしょうか。北の大国の兵から身を隠すためと思われます。

「よし、それじゃあ行くとするか」

『オマエ、どこにいるんだ？　全然見えない』

「……服の袖を引っ張るからついてくるといい」

『わかった』


僅かなやり取りの直後、人の遠ざかる気配が感じられました。

お二人が現場に向かわれたようです。

メイドは妖精王様の傍ら、これをお見送りです。

どうか無事に戻ってきて下さい、と願わずにはおられません。

＊

北の大国との国境付近に連なる山脈地帯。その山間に設けられた前線基地で、帝国兵の方々と過ごすことしばらく。医療班として働いたり、基地の設営を手伝ったりしているうちに、いつの間にやらお昼を過ぎていた。

存外のこと夢中になって労働に励んでいたようだ。おかげで非常に溌剌《はつらつ》とした気分。いい仕事した感を出しつつ、よく冷えたビールでもキュッと頂きたい。そんな感じで、設営を終えたばかりの掘っ立て小屋から外に出た際のこと。

こちらに向かい駆けてくるエステルちゃんの姿が目に入った。

隣には西の勇者様も一緒だ。

共に鬼気迫る表情をされている。

「エステルさん、そのように急いでどうされました？」

「タナカ伯爵、王女殿下を見なかったかしら！」

「いいえ、洞窟内で別れてから一度もお会いしておりませんが」

「そっちの兵たちはどうかしら？　王女殿下を見ていたら教えて欲しいわ」

どうやらロイヤルビッチを捜しているらしい。

ブサメンが首を横に振ると、すぐ近くで仕事に当たっていた帝国兵たちにも、エステルちゃんから確認が入った。けれど、彼らも王女様とはお会いしていないようだ。残念ながら目撃情報は集まらなかった。

その必死な姿を目の当たりにしたことで、自身も自ずと声が漏れていた。

「もしや王女殿下の姿が見られないのですか？」

「ご、ごめんなさい。私が付いていながらこのようなことに……」

「いいえ、それは構わないのですが、もしよろしければ状況を伺えると幸いです」

「タナカ伯爵、フィッツクラレンス子爵のせいではないのだ。自ら名乗りを上げておきながら、目を離してしまった僕のせいなのだ。僕が不甲斐ないばかりに、王女殿下の行方が分からなくなってしまった」

間髪を容れず、西の勇者様からも声が上がった。

どうやら王女様が行方不明らしい。

「いいえ、それも違うの。西の勇者様には、私と一緒にいるからと、お伝えになられたそうなの。ただ、言い訳がましい物言いを申し訳ないのだけれど、私も西の勇者様と一緒にいるからと伝えられて、それでお姿を見失ってしまって……」

「……なるほど」

とても嫌な予感がした。

なんたって相手はロイヤルビッチ。

獅子身中の虫にして、セイントビッチすら超える逸材。エステルちゃんと西の勇者様を別行動に誘った上、彼らの監視の目から上手いこと逃れたのだろう。ここのところ大人しくしていたから油断していた、というのはある。だとすれば自身の責任。

しかしながら、この状況で彼女に何ができるだろう。

北の大国に捕らわれて、悲劇の王女として振る舞う、とかだろうか。それくらいなら、まだ大丈夫。タナカ伯爵が潜入して奪還可能。なんならスペンサー伯爵をニップル殿下の魔法で拉致して、人質の交換をお願い申し上げる、といった選択肢もある。

敵国の王女ともなれば利用価値は十分。

即座に処刑されるようなことはないと思う。

「承知しました。皆で手分けして捜しましょう」

「わ、分かったわ！」

「本当に申し訳ない。他の者たちにも声をかけてくる」

以降、手の空いている帝国兵たちを総動員して、ロイヤルビッチの捜索が始まった。東の勇者様や魔道貴族にも協力を願った。現場の面々からすれば、とんだ迷惑である。万が一にも彼女の身に何かあろうものなら、厳罰は免れないだろう。

しかし、どれだけ捜したところで、一向に王女様の姿は見られない。

基地周辺を捜索するも、なんら成果は得られなかった。

基地へ戻った面々は、そこで改めて作戦会議。魔法陣の敷かれた洞窟内のスペースで、互いに立ったまま顔を合わせている。メンバーはエステルちゃんとショタチンポ、魔道貴族、東西の勇者様、それに醤油顔と精霊王様の七名。

各々から挙げられた報告を統括すると、更なる事実が見えてきた。

王女様どころか、彼女の身辺を固めていた近衛騎士たちもまた、一人残らず基地から姿を消していた。最後の目撃情報は彼女たちがこの地を訪れてから、そう経っていない頃。直後に何かあった場合、行方不明になってから数時間ほどが経過していることになる。

「状況的に考えて、やはり敵国の兵によって攫われた可能性が高そうであるな」

「ファーレン卿、近衛騎士たちを一人残らずとなると、相当な戦力だと思うわ」

魔導貴族とエステルちゃんからは、現実的な線でコメントがあった。

ショタチンポや東西の勇者様からも、すぐさま意見が重ねられていく。

「私もさっきまで帝国兵と警備に出てたから分かるけど、これだけ警戒の目がある中で攫ったのだとしたら、相当な手練《てだれ》だと思う。争ったような痕跡も見つかってないし、かなりヤバい気がする」

「アシュレイ殿の言葉を信じるのであれば、一刻を争う状況だ。ならば僕はすぐにでも、国境を越えて王女殿下の捜索に向かいたい。タナカ伯爵、どうか殿下御一行の捜索を許可してもらえないだろうか」

「そういうことなら俺も手伝おう。人助けは勇者の領分だからな」

王女様の性癖を知らない面々からは、素直に心配の声が連なった。

その姿を眺めていて、ふと気づく。

彼女の破滅願望を理解しているの、この場でブサメンだけの予感。

おかげさまで、考え得る最大の可能性を提示することが困難を極める。

「タナカよ、貴様はどのように考えている？」

「そうですね……」

王女様による自作自演の可能性が非常に高いです。

喉元まで出かかった言葉を呑み込む。

どうにかしてロイヤルビッチの尊厳を否定することなく、皆々を真実の下まで送り届けることはできないものか。これほど困難な行いは他にないような気がする。本国では既に、第二の聖女呼ばわりが板についてきた彼女だもの。

タナカ伯爵がそんなことを言ったら、国を割っての騒動になってしまう。

そうして醤油顔が魔道貴族からの問いかけに困窮している時分のこと。

洞窟の外から、ズドン、という音が聞こえてきた。

まるでファイアボールが爆発したかのような感じ。

今度は何が起こったの。

「な、何かしら？　今の爆発音は……」

「王女殿下と関係があるかもしれません。確認に向かいましょう」

ブサメンは率先して洞窟の外へ駆け足。

他の面々も続いた。

すると外に出たところでもう一度、ズドンと同じような音が耳に届けられた。

ただ、我々が立っている場所から音源までは、かなり距離が感じられる。

他所のご町内で楽しまれている打ち上げ花火、くらいの響きである。それでも現場が敵国と国境を接した最前線であることを思えば、誰しも表情が険しくなった。すわ北の大国が攻めて来たのかと勘ぐりたくなる。

洞窟の出入り口付近では、武装した帝国兵たちが数名ほど集まり、空の一角を見上げてああだこうだと賑やかにしていた。今の爆発音について確認の声をかけてみると、内一人が空の一点を指し示して言った。

「タナカ伯爵、あちらで煙が上がっているのが見えますでしょうか」

「煙、ですか?」

言われるがままに指先が向けられた方角を見上げる。すると木々の間、空の一角になにやら、煙が立ち上っているのが見えた。

無秩序にモクモクとしている様子は、狼煙《のろし》とは違って感じられる。

「たしかに何やら立ち上っておりますね」

「つい先程から、段々と勢いが増して来ておりまして……」

「失礼ですが、あの辺りにも帝国の基地が?」

「いいえ、それはありません。これだけ距離があると、あの辺りは既に敵国の勢力圏ではないでしょうか。何かあったとすれば、それはペニー帝国ではなく、オルガスムス帝国ではないかと具申いたします」

「ところでもしや、今しがたの爆発音は……」

「はい、あちらの方角から聞こえてきたように思います」

北の大国側で何かしら問題があったみたい。

魔法の暴発、とかだろうか。

それなら我々としてはノータッチで構わない。

ただ、王女様の不在と無関係とは思えない。

そうして自身が悩んでいると、すぐ隣に西の勇者様がやって来て言った。

「タナカ伯爵、いずれにせよ現地へ調査に向かった方がいいと思うのだ。王女殿下とは関係がなくとも、敵国の情報を得ることには意義がある。どうか僕に指示をもらえないだろうか。このまま国に戻っては、陛下に合わせる顔がない」

「承知しました。でしたら調査部隊を編成しましょう」

その手の行いであれば、ブサメンが足を運べば話は早い。

けれど、この状況でそれを行っては、万が一にもこちらの素性がバレた場合、龍王様が駆けつけて来かねない。北の大国に攻め入ったと判断されたら、そのまま喧嘩に発展してしまいそうな状況であるし。

ということで、西の勇者様のご厚意に甘えることにした。

基地に残っていた兵たちを集めて、調査隊を編成である。東西の勇者様を筆頭にして、腕自慢の兵たちを数十人ほど。そんな感じで現地に向かうメンバーの選抜が終えられた辺りでのこと。

現場に居合わせた帝国兵たちの間で、しきりに声が上がり始めた。

「ド、ドラゴンだ！　ドラゴンが出たぞっ！」「嘘だろ？　あんなバケモノがこの世にいるなんて……」「あれはもしや、首都カリスにやって来たやつじゃないか!?」「ドラゴンってあんなにデカいのか！」「まさか、りゅ、龍王ってヤツだったりするのか？」

聞き捨てならない響きの連なり。

兵たちの注目は空の一角に向けられている。

自ずと醤油顔も彼らの視線を追いかける。

するとそこには、とても立派なドラゴンがいた。

まだ先方とは距離がある。けれど、空の高いところに浮いているので、木々の間に立っている我々からもハッキリと姿を確認できる。先日、首都カリスを訪れていたのと、同一の個体と思われる。

つまり、龍王様。

こうなると話は変わってくる。

「西の勇者様、すみませんが王女様の調査は私に任せて頂けませんか？」

「あ、あぁ、どうやら他に選択肢はなさそうだね……」

皆々顔色を青くして、空に浮かんだドラゴンを見つめている。

こうなってはブサメンが出向く他にあるまい。

ロイヤルビッチの行方不明と、龍王様の登場が関係しているか否かは定かでない。けれど、あの巨大なドラゴンが現場に浮かんでいる限り、他の面々に出張って頂く訳にはいかないでしょう。

先方の何気ない身動《みじろ》ぎ一つで、人間など簡単に消し飛んでしまうのだから。

「これって精霊王も一緒に行った方がいーよね？　ね？」

「すみませんが、是非ともお願いできたらと」

「んっふぅー、いいよぉ？　ちゃんと役に立ってあげる！」

ここぞとばかりに恩を売って下さるメスガキ王様。

ニンマリと笑みを浮かべて、童貞の腕を取ってくる。

「ファーレンさん、基地にいる方々の退避を進めて下さい。もし可能であれば、洞窟内の魔法陣を利用して、首都カリスに戻って頂けると幸いです。場合によっては、近隣一体が吹き飛ぶ可能性がありますので」

「う、うむ、承知した」

前線基地の扱いについては魔道貴族に丸投げ。

魔法陣には事前に魔力を込めているので、彼らだけでも運用は可能だろう。

ブサメンは精霊王様を伴い、大急ぎで空に飛び上がった。

＊

【ソフィアちゃん視点】


山間部で見つけた北の大国の施設。今まさに燃えております同所へ、エルフさんとドラゴンさんを見送ってから、しばらくが経過しました。メイドは彼女たちと約束したとおり、妖精王様と一緒にお二人の戻りを待っております。

施設内では依然として、各所で火の手が上がっておりますね。ただ、消火作業が進められた為か、徐々に勢いが収まってまいりました。この調子であれば、半刻と要さずに鎮火するのではないでしょうか。

「アイツら、なかなか戻ってこないな」

「も、もうしばらくお待ち頂けたらと……」

空に浮かんだ妖精さんは、両手を頭の後ろに添えて、ソファーに寝転ぶかのような姿勢でございます。見るからに退屈にされているご様子が、時間を共にしていてちょっと恐ろしく感じております。

堪え性がない性格であることは、なんとなく察しておりますので。

そうしてメイドの脇がジクジクと湿り始めた時分のことでした。我々の潜んでいる場所から少し離れて、木々の間に何かの気配を感じたのです。ガサゴソと木の枝や葉っぱの擦れ合う音が聞こえてまいりました。

ふと目を向けてみると、そこには北の大国の兵と思しき方々が数名見られます。

妖精王様も気づかれたようで、すぐに反応がありました。

「なぁなぁ、ニンゲン、なんかいるぞ？」

「はい、そ、そのようですね……」

「捕まえるか？」

「いえ、あの、それは……」

妖精王様からボソボソと小さな声で提案を受けました。その思いは分からないでもありません。見るからに怪しいです。

施設内では同国の兵たちが、必死になって火を消して回っております。そうした現場から人目を避けて逃げるかのように、樹木の陰に隠れて移動する方々は、果たしてどういった立場にある人物なのでしょうか。

学のないメイドの脳裏にも、放火魔の文字が浮かんでまいりましたよ。

そうした我々の視界の先、兵の方々は木々の間で立ち止まると、お着替えを始めました。それまで着用していた、北の大国の国旗が刻まれた鎧や兜を脱いで、どこから取り出したのか、また別の装備に着替え始めました。

きっと地面に埋めて隠しでもしていたのではないでしょうか。

「…………」

その装いには自身も覚えがございました。

何故ならば、ペニー帝国の近衛騎士の方々の装いと瓜二つなのです。メルセデスさんが似たような物をお召しになっていたと、メイドは記憶しております。つまり彼らはペニー帝国の方々です。

北の大国の兵に化けて、何か工作でもしていたのでしょうか。

『ふぁー！　ふぁきゅ！』

「と、鳥さんっ……」

鳥さんも先方に気づいたようですね。

ただ、急に大きな声で鳴かれると困ってしまいます。

彼らの存在の何が、鳥さんの感性に響いたのでしょうか。

「何者だっ！」

おかげで近衛騎士の方々も、我々の存在に気づいたようでございます。

　着替えも半端なまま、剣を構えてこちらに向かい駆け足でやって来ました。

　メイドは大慌てでございます。

　妖精王様が一緒とあらば、一方的にどうこうされることはないと思います。しかしながら、武装した男性の方々から睨まれたのなら、一介の町娘に過ぎない自身は、どうしても驚き慄《おのの》いてしまいます。

　ただ、そうした反応は私に限ったものではありませんでした。

　先頭に立っていた人物が、メイドを見つめて声も大きく言いました。

「ソ、ソフィア様っ……！」

　その面持ちは驚愕から強張りを見せております。

　私の何に驚いているのでしょうか。

　疑問に感じた直後には、他の騎士の方々からも反応が見られました。

「おい、誰なのだ？　その娘は……」「馬鹿者、タナカ伯爵の側近だ！」「武道大会ではファーレン卿を凌ぐ魔法の才覚を見せたと聞く」「な、なんと恐ろしい」「どうしてソフィア殿がこのようなところにいらっしゃる」「一緒にいる妖精や鳥は一体……」

　タナカさんのせいで、メイドも有名になっていたみたいです。

　武道大会での一件も決して無関係ではないのでしょう。

「まさか我々の動きはタナカ伯爵にバレていたのか!?」

「そうでなければ、このタイミングでソフィア様が現れるなどありえん！」「そもそも私はおかしいと感じていたのだ、どうして敵国でタナカ伯爵の名前を出すなどと……」

　先方から続けられたのは、これまた物騒なやり取りです。

　すべてを無かったことにして、逃げ出したくなりますね。

　けれど、この状況でタナカさんの名前を耳にしたのなら、事情をお尋ねしない訳にはいきません。エルフさんやドラゴンさんが頑張られているのですから、自身もできることはしておきませんと。

「あの、し、失礼ですが、あちらで火事が起こっているのは……」

　恐る恐るお尋ねさせて頂きました。

　すると騎士の方々には顕著な反応がありました。

「も、申し訳ありませんでした！」「王女殿下の言うことを聞かねば、わ、我々の立場が危うくございまして……」「自分は見ていただけでございます！　何もやましいことはありません！」「ソフィア様、どうかお許し下さい！　何卒ご慈悲を！」

　剣を手に身構えていたのも束の間のこと。

　騎士の方々は頭《こうべ》を垂れて口々に語り始めました。

　喧嘩にならずに済んだことでホッと胸を撫で下ろすも早々、狼狽する先方の態度に首を傾げる羽目となります。騎士の方々は何を弁明しているのでしょうか。何か悪いことをしていたのでしょうか。彼らの言う我々の立場とは何のことなのか。

　いいえ、たしかに放火は悪いことではありますが。

「どうか家族だけは、家族だけはお助け頂けませんでしょうか！」「王女殿下からは、陛下から直々に与えられた内密の作戦だと伺っておりました」「そ、そうなのです！　ですから我々も他者に相談することができずっ……」

　要領を得ない発言にメイドは理解が追いつきません。

　妖精王様からも疑問の声が上がりました。


「このニンゲンたち、どうしてオマエに謝っているんだい？」

「も、申し訳ありません。それが私にも分かりませんでして」

　いずれにせよ、近衛騎士の方々がいらっしゃるということは、他に王族の方々が同行されている可能性が高そうです。王女様の存在を引き合いに出すこと度々の物言いも気になり、メイドは思い切って尋ねてみることにしました。

「失礼ですが、王女様はどちらにいらっしゃるのでしょうか？」

「申し訳ありません、王女殿下は、その、相手国の兵により捕らわれてしまい……」

　あぁ、なんということでしょう。

　やっぱりすべてを聞かなかったことにして、逃げ出したくなります。これって耳にしてしまった時点で、知りませんでしたとは言えないやつじゃないですか。すぐにでもタナカさんに相談しないといけないやつです。

「あの、まさかとは思いますが、王女様が自らこちらへ……」

いらしているのでしょうか。

そう続けようとしたところ、不意に頭上へ大きな影が差しました。

樹木の葉から漏れていた陽光が近隣一帯、すっと失われて暗がりの下に。雲が流れてきたにしては急激な変化に、自然と私どもの意識は頭上に向いておりました。するとそこには、なんと巨大なドラゴンがお目見えでございます。

直後には妖精王様のお口から刺激的な呟きが漏れました。

「あっ、龍王だ」

龍王様、とのことです。

ぺぺ山で出会った当時のドラゴンさんと同じような雰囲気がありますね。

同じエンシェントドラゴンなる種族だとは聞き及んでおります。

その翼がバサリと大きく動くのに応じて、施設の各所で立ち上っていた炎が一瞬にして消火されました。まるで魔法のように、というか、まず間違いなく魔法なのでしょう。消火作業にあたっていた兵の方々も空を見上げて驚いております。

これはいよいよ、メイドの進退も分からなくなって参りましたよ。

＊

帝国の前線基地を出発したブサメンと精霊王様は、飛行魔法でひとっ飛び。

龍王様の下まで一直線に向かった。

距離はそれなりに離れていたけれど、空には何の障害物もない。途中で攻撃を受けるようなこともなく、あっという間に先方の鼻先まで十数メートルの距離感。龍王様も我々の存在に気付いて、こちらに向き直った。

互いに空へ浮いたまま、正面から顔を合わせるような位置関係。

また、先方のすぐ傍らには、同じく空中に浮かんだスペンサー伯爵の姿が見られる。龍王様と比べて小さい為、遠くからでは分からなかった。ある程度近づいたところで、ブサメンのことを睨みつける彼女に気付いた。

「なんだかんだと偉そうなことを言いながら、やはり攻めてきたか、ニンゲン」

「失礼ですが、龍王様の仰っていることの意味は測りかねます」

「黙れ、眷属に連なる者たちを攻められたとあらば、黙っている訳にはいかぬ」

出会い頭に与えられたのは、ガオーッと大きく顎《あぎと》を開いての威嚇。

吐息という名の暴風が、醤油顔の頭髪や衣服を激しくバタつかせる。

思わず目を細めてしまったほど。

ちょっと生暖かい感じが気持ち悪い。

「民の家に火を放つなど、なんと卑しいやり方だ。上に立つ者の行いではない」

「待って下さい、龍王様。そのようなことは決してしておりません」

「ニンゲン、オマエの目は節穴か？　この光景が見えないとでも言うのか？」

「なにか勘違いをされていませんか？　私は一切手を出しておりません」

「ならば誰がやったと言うのだ。ここの者たちはオマエがやったと言っている」

たしかに彼の言うとおり、眼下には焼けてしまった建物が見られた。

その周りには大勢、北の大国の兵と思しき人々がいる。同国の制服類は自身も着用した覚えがあるので、ひと目見て判断ができた。ペニー帝国の兵が言っていたとおり、こちらはオルガスムス帝国の基地で間違いなさそうだ。

「私以外の誰かが、私の名を騙《かた》って行ったのではありませんか？」

「何故そのようなことをする必要がある」

「そこまでは自身も判断しかねます。また、お言葉ではありますが、龍王様も我々の町を訪れた際には、民の家々を滅ぼさんとしました。ご自身の行いを棚に上げて綺麗事を述べるのはどうかと思います」

「ぐ、ぐるるるる。あれは、あれは不死王が余の眠りを妨げたからであって……」

ロリゴンもそうだったけど、この手のやり取りで論破されやすいのドラゴンの特徴なのだろうか。しかも自尊心が高くて、意外と素直だったりするから、自分で自分を苦しめる羽目になるのちょっと可愛らしい。

っていうか、先方の物言いを耳にしたことで、ブサメンは理解した。

原因、ロイヤルビッチでしょう。

しかしながら、証拠を提示できない。

なんなら動機さえも上手く説明できない。

素直に言っても、きっと誰も信じてくれない。

まるで痴漢冤罪さながらの恐ろしさ。

そうした醤油顔の困窮する姿を確認してだろう、精霊王様から援護の声が。

「ずっと一緒にいたけど、このニンゲンはそんなことしてなかったよぉ？」

「その方は、このニンゲンの味方であろう？　どこまで信じられることか」

「えぇー、精霊王のこと信じてくれないのぉ？」

「余は知っている。その方もまた、これまでに他者を謀《たばか》ってきたであろう経緯を」

「ぐぬぬぬっ……」

精霊王様の素行の悪さが、ここへ来てブサメンの足を引っ張りまくり。

もしかしたら事前に妖精王様から、色々と聞いているのかもしれない。つい先日にも両名が顔を合わせていたことは、エディタ先生の置き手紙から確認が取れている。あることないこと吹き込まれている可能性も考えられる。

直後にはスペンサー伯爵からも意見が上がった。

「龍王様、これがタナカ伯爵という人物の本質なのです。他者を謀り陥れることにまるで躊躇がない。自らの行いによってどれだけの者たちが不幸になったとしても、なんら気にすることがないのです」

それ絶対にナンシー隊長のこと言ってますよね。

自身も申し訳ないという気持ちはございます。

同時に、あれは悲しい事故であったとも。

ダークムチムチは元気にやっているだろうか。

「スペンサー伯爵、私の部下を務めていた人物はどうされておりますか？」

「ジュディ副隊長であれば、先の一件で心を病んでしまいました。今は日がな一日、軍部の治療院で過ごしています。彼女に対して申し訳ないという気持ちが少しでもあるのなら、自らの行いを悔い改めては如何ですか？」

「……左様でございますか」

ブーちゃん、意外と繊細な心の持ち主だったんだな。

度重なる裏切りは、その表れだったのかも。

そうかと思えば、地上からブサメンを呼ぶ声が聞こえてきた。

「タナカ伯爵！　あぁ、タナカ伯爵ではありませんか！」

龍王様に向けていた視線を眼下に下ろす。すると周りを北の大国の兵に取り囲まれて、年若い女性が地上に立っていた。空に浮かんだ醤油顔を見つめて繰り返し、名前を声高らかに叫んでいらっしゃる。

見覚えのある顔立ちは間違いない、行方不明のロイヤルビッチ。

「なんだ、あのニンゲンは」

「敵国であるペニー帝国の第一王女です、龍王様」

龍王様が疑問を口にすると、すかさずスペンサー伯爵から補足が入った。

我々が見下ろした先、地上に立った彼女は声を張り上げて言う。

「このアンジェリカ、異国の地にて、伯爵の活躍をしかと見届けさせて頂きました！」

どうやら敵国に捕まってしまったようで、両手には枷《かせ》が嵌められている。それでも捕虜としては王族待遇。怪我をしていたり、汚れていたりする様子は見られない。周りを囲んだ兵たちの方こそ気を遣って感じられる絵面だ。

そのような人物が、こちらに向かい声を嗄《か》らすほどの声量で叫んだ。

「どうかオルガスムス帝国のすべてを、タナカ伯爵の魔法で燃やし尽くして下さい！」

ロイヤルビッチの傾国ムーブが見事炸裂。

ブサメン、気付いてしまいました。

彼女の意図に。

「その方、まだしらを切るつもりか？」

「…………」

各界の王様を利用して、この世界を混乱の只中に陥れるつもりも満々であらせられる。世の権力者を裏から操っている悪の大魔王さながらのポジション。聖女様や魔王様と比較しても、遥かに邪悪な存在ではなかろうか。

いいや、彼女の場合は悪ですらない。

ただ純粋にどこまでも、自らの欲望に素直な人物。

僅か十代にして、まさに人類の最終形態。

彼女みたいに生きることができたら、きっと死ぬ瞬間

も満足して逝けるだろうな、と。

「失礼ですが、彼女はなにか勘違いをしているのではありませんか？　もしくは第三者の手により、意識を操られている可能性も考えられます。我々が拳を交えることで、得をする者が他にいるのではないかと」

「そのような者、その方ら以外にいるはずがなかろう」

自身のみならず龍王様まで、ロイヤルビッチの掌《てのひら》の上である。

こんなことで人間の可能性を感じてしまったの本当に悔しい。

腕力や魔力ばかりがすべてではないのだと。

いやしかし、ここはしっかりと説明を行い、交渉で解決すべき場面。どうにかして場を収めるべく、意識を改めて先方に向き直る。見たところ被害は北の大国の前線基地が一部燃えたばかり。人的被害はそこまで大きくない。

そう考えた直後のこと、他所から威勢のいい声が聞こえてきた。

「精霊王、アタシの積年の恨みを喰らえっ！」

なんか小さいのが飛んできた。


地上のある一点から急浮上して来たそれは、精霊王様に向かい一直線。

「っ……！」

彼女の腹部に向けて、頭突きの体《てい》で突撃である。

これを受けた精霊王様は、勢いよく身を飛ばして地上に落ちていった。

自身が反応する暇もない、ほんの一瞬の出来事であった。

「へへん、どんなもんだい！」

精霊王様が浮いていた辺りには、彼女に代わって妖精さん。

小さくて可愛らしいのが浮いている。

先日、ドラゴンシティでお会いした妖精王様ではなかろうか。けれど、どうしてこのような場所にいるのか。エディタ先生の説明によれば、各界の王様の下を巡っているというお話であったような。

「失礼ですが、もしや妖精王様だったりするのでしょうか？」

「そういうオマエは、魔王を倒したニンゲンだな？　そうなんだろ？」

「ええまあ、そのように呼ばれることも間々ありますが」

「どうして性悪精霊の味方なんかしてるんだよ？」

怒れる龍王様の面前、妖精王様から問われた。

ただ、こちらが何を答える間もない。

すぐに地上から精霊王様が戻ってきた。

「挨拶もなしにいきなり体当たりとか、妖精って本当に粗雑な生き物だよねぇ」

「性格がねじ曲がった精霊なんかよりは、よっぽど清く正しい生き物さ！」

「考えなしで猪突猛進の間違いじゃないかなぁ？　かなかなぁ？」

どうやらお怒りのようで、口元をピクピクと震わせておられますね。

今すぐにでも攻撃魔法とか打ち放ちそうな雰囲気がある。

そうこうしていると更に追加で、見知った面々が地上から空に上がってきた。

「貴様よ、無事かっ⁉」

『どうしてオマエがここにいるんだ！』

エディタ先生とロリゴンである。


二人揃って飛行魔法で飛んできた。

「お二人とも、このような場所まで足を運ばれて、一体どうされたんですか？」

「う、うむ、この近くには鳥王の住まっているガルーダたちの集落がある。せっかくの機会なので、ペニー帝国と北の大国の国境界隈を眺めて行こうと、少しばかり寄り道をしてみたのだ。しかし、貴様こそここの状況はどうしたことだろうか？」

龍王様を筆頭に、関係者一同を眺めてエディタ先生が言った。

鳥王、ガルーダ、というのは初めて耳にするフレーズ。きっと鳥たちの王的なポジションにある人物なのだろう。妖精王様との関係が気になるところだけれど、状況的にそれを確認している余裕はない。

「どうやら悪意のある第三者によって、工作が行われたようでして……」

「それはもしや、地上で燃えていたアレか？」

「ええ、その通りです」

「ニンゲンよ、嘘を吐き散らかすような真似は止めよ」

龍王様は相変わらずブサメンを疑ってならない。

かなり頑固な性格の人物だし、ご理解を頂くのは結構な手間と思われる。せめて証拠があれば、話は変わってくると思うのだけれど、自らの悪行を証言するような真似、ロイヤルビッチは絶対にしないだろう。

「ところでお二人には、ソフィアさんも同行されていたと記憶しているのですが」

「あの者であれば、燃えていた基地の近くで身を隠している」

『空を飛ばない丸っこい鳥も一緒だ。オマエに懐いてるやつ』

「なるほど」

先生と合わせて、ロリゴンからも補足があった。

鳥さんと一緒であれば、王様たちが多少暴れた程度では問題ないだろう。むしろ、この場に居合わせて、龍王様から目の敵にされたりしたら大変なこと。空の上が落ち着いてから迎えに行くとしよう。

そうした我々の会話の傍ら、妖精王様がやたらと物騒なことを言い始めた。

「アタシはこの精霊を倒す！　龍王、そっちのニンゲンは任せた！」

「いいだろう。余もこの度の出来事は看過することができない。先代の不死王との件も含めて、この場でまとめて清算するとしよう。ただし、地上の者たちに被害を与えるような真似は決して許さぬ」

「おうとも！」

精霊王様のことを憎んでいた妖精王様からすれば、またとない機会。

龍王様もやる気満々である。

二対二という状況に持ち込んだことで、双方ともに覚悟を決めたみたい。

気づけばいつの間にやら、スペンサー伯爵は地上にある北の大国の基地に向けて、急降下しているではないか。個人的にはエディタ先生とロリゴンにも、どうか距離を設けて頂きたく感じている。

正直、龍王様には勝てる気がしない。

魔王様の打倒にしても、先方が油断していたところ、皆々の協力を受けての賜《たまもの》であった。一方で本日、龍王様は万全の状態でブサメンを警戒している。しかもこちらの手の内は、既に前回の小競り合いですべて見せてしまった。

こうした状況に陥らない為にこそ、精霊王様と同盟を結んだというのに。

「ねぇーねぇー、もしかして君ってば、精霊王のこと裏切ろうとしてなぁい？」

「いいえ？　そんな滅相もありません」

ブサメンの口上から勢いが失われた途端、同盟主からツッコミが入った。

的確に醤油顔の心を読んでいらっしゃる。

「この状況で私のこと裏切ったら、君には何も残らないよぉ？」

「ご安心下さい。私と精霊王様は一蓮托生ですよ」

「うんうん、そう言ってくれて、精霊王とっても嬉しいなぁ！」

前門の虎、後門の狼、ならぬ、前門の龍、後門のメスガキ。

ナンシー隊長として活動していた期間の弊害だろうか。これ現代人の感性からすると、虎と狼から前後挟まれて犯されているようにしか思えない。龍王様にしゃぶられつつ、精霊王様のお口で未開拓の後方を穿《うが》たれる。

そのような情景が想像されては、息子も混迷を極め始めた。

「龍王様、我々には当代の不死王が味方についております。今この瞬間でこそ、頭数は揃っておりますが、今後はどうなるか分かりません。それでもご自身の感性に任せて、守るべき民を危険に晒すおつもりですか？」

暴力、ダメ、絶対。

どうにかして交渉で切り抜けたい。

鳥さんや浮遊大陸の翼人たちを引き合いに出してみる。

「既に一歩を踏み出したその方が、余に対してそのようなことを言うのか？」

「繰り返しますが、地上の火事については冤罪です。どうか信じて下さい」

「よぉし、龍王！　それだったらアタシにだって考えがあるぞ！」

「なんだ？　言ってみるといい」

すると、妖精王様から威勢のいい声が上がった。

彼女はエディタ先生とロリゴンを視線で指し示して言う。

「そこの二人、これまでアタシたちが声をかけてきた王たちに、助けを求めてきておくれよ！　アタシは手が離せないけど、その代わりだって言えば、きっと話を聞いてくれると思うんだ！　どうか頼むっ！」

急に話題を振られた彼女たちはビックリだ。

妖精王様としては、既に仲間認定しているご様子。もし仮にブサメンがやられても、彼女たちやメイドさんは無事、という意味では決して悪いことばかりではない。ただ、エディタ先生やロリゴンと敵対するような真似は絶対に避けたい。

「わ、私たちなのか？」

「だって、他には誰もいないじゃん！」

「しかし……いや、分かった。そういうことであれば、あぁ、頼まれよう」

『お、おい！　オマエ、それ本気で言ってるのか!?』

直後にはロリゴンから疑問の声が響いた。

ブサメンもまったく同じ気分。

けれど、エディタ先生は真剣な面持ちで言った。

「私に考えがある。どうか今は信じて欲しい」

『ぐ、ぐるるる……分かった、オマエのこと、信じる』

他の誰でもない、金髪ロリムチムチ先生が信じて欲しいと言ったのだ、童貞は素直にその言葉を信じよう。彼女には過去にも繰り返し助けられてきた。これを信じて駄目だったのなら、むしろ、自身も諦めがつくというもの。

あと、ロリゴンが同じように考えたっぽい事実が、個人的にはかなり嬉しい。

「それでは、我々は王たちを迎えに行ってくる！」

『行ってくる！』

短く応えて、エディタ先生とロリゴンの姿が現場から消えた。

去り際にチラリと、前者の眼差しが醤油顔に向けられた。

真剣な面持ちで小さく頷いてみせたエディタ先生。

やはり、何かしら策をお持ちなのは間違いなさそう。であれば自身は、彼女が戻ってくるまでの時間稼ぎに努めるばかり。

「この性悪精霊め、今日こそ絶対にぶっ殺す！」

「あぁん、そんな酷いことを言われたら、精霊王は悲しくなっちゃうよぉ」

妖精王様と精霊王様。

龍王様とブサメン。

王様級、異種族タッグマッチの開始を知らせるゴングが鳴り響いた。

＊

【ソフィアちゃん視点】

空に巨大なドラゴンが浮かび上がったかと思えば、次いで姿を現したのはタナカさんでございます。妖精王様曰く、龍王様だという巨躯《きょく》の鼻先に向かい、どこからともなく彼が空を飛んで現れました。

どうやら彼も北の大国との国境付近にいらしていたようです。

また、タナカさんの隣には精霊王様のお姿も見られます。龍王様の姿を確認して、彼と一緒に駆けつけて来て下さったのでしょう。そうして考えると、もしかしたら近くにペニー帝国の基地があったりするのかもしれません。

この辺りは近衛騎士の方々から説明を聞いたら早いかもですね。

なんたって今しがたには、王女殿下まで現場に姿を現したのですから。我々が木々の合間より様子を窺っていた先、基地のある拓けた場所に、北の大国の兵に連れられて、ご本人が登場した次第にございます。

「精霊王！」

ややもすると、妖精王様が叫ぶように声を上げられました。

その眼差しはタナカさんのすぐ隣、精霊王様のことを捉えておりますね。ドラゴンシティの執務室で顔を合わせた際と同様、次の瞬間にも空にヒラリと舞い上がり、先方の下へ向かわんとされます。

「よ、妖精王様、あのっ……！」

「オマエはそこで待ってて！　アイツを倒したら、すぐに戻るから！」

『ふぁー？』

咄嗟にお声を掛けさせて頂きましたが、彼女を止めることはできませんでした。メイドと鳥さんを振り返ったのも束の間、これまた物騒なことを言い放ち、精霊王様の下に飛び立っていきます。

私はその背を見送る他にありませんでした。

なんたってこちらのメイドは、空を飛ぶことすら儘なりません。

するとことで我々が見上げている先で、彼女は精霊王様に対して真正面から体当たりです。お腹の辺りにズドンと行かれました。不意を突かれた先方は、これを思いっきり身に受けて、地上に向かい落下していきます。

時を同じくして、北の大国の基地と思しき敷地内から、エルフさんとドラゴンさんまでもが、空に向かい飛んで現れました。空にタナカさんの姿を確認したことで、助力に向かったものと思われます。

「ソフィア様、今の妖精が仰っていたことは……」「まさかとは思いますが、あれが龍王なのでしょうか？」「あの妖精の口からは、精霊王なる響きも聞こえておりました」

「もしや、タナカ伯爵の隣に浮かんでいるのは、精霊たちの王なのでしょうか？」

近衛騎士の方々からはすぐさま、疑問の声が聞こえてまいりました。

多分、そんな感じだと思います。

彼らからの問いかけに受け答えしつつ、メイドは脇を湿らせます。


このままだと王様同士の喧嘩は免れません。すぐ下に立っている我々など、その余波を受けて、次の瞬間にも吹き飛んでしまうのではないでしょうか。しかしながら、妖精王様はそこで待っていろと仰いました。この場なら安全、なのかもしれません。

などと考えたところで、思考は堂々巡りでございます。力のない下々はどうしたらいいのでしょうか。

そうこうしている間にも、空の上では喧嘩が始まってしまいました。

「この性悪精霊め、今日こそ絶対にぶっ殺す！」

「あぁん、そんな酷いことを言われたら、精霊王は悲しくなっちゃうよぉ」

我先にと仕掛けていったのが妖精王様です。

彼女の相手をされる精霊王様も、すぐさま応戦を始めました。

「ニンゲン、いつぞやの雪辱、この場で果たしてくれるとしよう」

龍王様もやる気満々です。

巨大な顎が開かれたかと思えば、そこから炎が吐き出されました。

轟々と大気を震わせながら、空一面が真っ赤に染まります。

正面に浮かんでいたタナカさんを焼き殺さんばかりの勢いであります。この程度で彼がどうこうされてしまうとは思いません。しかし、近隣一帯を飲み込んで余りある炎を目の当たりにしては、不安を覚えずにはいられません。

途中で消えてしまったエルフさんとドラゴンさんの行方も気になります。

あぁ、何もかも分からないことばかりでございますね。

「おい、そこにいるのはタナカの女のメイドではないか？」

「えっ……」

そうして私が今後の身の振り方に頭を悩ませておりましたところ、予期せぬ声が自身の背後、木々の間から聞こえてまいりました。若々しい女性の声です。タナカさんの名前を耳にしたことも手伝い、咄嗟に後ろを振り返ります。

するとそこには、メイドも覚えのある人物が立っておりました。

「メ、メルセデスさん！」

「このような場所で何をしている？」

「いえ、あの、それは……」

上から下までバッチリと鎧を身に着けて、抜き身の剣を手にしております。

また、彼女の背後には全身をローブですっぽりと覆った方々が、十数名ほど粛々と付き従っておりますね。頭部もフードを被っており、顔立ちを確認することはおろか、性別を判断することすら困難です。

こちらも手には剣や杖を携えておりまして、かなり怪しい集団として映ります。前にタナカさんから聞いたお話ですと、メルセデスさんは現在、大聖国でお仕事に当たっているとのことでしたが。

彼女の姿を目の当たりにしたことで、近衛騎士の方々にも反応が見られました。

「メルセデス！　貴様は王女殿下を放って、このような場所で何をしている⁉」「そうだ！　貴様が姿をくらませたばかりに、我々はとんでもないことに……」「この度の騒動、貴様にも責任があると思え！」

口々にメルセデスさんを非難されておりますね。

途端に賑やかになりました。

ただ、そうした彼らに構うことなく、彼女はメイドに向かい近づいて来ます。

「空でタナカと戦っているドラゴンは、やはり龍王なのか？」

「はい、そ、そのように伺っております」

「噂には聞いていたが、たしかに大きいな。以前、あの男がペペ山で拐かしたドラゴンと大差ない大きさではないか。あぁ、そういえば同じエンシェントドラゴンなる種族だとは、誰かが言っていたな」

「失礼ですが、メルセデスさんはこちらで何をされていたのでしょうか？」

『ふぁきゅ』

彼女もエステル様たちと同じように、戦争に駆り出されていたのでしょうか。

だとしても、他の近衛騎士の方々と別行動、というのが気になりますけれど。

「ちょっとした野暮用だ。メイドが気にすることではない」

「野暮用、ですか？」


メイドの疑問に構わず、彼女は後ろを振り返りました。

そこにはローブを着用した身元不明の方々がずらりと並んでおります。

メルセデスさんは彼らに向けて、厳かな口調で語りました。

「敬虔なる信徒たちよ、これより我々は現場から撤退する。残念ながら得られた成果は少ないが、龍王が相手となれば仕方があるまい。可及的速やかに飛空艇の下まで移動して、聖都に戻ることにしよう」

「えっ、あの、それってどういうことで……」

聖都、というのは大聖国のことでしょう。

だとすると、やはり彼女は同所からやって来たようです。

「いやなに、人道支援というやつだ。メイド、貴様も一緒にくるか？」

「いいんですか？」

「あの男に恩を売る絶好の機会だからな」

空を見上げてメルセデスさんは言いました。

そこでは今まさに、龍王様と喧嘩を始めたタナカさんの姿がございます。飛行魔法で空を飛び回りながら、先方より放たれる攻撃魔法の数々を躱《かわ》しております。パッと眺めた感じ、防戦一方、といった雰囲気でございます。

何やら声を上げていらっしゃるのは、未だ交渉の余地を探っているのかもしれません。そういうところ、とてもタナカさんって感じがしますね。思い起こせば、彼が率先して喧嘩をする姿は、メイドもほとんど覚えがございません。

「尊師、そちらのお方は？」

ローブの方々の内一人、メルセデスさんに一番近い場所にいた方が言いました。

野太い声から察するに男性のようです。

「我が心の盟友の女だ。以後、この者に手を出すことを禁ずる」

「はっ！　承知いたしました」

心の盟友、とのことです。

タナカさんとメルセデスさん、そんなに仲が良かったのでしょうか。もう少し殺伐とした関係であったような気がしないでもありません。ただ、メイドの身体に向けられるネチッこい眼差しは、まさに彼のそれを彷彿とさせますね。


あと、彼女が語ったのに応じて、ローブの方々が揃って頭を下げたの怖いです。

「物のついでだ、貴様らも助けてやる。我々に付いてくるといい」

近衛騎士の方々に向けて、続けざまにメルセデスさんが言いました。

一連のやり取りから察するに、やはり両者は別々に行動していたみたいです。

「な、なんだと⁉　どの口が偉そうに！」「待て！　この状況では他に選択肢もあるまい」「飛空艇とは言うが、どこにそのようなものがある」「下手に空へ浮かんでは、あのドラゴンに落とされるのではないか？」

口々に文句を言いながらも、近衛騎士の方々はメルセデスさんに付いていきます。

頭上に眺める龍王様の巨躯が、彼らを従順にさせております。

精霊王様と妖精王様の喧嘩もかなり派手なものです。

空の至るところで爆発が起こったり、なんだかよく分からない輝きが発せられたりと、大変賑やかにされております。ズドンズドンと繰り返し響いてくる轟音には、地上に立っているだけで生命の危機を覚えます。

それから我々は、メルセデスさんを先頭にして山中を歩き始めました。

時間にして半刻ほどが経過した頃合いでしょうか。

山間の渓谷へ隠すように止められた飛空艇が見えてまいりました。

ペペ山を訪れた際に、ファーレン様が用立てていたものと同じくらいの大きさです。かなり立派な外観をしておりますね。側面には大聖国で目の当たりにした、同国の国旗のようなものが掲げられております。

メルセデスさんの案内に従い、我々はこれに乗り込みました。

甲板では飛空艇の乗組員の方々に遭遇です。

先方は出会い頭、険しい表情となり警戒の姿勢を見せておりました。しかし、我々がメルセデスさんの知り合いだと判明した途端、打って変わって丁寧に対応して下さいました。貴族扱いさながらの待遇でございます。

そうして乗り込んだ飛空艇の内部でのこと。

通路を歩くメイドは、ふと気になる光景を目にしました。

「メルセデスさん、失礼ですが、あちらの方々はいったい……」

私どもを部屋に案内してやる、とのことで自ら船内を歩き始めたメルセデスさん。その背中に付いて廊下を進んでいたところ、ふと脇に設けられた小部屋に、船の乗組員とは装いを異にする方々が見られました。

負傷した兵と思しき人たちです。

「先日、この辺りではペニー帝国と北の大国の争いがあったと聞く」

「は、はい。私もそのように伺っております」

「負傷者も沢山出たことだろう。大聖国を預かる身の上、そうした者たちを救出することも、我々にとっては大切な仕事だ。まさか、見捨てるような真似はできない。故にこうして馳せ参じた次第だ」

身に着けた装備から、ペニー帝国と北の大国、どちらの兵も見られます。

ただし、その在り方にはかなり偏りが感じられますね。

どなたも若い女性ばかりです。

しかも、このようなことを言うのはなんですが、顔立ちの見栄えする方が多いような気がしてなりません。戦地における女性兵の割合を思えば、メイドは疑問に首を傾げざるを得ないのですが。

「先程仰っていた人道支援、というものでしょうか？」

「ああ、そういうことだ」

どなたも魔法を封じる為の首輪が嵌められており、更には猿ぐつわを噛《か》まされています。足首には足枷が嵌められておりますね。金属製のそれからは鎖が伸びており、先端は小部屋の隅にある柱に括《くく》り付けられております。

誰一人の例外なく、そのような状態で小部屋の床に座っているのです。

「それにしては些か物々しい在り方のようにも思いますが……」

「このような状況だ、こちらから説明を行っても信じてもらうことは困難を極める。一方で下手に暴れられては、我々も無事では済まない。安全な場所へ移動するまでの間、緊急的な措置として拘束させてもらった」

「な、なるほど」

『ふぁー？』

飛空艇内の通路、小部屋を遠目に眺めつつ言葉を交わします。


毅然として語られるメルセデスさんの物言いには、メイドも説得力を覚えました。たしかに生きるか死ぬかの状況で剣や杖を振るっていたような方々です。落ち着いてもらう為には、拘束もやむを得ないのかもしれません。

するとややあって、我々の下に乗組員風の男性が駆け足でやって参りました。

彼はメルセデスさんを目にするや否や、出会い頭に慌てた様子で言いました。

「尊師、空に巨大なドラゴンが！　女の確保はどうしましょうか⁉」

「女の確保？　貴様は何を言っている。我々の行いは敗走兵の救済だろう」

我々を視線で指し示して、メルセデスさんはピシャリと言いました。

それ以上は何も言うな、と訴えんばかりでございます。

「も、申し訳ありません。勘違いをしておりました……」

男性は我々の姿を目の当たりにして、すぐさま彼女に頭を垂れました。

これに構うことなく、メルセデスさんは彼に向かい指示を続けます。

「空に浮かんだドラゴンの存在は、私も既に把握している。率先して現場に駆けつけた手前、無力な自らを嘆きたくもなるが、こうなっては致し方あるまい。一刻も早く飛空艇を浮かべて、現場から離脱するのだ」

「はい、承知いたしました！」

キリリとした面持ちで指示を出すメルセデスさん。

男性は彼女にビシッと敬礼を行い、駆け足で去っていきました。

「…………」

そんな体たらくですから、メイドは気付いてしまいましたよ。

これはいわゆるアレですね。

我々が乗り込んだのは、神の慈悲を人々に伝える人道支援の船ではありません。

戦地へ商品の仕入れに赴いた、奴隷船でございます。

終末（二）

Armageddon (2nd)

ペニー帝国と北の大国の国境付近。背の高い山々が延々と連なる山脈地帯。その上空を舞台にして、精霊王様と妖精王様の喧嘩は始まってしまった。これに巻き込まれる形で、自身と龍王様も今まさに争いの只中にある。

「ニンゲン、時間稼ぎのつもりか？　逃げてばかりでは何事も成せぬぞ」

「私はこの場で何を成すつもりもありません。当然、貴方と喧嘩をするつもりも」

最初の攻撃を受けてから、体感で小一時間ほど。

繰り返される龍王様からの攻勢を飛行魔法により凌いでいる。たまに掠《かす》って手足が消失したりするけれど、それらは回復魔法で一瞬にして治癒。牽制には魔王様の打倒時に利用した真っ黒いファイアボールを放つ。

互いに決定打に欠ける為、先方からすれば煮え切らない状況に感じられることだろう。

王様と喧嘩をする際の、ブサメンの頻出パターンである。

「ならばどうして、その方はこのような場所におるのだ」

「負傷した味方の治癒に当たっていたのです」

「その言い分こそ、この地に攻め込んできた嘘偽りのない事実ではないか」

「ですが、断じてそちらの施設に火を放ってはおりません」

「我に付き従っているニンゲンに聞いた。つい先日には自ら姿を偽り、あの者の身の回りでも賑やかにしていたそうではないか。そのような者が何を語ったところで、どうして余の心に響くだろうか」

「龍王様も以前、人の姿を借りて我々の町を訪れていたではありませんか」

「ぐ、ぐるるるるっ……あれは、違う。あれは、そういうのではない」

青空の下、派手な攻撃魔法が次々と飛び交う切った張ったの大立ち回り。

兼、子供の口喧嘩のような謗《そし》り合い。

これは精霊王様と妖精王様も同様である。

そして、彼女たちの場合は、ブサメンと龍王様のそれと比べても尚のこと激しい。

「この性悪精霊！　逃げてばかりで卑怯だぞ!?　正々堂々と勝負しろ！」

「前に争ったときも、そんなことを言っていて、封印されちゃったんだよねぇ」

「今度は絶対に勝つ！　オマエなんか、この場で無かったことにしてやるっ！」

どうやら妖精王様はかなり真っ直ぐな性格の持ち主のようだ。持ち前の高ＳＴＲに物を言わせて、真正面から殴りかかっていくスタイル。対して精霊王様は先方から距離を取りつつ、様々な魔法を用いてこれを器用に捌いていく。

闘牛さながらの光景ではなかろうか。

個人的には、そんな彼女たちのパンチラを狙う余裕がないのが残念。

隙を見せると次の瞬間にも、龍王様の魔法がブサメンの肉体を削っている。妖精王様は身体が小さいから難易度が高い。けれど、精霊王様とは空中でニアミスった際に、絶好の機会を得たことで、童貞は腰から下を失いました。

本能と理性のせめぎ合いが、空中戦をよりスリリングなものにする。

「魔王を倒したとかいうニンゲンも、そんなに強くないみたいなのだよ！」

「さぁて、それはどーだろうねぇ？」

「だってオマエと同じで、さっきから逃げてばっかりじゃんかっ！」

本質的に王様というのは、暴力を振るってなんぼの立場なのかも。

そう思わざるを得ない光景である。

ただし、今のところ被害は他所に及んでいない。

地上にはスペンサー伯爵や北の大国の兵、ソフィアちゃんといった面々がいるからだろう。相手方もこれを意識しているように感じられる。少なくとも空を背にして攻撃魔法を撃つような真似は、今のところ双方共に一度も見られていない。

このような状況でも、最低限のルールは守っているみたい。

万が一にもそれが失われたら、などと考えると恐ろしくはある。

そして、当のブサメンはと言えば、未だに交渉での解決を諦めきれない。

もし仮にこの場を喧嘩別れで終えたのなら、先代の不死王様との関係さながら、龍王様には大きな遺恨を残してしまう。それだけは避けたいという思いから、こうして繰り返し、彼に言葉を投げかけている。

「龍王様、どうか場を改めて、火を放った犯人の捜索を行えませんか？」

「黙れ。犯人ならば余の目の前にいる」

「私がその気であれば、火を放つまでもなくすべてを焼き払っております」

「あのように小さき者たちを利用して余を脅すことが、その方の狙いなのであろう」

互いに空を飛び回りながら、魔法を放ち合いつつのやり取り。

ブサメンの癖して、バトル漫画みたいな感じ。


しかしながら、交渉の経過は芳しくない。龍王様の意思は頑《かたく》なである。きっとスペンサー伯爵から有ること無いこと吹き込まれているのだろう。ナンシー隊長との件で、彼女とは完全に袂《たもと》を分かってしまった雰囲気がございます。

そうしてしばらくが経過した時分のこと。

現場に変化が見られた。

何処かに出かけていたエディタ先生とロリゴンが戻ってきたのだ。地上に設けられた北の大国の前線基地、その只中から飛行魔法を用いて、我々の下に向かい近づいてくる。傍らには見慣れない人物が一人、彼女たちにご一緒しておりますね。

『おい！　鳥王を連れてきたぞっ！』

「どうか我々の言葉に耳を傾けて欲しい！」

彼女たちの元気な声が界隈に響いた。

その傍らで上空に向かい、ゴォっと大きな音を立てて、やたらと太い光の柱が立ち上る。以前、プッシー共和国との紛争の只中で、ロリゴンが使っていた魔法とそっくり。とても見栄えのする代物である。

これを確認したことで、喧嘩の最中《さなか》にあった面々に変化が見られた。

各々相手から一定の距離を取ると共に、攻防の手が休められる。

空に静けさが戻った。

皆々の注目が自分たちに向けられたことを受けて、エディタ先生が言う。

「今回の争いは不毛なものだ。この場にいる誰の利にもならない」

『そ、そうだ！　その通りだ！』

「しかしながら、その事実を客観的に把握することは、皆々が当事者であるが故に、とても大変な行いなのではないかと思う。そこで同じ王たる立場にある鳥王殿から、第三者による声を届けて頂こうと思う」

「オマエたち、アタシの為に鳥王を連れてきてくれたんじゃやないのか？」

彼女の物言いを耳にして、妖精王様からは疑問の声が上がった。

訝《いぶか》しげな眼差しを受けて、ビクリと身体を震わせるロリゴン。

これに構わず、エディタ先生は口上を続ける。


「我々は妖精王殿に対して誠実でありたい。そして同時に、鳥王殿に対して不義理を働く訳にもいかない。そこで先方には現状を素直に伝えさせて頂いた。その上で助力を検討してもらった」

王様たちを相手取り、毅然として語るエディタ先生、とても格好いい。

あと、隣に浮かんでいる鳥王様、端的に称すると鳥人間。

二足歩行での生活を前提としたシルエットをしている一方、首から上の造形は完全に鳥類である。肉体の随所にふわふわした羽毛が生えており、足回りには鱗や鉤爪《かぎづめ》、背中には二枚一組の立派な翼が見られる。

背の高さは我々人類とそう変わりない。また、このようなことを評するのは失礼に当たるかもしれないけれど、衣服やアクセサリーで着飾っている姿からは、それなりに文化的な生活を営んでいることが窺えた。

「その結果として、妖精王殿の意思も含めた、この場の誰にとっても益のある結論を、先方からは頂戴した。鳥王殿がこの場に足を運んだのは、これを妖精王殿を含めた皆々に伝える為なのだ」

なにはともあれ、ブサメンは先方の真偽を鑑定。

ステータスウィンドウの出番である。

名　前：アルバ
性　別：男
種　族：ガルーダ
レベル：5905
ジョブ：鳥王
H　P：80266100／80266100
M　P：79001522／79001522
STR：70015500
VIT：60777701
DEX：10067901
AGI：20100009
INT：40881190
LUC：300100

おぉ、本物だ。

外見から想像されていた配分と相違ない値である。見た目小柄で可愛らしい割に、実態は脳筋であった妖精王様と比較すると、眺めていて安心するステータス。いいや、我々にとって凶悪であることには変わりがないけれど。


「鳥王殿、どうか頼みたい」

「おう、任されたぜ！」

エディタ先生が促すのに応じて、鳥王様が一歩前に出るように空中を移動。

争うことを止めて注目する面々に対して、おもむろに口を開いた。

「たしかに妖精たちの王からは、味方をするように言われているぜ。つい昨日にも我が家で一杯やったばかりだ。だけど、この場で争うような真似は、少なくともニンゲンたちを巻き込むような行いは、止めておいた方がいいと思うんだぜ」

事前にエディタ先生やロリゴンとは、打ち合わせを済ませているのだろう。

鳥王様の訴えは、この場での争いを肯定するものではなかった。

ロリゴンの尻尾が先程から、ゆらゆらと不安そうに揺れている様子からも、彼女たちがそれなりに危ない橋を渡っていることは理解できた。精霊王様との決着を望む妖精王様からすれば、あまり面白い話ではないだろうから。

「そのニンゲンは当代の不死王と師弟関係を結んでいると聞いた。他にも多数、先代の魔王に比肩する人物とも、友好的な関係にあるそうだ。もし仮にこの場で関係が拗れた場合、妖精王殿のみならず、周囲にも被害が及びかねない」

「そんなの龍王だって把握してるさ！　そうだろう？」

「この場でそのニンゲンと精霊王を打倒した結果、まだ見ぬ誰かが龍王殿の町を襲うかもしれない。そうした事実を考慮して、アンタは妖精王と協力しているのか？　地上でアンタを見守っている奴らを、見捨てるつもりなのか？」

「黙れ。余は、余の眷属を見捨てるような真似はしない」

「だったら、この場での騒動は慎むべきだと思うぜ？　もし仮に争う定めにあったとしても、それは今じゃないだろう。オイラも似たようなことをして、町を一つ潰しているからよく分かるんだ」

『…………』


どうやら、龍王様を先んじて射止める作戦。

彼の協力がなければ、妖精王様も下手に手出しはできない。精霊王様とブサメン、二人を相手取っての喧嘩は、流石の彼女も手に余ることだろう。ドラゴンシティで遭遇した際も、同じ状況から戦線離脱していた。

「偉大なる龍たちの王よ、アンタなら理解してくれるだろう？　このままでは無関係なやつが不幸になる。それも満足に戦えないような弱いヤツらが。これを良しとするような王は、この場には一人もいないと思うんだぜ？」

鳥王様による一連の口上は、スラスラと淀みなく出てきた。

事前に打ち合わせていたことは間違いない。

やはり、エディタ先生は我々の喧嘩を止める為に、鳥王様を連れてきて下さったのだろう。先生のそういうところ、醤油顔は大好きでございます。物事を話し合いで解決してこその知的生命体でしょう。

「あと、ここから少し行った場所には、オイラたちガルーダの集落がある。アンタたちが本気でやり合ったら、場合によってはオイラの仲間が被害を受けるかも知れねぇ。群れて暮らしてるヤツなら、この気持ちは分かるだろう？」

「……たしかに、その方の言うことは分からないでもない」

いい感じの流れではなかろうか。

王という存在であっても、いいや、王という存在であるからこそ、同じ王という立場から物言われたのなら、色々と考えてしまうのではなかろうか。やはり、彼らのパワーバランスはこの世界において、非常に重要なものみたい。

唯一、妖精王様だけは悔しそうな表情をしている。けれど、上手い反論も浮かばないようで、これといって声は上がらない。

流石はエディタ先生である。

この調子であれば、どうにか場を収めることができるのではなかろうか。

などと他力本願にも、事態の収拾を祝いつつあった時分のことである。

現地に新たな来訪者が訪れた。

別所から空間魔法を行使してのことだろう。我々が浮かんでいる場所から、そう遠くないところに数名からなる一団が姿を現した。そして、先方は龍王様の巨躯を目の当たりにするや否や、すぐさまこちらに向かい接近してきた。

距離が縮むと共に、相手の顔立ちがハッキリとしてくる。

誰一人の例外なく、ブサメンは面識がございますね。

「あらまぁ、たしかにリズが言っていた通り、大変なことになっているわねぇ」

「ドリスさん、どうしてこちらに？」

縦ロールである。

キモロンゲも一緒だ。

後者の空間魔法によりやって来たのは間違いない。

ブサメンの意識は自ずと、彼女たちが連れている人物に向かった。

「しかも、一緒にいらっしゃるのは虫王様では……」

「虫王様にお洋服をプレゼントする約束をしていたでしょう？」

「ええ、そのような話をされていましたね」

「採寸をしてもらおうと、首都カリスにお邪魔していたのよぉ。そうしたらリズたちが何やら賑やかにしているじゃなぁい？　話を聞いてみれば、貴方たちのピンチだというから、こうして駆けつけてきたのぉ」

「このニンゲンの言うとおり。妾、オマエたちの助けに来た」

縦ロールの説明を肯定するように、虫王様からもお言葉を頂いた。

相変わらず腰から上の造形美が半端ない。ついつい視線が剥き出しのおっぱいに向かう。同時に腰から下、ワキワキと動いている全力で蜘蛛な部分が視界に入り、心が拒否反応を示す。ほんの数秒間で視線が上下に行ったり来たり。

そうした我々のやり取りを目の当たりにして、鳥王様から声が上がった。

「おい、前言を撤回するぜ」

先程までと比較して、やたらとドスの利いた声ではなかろうか。

自然と我々の意識もそちらに向かう。

すると彼は、憤怒の形相で虫王様のことを見つめていらっしゃる。

即座に続けられたのは、今しがたの口上とは打って変わって暴力的な宣言だ。

「虫王、テメェだけは絶対に許さねぇ！　この場でぶっ殺す」

これには龍王様も、さっきと言ってること違くない？と訴えんばかりの面持ちである。あまりにも急な態度の変化に、多少なりとも驚いて感じられる。皆々の面前で頷いてしまった手前、彼にしてみれば急に梯子《はしご》を外された形。

鳥王様は荒ぶる態度を隠そうともせず、他の王様たちへ唸るように言った。

「妖精王、龍王、アンタたちに協力してやる。そっちは好きにやってくれ」

「おうとも！　アタシはその一言が聞きたかった！」

妖精王様、めっちゃ嬉しそう。

嬉々として精霊王様に向かい、拳を振り上げつつ向かっていく。

「あぁん！　せっかく話がまとまりそうだったのにぃー」

彼女たちの間では、第二ラウンド開始のお知らせ。縦ロールやキモロンゲに恨みがましい眼差しを向けつつも、精霊王様は妖精王様の対応に忙しくなる。手を止めていたのも束の間、すぐにドンパチし始めた。

その傍らで鳥王様もまた、虫王様に向かい一直線。

「同胞の敵、この場で取ってやるぜ！」

「見覚えがある。妾、オマエには見覚えがあるぞ」

「取り巻きの虫がいなけりゃ、オマエなんて大した相手じゃねぇんだ」

「あぁ、そうだ。思い出した。いつぞや妾の子たちを潰してくれた鳥ではないか」

後者の隣に浮かんでいた縦ロールは、ご主人様のピンチをいち早く把握したキモロンゲにより空間魔法。鳥王様と虫王様がぶつかり合う直前にも、ブサメンのすぐ傍らまで移動してきた。

直後には珍しくも、ロリ巨乳の口から弱々しい呟きが漏れた。

「わたくし、よ、余計なお世話をしてしまったかしらぁ？」

「たしかにその可能性は否めません」

縦ロールが本気で慌てている姿、かなり珍しい気がする。

その弱みに付け込んで、色々とエッチなことを要求したくなる。

「ですが、それもこれも我々を気にかけて下さったからこその行いでしょう。どうか気にしないで頂けたらと。それよりも今は、こうして始まってしまった喧嘩を止めることに注力したく存じます」

顔色を悪くする縦ロールに応じつつ、ブサメンは龍王様に向き直る。

そこには依然として空に浮かんだ巨大なドラゴンの姿が。

先方からはすぐに反応が見られた。

「余は自らの判断が間違っていたとは思わない」

「左様でございますか」

鳥王様の掌返しはさておいて、堂々と語ってみせる龍王様。

相変わらず一本ビシッと筋の通った性格をしておられる。

この人の自尊心の高さは筋金入り。

「だが、この状況を利用してその方を打倒することには、価値があるのも事実。その方の言葉が真実であろうとなかろうと、今この場で屠《ほふ》ってしまえば、今後、同じような騒動を抱えることはない」

「鳥王様は喧嘩を始めてしまいました。しかし、彼が言っていた事実に変わりはありません。龍王様は随分と自信がおありのようですが、それは果たして、貴方が大切にしている方々を賭けてまで行うべきことなのでしょうか?」

「大切にしているからこそ、この場で憂いを払うという判断もあろう」

こういう場合、焦ってはいけない。

落ち着いて問題を一つ一つ、丁寧に解決することが大切だ。妖精王様の暴挙は、龍王様を抑えることで対応は可能。龍王様については、鳥王様と虫王様に落ち着いて頂ければ、元の鞘に収めることができる。

そして、自身は虫王様と鳥王様を仲裁できる人物に心当たりがある。

「ドリスさん、すみませんがお願いしたいことがあります」

「な、なにかしらぁ?」

「どうにかして樹王様を、この場にお連れすることはできないでしょうか?」


つい先日の出来事を思い出して、縦ロールに頼み込む。ブサメンの記憶が正しければ、虫王様は樹王様と仲良しだ。彼の言葉であれば、彼女は決して無下《むげ》にしないだろう。交渉を前提に臨んで頂くことも不可能ではない。

そして、戦況が二対一となれば、頭に血が上った鳥王様も少しは冷静になるだろう。

鳥王様が戦意を失えば、龍王様は損得勘定の上で付いてくる。

龍王様が付いてきたのなら、妖精王様もこの場では無茶ができない。

「それで事態が好転するのかしらぁ?」

「私はそのように考えています」

「わ、分かったわぁ。そういうことならすぐに連れてくるのだから」

縦ロールは二つ返事で頷いた。

すぐさま下僕一号に向き直って問いかける。

「ゲロス、頼めないかしらぁ?」

「御意に」

縦ロールの指示を受けて、キモロンゲは即座に頷いた。

次の瞬間には、主従揃って現場から姿が消える。

空間魔法を利用して、現地に飛んでくれたのだろう。

「何を考えたのか知らぬが、この状況で何ができる」

そして、二人が消えたのと時を同じくして、龍王様が攻めてきた。

矢継ぎ早に放たれるビーム砲さながらの魔法。

これを飛行魔法で回避しつつ、ブサメンは繰り返し交渉の意思を伝える。

「龍王様は一度でも考えたことがありませんか？　貴方たち王と呼ばれる存在は、あまりにも強大です。そのような方々が好き勝手に振る舞っていては、いつか世の中が壊れてしまう日が訪れるのではないかと」

「そのようなこと、考えたところで詮無きこと」

少し離れたところでは、エディタ先生とロリゴンがわたわたとしているぞ。

空に浮かんだまま、互いに顔を合わせて言い合う姿が見て取れる。

『お、おい、どうするんだ⁉』

「こういうときは冷静になって考えるんだ。慌ててすべてを投げ出すような真似はいかん。龍王殿と妖精王殿のスタンスはハッキリとしたのだ。鳥王殿と虫王殿を止めることができれば、騒動を収めることは不可能ではない」

『だから、それをどうするんだよ！』

「っ……そうだ！　海王殿の下へ行くぞ」

『あの魚が何の役に立つんだ？』

「妖精王殿とのやり取りで、鳥王殿とは親しいような話をしていた。もしかしたら説得を頼めるかもしれない。たしかに見た目は魚であったが、王の名を冠している以上、相応の力は備えている筈だ」

『だけどアイツ、龍王のこと嫌ってなかったか？　一緒にして大丈夫なのか？』

「だとしても一向に構わない。むしろ、鳥王殿と龍王殿を離間させるよう立ち回ってくれる可能性があり、我々としては都合がいい。争いを望む彼らに対して、どのように転んだところで抑止力となる」

『わ、わかった。ならすぐに行くぞ！』

「うむ、そうしよう」

できれば彼女たちとも意識を合わせておきたかった。

しかし、ブサメンが龍王様の攻勢を捌いているうちに、彼女たちはどこへともなく消えていった。別れ際に聞こえてきたやり取りから察するに、エディタ先生とロリゴンも別の王様のところに向かったようである。

その姿は龍王様も目にしていたようで、彼からは唸るような声が届けられた。

「ニンゲン、また悪巧みか？」

「和平に向けて、糸口を探しているのです」

「その方は自分たちに都合がいいことばかり言う」

「それは龍王様も同じではありませんか」

今は縦ロールやエディタ先生たちを信じて、この場を凌ぐ他になさそうだ。

＊

ペニー帝国と北の大国の国境付近で、龍王様を相手に喧嘩をすることしばらく。

現場では刻一刻と争いが拡大している。

取り分け虫王様と鳥王様の喧嘩が酷いことになっている。ブサメンや精霊王様が守りに入り、争いの引き延ばしを図っている一方、両者は完全にやる気モード。互いに遠慮なく攻めているものだから、争いは激化の一途を辿っている。


「ここ数百年、アンタに対する恨みだけは、何をしていても忘れられなかったぜ」

「また勝手なことを言う。妾とて子らを潰された恨み、未だこの身に孕《はら》んでおる」

鳥王様は空を華麗に飛び回ることで、虫王様を翻弄するように動いている。空間魔法を交えての身の熟《こな》しは、その姿を目で追いかけるのが困難なほど。そして、相手の隙を突いては、チクチクと攻撃を重ねていくスタイル。

対する虫王様は空の一角にドンと構えて、相手からの攻撃に反撃を仕掛ける形。魔法を放つにせよ、殴りかかるにせよ、どうしても動きが止まる一瞬を見極めて、的確に切り返していらっしゃる。

なので傍から眺めた感じ、虫王様が若干押されているように感じる。

空の上という場所柄も手伝い、鳥王様が上手いこと立ち回っている為だろう。

一方で拮抗しているのが精霊王様と妖精王様。

「んぉおおお、逃げるな性悪精霊め！　正々堂々と勝負したらどうなんだっ!?」

「えぇぇぇ、正々堂々としてるよぉ？　変な言いがかりは止めて欲しいなぁー」

接近戦でのどつき合いを好む妖精王様に対して、距離を設けた魔法の撃ち合いに持ち込もうとする精霊王様。互いに間合いを取りかねて、一進一退を繰り返していらっしゃる。かなり忙《せわ》しなく動いている両名だ。

妖精王様とて拳を振るうばかりが能ではなく、互いに魔法を用いての喧嘩模様。彼女たちの間では打ち上げ花火さながら、吹き荒れるような炎が舞ったり、耳を劈《つんざ》くような雷撃が走ったりと、非常に賑やかなやり取りが見られる。

傍から眺めているブサメンとしては気が気でない光景だ。

というか、飛び散った火の粉により、地上では度々山火事が発生している。

これを鎮火するのは龍王様の役割みたい。

理由は眼下に見られる北の大国の前線基地。

醤油顔と争いながらも、火の手が上がり始めたのを確認するや否や、その対応に余念がない。一連の甲斐甲斐《かいがい》しい行いは、ブサメン的にかなり嫌いではございません。ご自身の主義主張を一貫しているのポイント高い。

だからだろう、他の王様たちもなるべく地上に影響が出ないよう意識しているように思う。当然ながらブサメンもこれに倣う。なんなら余裕があるときは土木魔法を利用して、火消しの手伝いをしてみたりとか。

ちなみに自身は当初と変わりなく、一方的に攻めてくる龍王様の攻撃を飛行魔法と回復魔法で凌いでいる。ブレスを吐いたり、目に見えない刃のようなモノを飛ばしたり、ビームもどきを放ったりと、とても多彩な先方の攻勢。

これが時間の経過と共に、ブサメンの肉体を削る頻度が増えてきた。どうやらこちらの攻略方法を掴んできたようだ。真っ黒いファイアボールによる牽制も、繰り返すにつれて慣れが見られ始めている。

「段々とその方のやり口が見えてきたぞ、ニンゲン」

「見えたところで対処できなければ、状況は変わらないと思いますが」

表立っては平然を取り繕っているけれど、実情はかなり大変なこと。

いよいよ厳しくなってきた。

このままだと押し負けそう。

そんな危惧を抱きつつあった時分のことである。

縦ロールとキモロンゲが現場に戻ってきた。

地上に見られる北の大国の前線基地、同所から空に向かい飛んでくる面々を確認。空間魔法の移動先を上空に定めなかったのは、王様たちの争いに巻き込まれることを懸念してだろう。キモロンゲによる配慮と思われる。

龍王様の魔法から逃れつつ、ブサメンは彼女たちに意識を向けた。

そして、願うような思いから、その名を呼んだ。

「ドリスさん！」

「任せてちょうだぁい。先程の失態を取り戻すわぁ！」

そうして語る彼女の傍らには、龍王様と大差ない年頃の少年が浮いている。

物静かな佇まいのイケメンだ。明るい緑色の頭髪が印象的に映る。衣服の代わりに、大きな布を身体に巻きつけている。歴史の教科書などで眺めた、古代ギリシャの人々の格好とか近いのではなかろうか。

しかも身体の随所に苔が生えており、ぼんやりと輝いているような。

おかげさまでどことなく神聖な雰囲気を感じる。縦ロールの隣に並ばれると、おねショタ感が漂ってくるので、ブサメン的には危機感を覚える構図だ。もうちょっと離れてくれてもいいじゃないの、と。

状況から判断して、彼が樹王様と思われるが、どうなのだろう。

そうしたブサメンの疑問に答えるかのように、少年から声が上がった。

「この地で争う……王たちよ……どうか、私の話を……聞いて欲しい……」

声色は見た目相応に幼いもの。

けれど、どことなく覚えのある語り口調は、やはり樹王様っぽい。

彼の発言の直後、地上では顕著な変化が見られた。

まるで彼の発言に呼応するかのように、山中に生えた木々が一斉に揺らめき始めたのである。これといって風が吹いた訳でもないのに、枝や葉の触れ合うざわざわとした気配が、空に浮かんだ我々の足元から届けられる。

見渡す限り一帯の樹木が一様に震えていた。

その範疇には北の大国の前線基地も含まれる。

自ずと皆々の意識は樹王様に向けられた。

その中でも、いの一番に反応を見せたのは龍王様。

「その方が森から出てくるとは、珍しいこともあるものだ。遥かなる草木たちの王よ」

「世の王たちが……集まっての一大事、と聞いた。流石に……無視は……できまい」

龍王様が守るべき方々は、今まさにざわめき立つ木々の只中に建った基地に所在する。だからこその反応、決して看過はできない、ということなのだろうか。もしくは旧知の仲、といった可能性も考えられるけれど。

「余らに何用か？」

「用が……あるのは……そちらの、王たち……だ」

龍王様に向けられていた樹王様の注目が、虫王様と鳥王様に移った。

両名は喧嘩の手を止めて、自らを示した人物に向き直る。

「妾、こうして樹王が外を出歩いている姿を、とても久しぶりに見た気がする」

「オジキ、海王との件で会った以来じゃねぇか。なんでまたこんなところに」

樹王様は虫王様のみならず、鳥王様とも面識があるようだ。後者については想定外。けれど、続けられたのはブサメンが願っていたとおり、彼らの交友を示すもの。

樹王様は努めて穏やかな口調で、彼らに対して語って聞かせる。

「この度の争いは……無益なものだ……どうか、共に手を……引くといい」

「オジキ、そっちのニンゲンに言われて、オイラのことを止めに来たのか？」

「その、通りだ。この度の争いは……誰の利益にも……なることは……あるまい」

「オイラは利益なんて求めてない。ただ単純に、こいつが許せないだけだ」

「妾だって、一方的に喧嘩を売られた。我慢しろというのは不平ではないか？」

鳥王様は虫王様をギロリと睨みつけて言う。

虫王様も我慢ならぬといったご様子。

「虫たちの王と……鳥たちの王よ……。それぞれの抱えた、問題は……私も、以前から……思うところが……あった。可能であれば……話し合う……機会を、設けては……どうだろうか？　誰しも……思い違いや、早合点は

「……経験がある……だろう」

縦ロールからどのような説明が為されたのかは定かでない。けれど、たしかに樹王様は争いを鎮めるよう動いて下さっている。多少なりとも事情に通じていると思しき彼の言葉には、鳥王様と虫王様も耳を傾ける素振りを見せる。

「まさかとは思うが、オイラが間違ってるとオジキは言いたいのか？」

「いや、そうでは……ない。そのようには……言わない」

「であれば、妾に過失があると？」

「いいや……それも、違う……それ以外の……可能性を……考えている」

これで勝てる。

むしろ、これしか勝たん。

自然とブサメンの意識は縦ロールに向かった。

すると彼女からは、どんなものよとばかり、力強い笑みが返ってきた。

さっきの失態はこれで取り返したわよぉ？　とでも訴えんばかり。

虫王様と鳥王様の諍いについては、自身も精霊王様から聞いている。後者の前者に対する敵意は尤もなものだろう。けれど、それをこの場で晴らして頂く訳にはいかない。どうにかしてこの調子で、喧嘩の日を改めて頂く作戦。

そして、彼らが身を引いたのなら、龍王様が引っ込んで、妖精王様も引っ込む。

とかなんとか、ブサメンが胸中で勘定を始めた矢先の出来事である。

「皆々、どうか我々の声を聞いて欲しい！」

『そうだ！　私たちの言うことを聞くんだ！』

空に馴染みのある声が響いた。

エディタ先生とロリゴンが現場に戻ってきたようだ。

縦ロールやキモロンゲと同様、北の大国の前線基地から空に向かい急上昇。樹王様の登場を受けて、現場が膠着状態にあったことも手伝い、居合わせた面々は誰一人の例外なく彼女たちに注目である。

すると二人の傍らには、何やら妙ちくりんなものが浮かんでいるではないか。

端的に評するなら、お魚。

お魚が空にプカプカと浮かんでいる。

　魚類が空中に浮かんでいる姿は、異世界においてもかなりファンシーに映る。

　パッと眺めた感じ、よく肥えたサバって感じ。くりくりとした大きな目元と、口元の造形をハッキリと感じさせる顎周りが、どことなく愛らしさを感じさせる。ただし、大きさはうちの鳥さんくらいあるぞ。

「海王殿、どうか頼みたい」

「承知しました」

　そうした魚類に向かい、恭《うやうや》しくも声をかけたエディタ先生。

　すると先方からは、お魚らしからぬ声色でお返事があった。

　喋った、サバが喋ったぞ。

　口をパクパクとさせて語る仕草が、これまた可愛らしい。

「しかし、随分とまあ多くの王たちが集まったものですね。これだけの面々が一堂に会するような機会、これまでに一度でもあったでしょうか？　少なくとも自身が王の座に就いてからは、見られなかった光景に思います」

　サバ氏、微妙に神経質そうな口調である。


　先方は我々を一巡するように眺めて言う。

「だからこそ、この状況で下手な行いを取っては、たとえ王であっても身を滅ぼすことに繋がりかねません。各々、色々と思うところはあると思いますが、今一つ、周囲との関係を踏まえた上で、慎重な判断を行うべきだと……」

　お喋りを始めた海王様の眼差しが、空の一点で静止した。

　口上も一時停止。

　時を同じくして、尾びれがピクリと大きく震えた。ドコサヘキサエン酸とか豊富に含まれていそうな色艶のよろしい皮が、陽光を反射してキラキラと綺麗に瞬く。ぱっちりとした目玉もギョロリと蠢いて、本人の驚きを伝えておりますね。

　自ずと皆々の注目も海王様の見つめる先に向かう。

　するとそこには樹王様の姿が。

「ちょっと待って下さい、これはどういうことですか？」

「な、なんだろうか？」

「そこに見えるは、樹王ではありませんか？」

「……そうなのだろうか？」

海王様に問われて、エディタ先生とロリゴンは困惑。

当然といえば当然。

樹王様がやって来たのは、彼女たちがこの場を出発してから以降のこと。流石の金髪ロリムチムチ先生であっても、樹王様とは面識がなかったようで、その名前を挙げられてもおろおろと困惑するばかり。

けれど、海王様としては、かなり重要な問題であったみたい。

「樹王がこのような場所まで出張るとは、一体どういう了見ですか？」

「それは……こちらの、台詞だ……」

醤油顔はなんだか嫌な予感がして参りました。

樹王様の反応もかなり刺々《とげとげ》しい。虫王様や鳥王様に向けて語ってみせた大らかさが、抜け落ちて感じられる物言いである。普段は穏やかなおじいちゃんが、同居中の婿にだけやたらとキツくあたるような、そういうの。

「自らの眷属のみならず、他所の王まで巻き込んで、貴方は何を考えているのでしょう。植物の根が及ばないような高所にまで、強欲にも進出しようというのですか？過去の失態を忘れたとは言わせませんよ」


「魚たちの、王こそ……地上を訪れて……何の、つもりだ？　何を……企んでいる？」

「黙りなさい。私は広大な海を統べる者。魚たちの王ではなく、大海の王なのです」

出会って早々に喧嘩腰となる二人。

他の王様たちは口を閉ざして注目。

ところで、微妙にコンプレックスの感じられる海王様の物言いに、ブサメンはそこはかとなく同族意識を覚えた。もしかしたらこのお魚さん、自らの見た目に劣等感とか、抱いていたりするんじゃないかな、とか。

「海の王を、語るなら……大人しく……水の中に……沈んでいれば……いい」

「それはこちらの台詞ですよ。植生も疎らな高所の山岳部で、更には人の姿を借りてまで、草木の王が何を行おうというのですか。植物ならば植物らしく、森の中に引っ込んでいるべきでしょう」

彼らの反目を確認して一番困惑しているのは、エディタ先生とロリゴンだ。

出会い頭にも言い争いを始めてしまった二人に狼狽を隠し得ない。

『なぁ、海王が妙なこと言い始めたけど、これって大丈夫なのか？』

「も、申し訳ない、これは私も想定外だ……」

やはりというか、樹王様と海王様の関係はご存知なかったみたい。

ブサメンだって知りませんでした。

こうなることが分かっていたら、エディタ先生も海王様に同行を願ったりはしなかっただろう。当時の状況を思えば、事前に相談できていなかった醤油顔にも問題がある。一方的にしわ寄せがいってしまい申し訳ない。

「ニンゲン……この者が……関係、しているのか？　寄与、している……争いなのか？」

「申し訳ありませんが、それはわたくしにも判断いたしかねまして……」

樹王様から問われて、縦ロールはしどろもどろ。

彼女も海王様についてはご存知ないみたい。

キモロンゲもノーコメント。

っていうか、登場人物が増え過ぎて、現場が大変なことになっている。

各界の王様が七名、これに加えてエディタ先生とロリゴン、縦ロールとキモロンゲ、ブサメンを数えると合計で十二名。気にかけるべき人物があまりにも多くて、ただ空に浮かんでいるだけでも、胃が痛くなってきた。

初見で素性の知れない王様がいらっしゃるのも心理的に辛い。

特に魚類の方。

呼吸とか大丈夫なのだろうか、エラ的な意味で。

「ならば……私は……見て見ぬ振りなど……できない。これ以上……海王の手を……地上に向けて……伸ばさせる、訳には……いかぬのだ。どこの王だ？　……どこの王が……海王と、手を結んだと……言うのだ？」

「はいはーい！　その妖精だよぉ？　そこにいる妖精が海王のこと唆してるのっ！」

「そうか……そういう、ことか……あい、分かった」

すかさず合いの手を入れた精霊王様が、樹王様の協力をゲット。

こうなると黙ってはいられないのが妖精王様である。

「ほらほら、だから言ったろ？　そこの性悪精霊がなんか企んでるって！」

「分かりましたよ、妖精たちの王。私は貴方に協力することとしましょう」

事実関係はどうあれ、海王様は彼女に付くことを決めたようだ。

精霊王様と妖精王様の喧嘩は、追加で四名の王様を巻き込んだグループ戦に発展。鳥王様の説得など夢のまた夢。むしろ、樹王様と海王様が言い争いを始めたことで、ご本人もちょっと戸惑っているような。

結果として、上手いこと収まりかけていたお話が、またも発散してしまった。

しかも樹王様と海王様はご両名の言い分から察するに、かなり面倒な背景をお持ちのご様子。異世界一年生のブサメンには、彼らを仲裁する方法がまるで見えてこない。世界観が大き過ぎて、どうやって手を出したものか。

手持ちの王様カードも既にすべて切ってしまった。

彼らに影響力がありそうな人物に心当たりはございません。

醤油顔にできることはといえば、精々海王様のステータスを確認するくらい。

名　前：テテドロ
性　別：男
種　族：ベビーフィッシュ
レベル：7680
ジョブ：魚王
H　P：29223510０/292235100
M　P：28990102５/289901025
S T R：1900105５
V I T：2102100６
D E X：870019０
A G I：98000１０
I N T：2617770０
L U C：400100１

サバ氏、海王じゃなくて魚王判定を受けておりますね。

やっぱり魚類みたい。

お寿司屋さんみたいなジョブ名が威厳を三割減。

ただし、能力値は恐ろしく高い。

レベルに限って言えば、各界の王様を含めて、自身が確認した方では最高値。

「先代から続いている貴方との関係も、この場で清算させて頂くとしましょうか」
「やれる、ものなら……やってみるといい。結果は……
以前と……変わらぬだろう」
そうこうしている間にも樹王様と海王様のやり取りが
進展。
後者の正面に魔法陣が浮かび上がった。
サバ氏、攻撃の予感。
呼応するように、樹王様の前にも魔法陣がブォン。
これと時を同じくしての出来事である。
空中に描かれた二つの陣が反応するよりも先に、周囲
で変化が見られた。
空の一点に突如、大きな飛空艇が出現したのである。
我々が浮かんでいる界隈から、そう離れていない地点。
どこからともなく急にポップした現象は、まず間違いな
く空間魔法のそれ。この時点で誰かしら、相応の実力者
が同行していることが見込まれる。
海王様も攻撃を一時停止。
皆々で急に現れた飛空艇に注目することとなる。
「…………」
まだ、何かあるんですかね？

思わず喉元まで上ってきた声を、ブサメンはどうにか
飲み込んだ。
そうした我々の面前、飛空艇の甲板から飛び立つ人た
ちの姿が。
こちらへ近づくにつれて、背格好や顔立ちが段々と明
らかになってくる。先方は二人一組。共に自身も見覚え
のある人物。内一名はつい先日にも顔を合わせたばかり。
その特徴的な姿はまさか見間違うはずもない。
「争イノ気配ヲ感ジル。感ジルゾ。コレハ大キナ争イ。
自ラノ力ヲ示スベキ場ダ」
「恐れ入りますが、まずは龍王様にご確認を取らせて頂
けませんか？　鬼王様」
あぁ、鬼王様が飛空艇に乗り込んで現地入り。
傍らにはスペンサー子爵の姿も見受けられる。
お姉さんのスペンサー伯爵と同様、現地から連絡を受
けて、この場に駆け付けたのだろう。飛空艇を飛ばして
きた空間魔法は、鬼王様による行いと思われる。その側
面に北の大国の国旗が描かれていた時点で、嫌な予感が
していた。
先方はすぐに龍王様の傍らまでやって来る。

「早々ニモ、喧嘩ノ場ヲクレルトハ、ニンゲン、貴様ナカナカ良キデハナイカ」

「龍王様、姉から連絡を受けまして、鬼王様をお連れさせて頂きました」

鬼王様は現場に居合わせた王様たちを眺めて語る。

ニヤリと笑みを浮かべて、それはもう楽しそうに。

この人、生粋《きっすい》の戦闘狂である。

物騒な語りを耳にしたことで、龍王様からはスペンサー子爵に疑問の声が。

「その方ら、何用あってこの場に足を運んだのだ？」

「是非とも龍王様にご協力させて頂けたらと」

「何ナラ、全テヲ任セテクレテモ、構ワナイ」

「それは殊勝なことである。そういうことであれば鬼たちの王よ、余に協力してそこのニンゲンを共に討つといい。余だけでも差し支えはないが、チョロチョロと逃げられては時間がかかって仕方がない」

「先日、島デ顔ヲ合ワセタ、ニンゲンダロウ？　アノ時カラ、気ニナッテイタ」

龍王様と同様、鬼王様はスペンサー姉妹のお抱えである。


タナカ伯爵襲来の知らせが彼にも回ったみたい。

北の大国の前線基地、あるいは近隣に停泊していた飛空艇に、通信機材が設けられていたのではなかろうか。

魔道通信なる長距離通信の存在は、自身も過去にエステルちゃんがトリクリスのお城で利用していたのを確認している。

「魔王ヲ倒シタトイウノハ、本当ナノカ？　ドイツモロヲ揃エテ、同ジコトヲ言ウ」

「本人はそのように言っている。相手をするのが恐ろしければ、無理にとは言わぬ」

「冗談ヲ言ウナ。是非トモ手ヲ合ワセテ、ミタイモノダ」

こちらを見つめて、ニチャァと笑みを浮かべる鬼王様。

ブサメンの相手が一名追加の予感。

「精霊王様、この場合ですと各々の分担はどうなるのでしょうか？」

「魔王を倒したっていう君の腕前、精霊王にも是非見せて欲しいなぁ！」

「……左様ですか」

鬼王様のこと、メスガキ王様から丸投げされた。

めっちゃいい笑顔で言われた。

間髪を容れず、ゴリマッチョな彼が飛びかかってくる。

「ニンゲン如キガ、ドコマデヤレルモノカ。精々見セテミヨ」

「っ……！」

飛行魔法を操作して後方へ身を引くも、先方はしつこくこちらに迫って来た。

時を同じくして、海王様による魔法が樹王様に向けて発射。ビームっぽい光の帯が近隣一帯を眩《まばゆ》く染める。一時静止していた鳥王様も、虫王様に対して攻撃を再開。精霊王様と妖精王様も、空を飛び回りながら魔法の打ち合いを開始。

ペニー帝国と北の大国の国境付近では、再び王様たちによる争いが始まった。

各界の王様たちが次々と登場。互いの不仲っぷりを披露の上、大乱闘の体。もはやロイヤルビッチの行いを証明したところで、この場は収まらない気がする。だって、誰も彼もがやる気満々のご様子。

人類の戦争は我々の手を離れて、王様たちの喧嘩に発展してしまった。

ちゃっかり鬼王様から距離を取ったスペンサー子爵と、彼女の持ち込んだ飛空艇が、逃げるように北の大国の前線基地に向けて降下していく。個人的にはブサメンもご一緒したい。けれど、そんなことをしては龍王様からの嫌疑を肯定するばかり。

尚且つ、地上にはメイドさんがいるという。

彼女を巻き込む訳にはいかず、龍王様と鬼王様を相手取り喧嘩をする羽目に。

「チョコマカト、ヨク逃ゲヨル。コノ体タラクデ本当ニ、魔王ヲ倒シタトイウノカ？」

「あれは私一人の行いではありません。皆々の協力あっての賜です」

血気盛んな鬼王様は、どうやら妖精王様と同じく、自らの拳で語るのが好みのようだ。隙あらば醤油顔に近づいて、腕や足を振り回してくれる。これが距離を保ちつつ攻撃魔法を飛ばしてくる龍王様とは非常にバランスがよろしい。

相手をするブサメン的にはとても苦しい状況。

真っ黒いファイアボールの連打により、どうにか手足に着火するも、即座にこれを切り飛ばして再生。非常に気合の入った性格の持ち主だ。龍王様でさえ慎重な対応

を見せているというのに、なんと肝っ玉の据わっていること。

「鬼たちの王よ、油断するでない。その炎は厄介だ。身を包まれたら貴様でも危うい」

「ツマリ、多少ヲ燃ヤサレタトコロデ、包マレナケレバ、問題ハナイトイウコトダ」

龍王様と鬼王様からの攻撃を辛うじて捌きつつ、ブサメンは考える。

このままではエディタ先生が、自責の念から切腹しかねない。

今もめっちゃ思い詰めた表情をされている。

決して冗談ではなく、先代の魔王様に対してそうであったように、自らを犠牲とすることで、ヤバい感じの魔法とか使ってしまいそうな危うさを覚える。何故ならば彼女は、他人の為に自らを差し出してしまう、聖女のようなロリムチムチ。

そのようなこと、ブサメンは決して看過できない。

けれど、どうしたらいいのだろう。

今からでもソフィアちゃんの特製ポーションを飲みに向かうべきだろうか。状況的に考えて、直飲みを主張できる稀有《けう》なシチュエーション。なし崩し的にゴクゴクさせて頂ける絶好の機会である。

などと自身が悩んでいる間にも、王様たちの争いは激化していく。

そして、遂にその時は訪れた。

「相変わらず守りに回ってばかりですね。そうして生き長らえることにだけ長《た》けて、果たして何を為すことができるのか。物言わぬ木々がそうであるように、ただそこに生えているだけなのではありませんか？」

「生命にとって……生き延びることは、何よりも……優先される……絶対の、正義。これを否定することに……なんの価値が……あるだろうか。その方の先代も……そうして……我々に……敗れ去った」

「そうした御託《ごたく》も本日限りです。いい加減、貴方とのやり取りには疲れましたよ」

尊大な口上と共に、海王様が大技っぽいモーションに入った。

めっちゃビチビチし始めた。

魚々しい彼の周囲を覆うように、立体的な魔法陣が展開する。

今からヤバイの撃ちますよ、と言わんばかり。

相手をしていた樹王様も、少なからず驚いた様子で先方を見つめている。

「ぬぅ……ここは……地上だぞ？　海王よ」

「これで終わりにしてくれましょう」

これまでもテッポウウオの水鉄砲さながら、ビームっぽい魔法を樹王様に対して連発していたサバ氏。けれど、魔法で守りを固めた樹王様には、どれだけ繰り返しても決定打を与えることができずにいた。

そうした状況に痺れを切らしての行いと思われる。

今までに放っていたものとは比較にならない極太の輝きが放たれた。

スペンサー子爵が乗り込んできた飛空艇を丸々飲み込んで余りあるほどの規模感。なんなら首都カリスの王城さえ収まってしまいそう。ビリビリと大気の震える感覚が、離れていても肌を刺激する。

「い、いかん！」

『おい、そっちはっ……！』

視界の片隅でエディタ先生とロリゴンの慌てる姿が見えた。


理由は放たれた魔法の進行方向。

互いに空に浮かんでいる両名。発射元となる海王様に対して、標的となる樹王様は若干低い位置にいる。後者が事前に仕込んでいたと思しき空間魔法で回避を決めると、サバ氏の魔法は対象を失い、地上に向かい一直線である。

しかも、その先には北の大国の前線基地が。

「ぬぅっ……！」

咄嗟に動いた龍王様が、進行方向に向けてブレスを放つ。

横から煽《あお》られた海王様の魔法は、レンズに屈折するレーザー光さながら、ほんの僅かに軌道を変えて近隣の山脈地帯を穿った。そのまま地平の彼方まで、延々と直進して大地に輝きを刻んでいく。

これが恐ろしいまでの破壊力。

幾重にも連なった山々が、海王様の魔法に貫かれて消失。

ペニー帝国と北の大国を隔てていた山脈が、南北に大きく削られてしまった。それこそ山間を真っ直ぐに延びる、広大な街道を通したが如く。そこだけ風景を消しゴムで削り取ったみたいになっている。

過去、精霊王様と妖精王様の喧嘩により、ポポタン半島なる地域の一部が消失したとエディタ先生が言っていた。話半分で聞いていたのと同じような出来事が、今まさに自身の眼の前で為されてしまった。

それも僅か一人の王様による、ちょっとした憤りの結果として。

「海王よ、今のような真似は以後絶対に控えよ。でなければ余がその方を滅する」

「少し山が崩れた程度で、何を狼狽えることがありましょうか？」

「海の中と地上を一緒にするでない。この地には余の眷属が住んでいるのだ」

「やれやれ、地上の生き物は脆《もろ》いですね。それもこれも地表という僅かな空間で、せせこましく生きているが故でしょうか。大海を知らずして、何故こうまでも大きな口を叩けるのか、甚《はなは》だ疑問です」

「なんとでも言うがいい。だが、生きて故郷に戻りたいのなら自重せよ」

互いに痛罵を浴びせ合う海王様と龍王様。

北の大国の前線基地は辛うじて無事。

ただ、次に同じようなことがあったら、どうだか分からない。そして、その可能性は非常に高いような気がする。何故ならば、時間の経過と共にヒートアップしていく王様たち。向こう見ずな行為も増えていく。

このままでは地上にいるメイドさんの身が危うい。

空に浮かんでいるエディタ先生とロリゴンも大変なピンチ。

いいや、それどころかペニー帝国や北の大国そのものが消滅してしまいそう。

「…………」

ということで、ブサメンは悟った。

やっぱり最後に物を言うのは、暴力ですよね。

今まで温存していたスキルポイントを確認する。

パッシブ：
魔力回復：ＬｖＭａｘ
魔力効率：ＬｖＭａｘ
言語知識：Ｌｖ１
アクティブ：

回復魔法：ＬｖＭａｘ
火炎魔法：ＬｖＭａｘ
浄化魔法：Ｌｖ５
飛行魔法：Ｌｖ55
土木魔法：Ｌｖ10
召喚魔法：Ｌｖ１
残りスキルポイント：３６５

これを――

パッシブ：
魔力回復：ＬｖＭａｘ
魔力効率：ＬｖＭａｘ
言語知識：Ｌｖ１
アクティブ：
回復魔法：ＬｖＭａｘ
火炎魔法：ＬｖＭａｘ
浄化魔法：Ｌｖ５
飛行魔法：Ｌｖ55
土木魔法：Ｌｖ10
召喚魔法：Ｌｖ１
空間魔法：ＬｖＭａｘ
次元魔法：Ｌｖ１【Ｎｅｗ！】
残りスキルポイント：１１０

こうだ。

空間魔法をカンスト取得した影響だろうか。

なんか新作スキルが生えている。

けれど、今は気にしないでおこう。

なにはともあれ、ファイアボール大感謝祭、開催のお知らせ。

＊

海王様の魔法によって大惨事となった地上の光景。

これを尻目に、それでも王様たちの喧嘩は収まることがなかった。むしろ加速してすら思える現場の賑わい。

唯一、龍王様だけが地上を背にして守りに入った。けれど、他の面々は相変わらず好き勝手に暴れまわっている。

その様子を目の当たりにしたことで、ブサメンも憂いなく魔法を使える。

「今ノ光景ヲ眺メテ、肝ヲ冷ヤシタカ？　ヤハリ、ニンゲンハ、脆イモノダ」

「まったくもって、貴方の言うとおりですよ。なんと恐ろしい光景でしょうか」

もはや遠慮することはあるまい。

鬼王様の攻勢から逃れつつ、真っ黒なファイアボールを大量に呼び出す。

我々が浮かんでいるより幾分か高いところ、空一面を埋めるように。

かなりMP的なパワーを持っていかれたようで、直後には虚脱感が全身を襲った。けれど、持ち前の高INTの恩恵を受けて、すぐさま体調は回復していく。ステータスを確認すると、瞬間的に枯渇したMPが秒で戻っていく様子が窺えた。

これをいいことに、繰り返し魔法を行使してファイアボールを追加。

最終的に数千、数万という炎の連なりが空の高いところに並んだ。

より上空から注いでいた陽光が炎のゆらめきによって遮られる。

学生の時分、ライターの火に影は生じないと教わった覚えがある。けれど、ブサメンが呼び出した性悪なファイアボールは、どうやら光をあまり通さないようだ。まるで雲が差したかのように、近隣一帯が暗くなった。

ふっと差した陰りに気付いた皆々の意識が、一様に上空へ向けられる。

「他所ニ、意識ヲ向ケテイルト、思エバ、コレガソノ理由カ」

「おや、気付かれてしまいましたか」

ブサメンを攻めていた鬼王様も、頭上の変化に気付いて動きを止めた。

これまでも繰り返し、牽制の為に撃ち放っていたものだ。その特性は王様たちも理解していることだろう。身に受けた経験のある鬼王様や龍王様のみならず、これを傍らで眺めていた王様たちも気を取られている。

現場に居合わせた皆々の意識が、一斉に醤油顔へ向けられた。

これを確認したところで、本日の天候は晴れ時々ファイアボール。

頭上に浮かべた真っ黒な炎の何割かを、王様たち目掛けて降下させる。これまでと同様、対象を追従するように行使。広大な空を背景に、シューティングゲームの誘導弾さながら、ファイアボールが高速で飛び交い始めた。

「追い詰められて、気が狂ったか？　ニンゲンよ」

「適当ニ放ッタトコロデ、碌ニ当タルコトハ、アルマイ」

「ほら見ろ！　虫王に与するヤツなんて、碌なもんじゃねぇぜ」

「この様子では魔王を打倒したという評判も怪しいところですね。精々、その現場に居合わせた程度が関の山ではありませんか？　このような人物に与するなど、草木の王はなんと相手を見る目がないのでしょうか」

「ニンゲン、アタシたち全員を敵に回して、無事でいられると思ってるのか？」

ターゲットは王様全員。

自身が相手をしていた龍王様や鬼王様のみならず、鳥王様と虫王様、樹王様と海王様、そして、妖精王様と精霊王様に対しても平等に。空に浮かんでいる人物で、例外はエディタ先生とロリゴンのみ。

王様たちは各々、すぐさま回避行動に移った。

「あぁーん、どぉーして精霊王まで狙うのぉ⁉　ずっと仲良しって言ってたのに！」

「ニンゲンよ、何故に妾まで攻撃する。妾、オマエを助けに来たのに」

「いや……しかし、攻め手は……若干、控えられている……数が、違っている……」

当然ながら、大半のファイアボールは仕事を果たすことなく爆散してしまう。

でも、それは想定済み。

だからこそ貴重なポイントを費やしてまで、新作スキルをゲットした。

暴力に目覚めたブサメンは、そうした炎の雨に交じって覚えたての魔法を行使。空に浮かんでいた真っ黒なファイアボールの一部を、空間魔法を用いて王様たちの下に直接届くようプレゼントである。

頭上で待機していた幾割かが、次の瞬間にも先方の懐に入り込む。

ゼロ距離で炎に触れた面々は、すぐさま着火して身を燃やし始める。

予期せぬ攻撃を身に受けて、余裕綽々《しゃくしゃく》であった王様たちの態度は急変した。

「っ……余の障壁を越えて、魔法を行使しただと⁉」

「ナンダコノ炎ハ、イキナリ懐ニ、飛ビ込ンデ来ル」

「オイラたちだって、互いの障壁を越えるような真似は大変だってのにっ……！」

魔王様との騒動からブサメンは把握している。

相手が王様であっても、真っ黒なファイアボールが当たりさえすれば、倒せないことはないのだ。けれど、なかなか当たらないから困っていた。また、当たってもその部位をパージされてはダメージも微々たるもの。

だから、確実に数を当てられるように、しっかりと狙っていこう。

これまで攻撃魔法で相殺されたり、障壁魔法で無効化されたりと、余程上手いこと隙を突かなければ、対象に着弾できなかった真っ黒いファイアボール。それが空間魔法の恩恵を受けたことで、凶悪な代物にレベルアップ。

ゼロ距離に出現して着弾。

気づけばいつの間にか燃えている。

「うぉぁあああ、アタシの羽が燃えてる⁉　なんだよこれ、全然消えないぞっ！」


「羽ヲ捨テロ。ソウスレバ、火ハ消エル」

「いやいや、それは消えたって言わないじゃん⁉」

「障壁を多重に設けたところで、易々と越えてくる。魔力量の差による力業であるとすれば、このニンゲンはどれだけの魔力を保持しているというのですか。我々王を相手に、とてもではありませんが信じられません」

ホーミング仕様で対象を追従する牽制用と、本命であるワープ仕様。前者に気を取られている間に、後者を身に受けた王様たちは、そこかしこで黒い炎に包まれ始めた。これまでとは打って変わって、かなりの命中率。

もちろん、対処法は既に知られている。

これまでにも鬼王様が繰り返し実践していた為、着弾した部位を切り取ることで延焼からは逃れられる。けれど、一つ防いだところで、すぐさま追加のファイアボールが発火。先方は火消しに追われる羽目となる。

また、空の上の在庫は逐一補充。

障壁云々は今更ながら肝を冷やしたけれど、対処できているようなので問題なし。

結果として、居合わせた王様を一人くらい倒してしまっても、ソフィアちゃんやエディタ先生、ロリゴンの為なら仕方ないでしょう。むしろ、世から王様がすべていなくなれば、その存在に頭を悩ませることもない。

などと危うい思いが脳裏に浮かんでは消える。

感覚的には、アレだ。

度重なる終電帰り、残業に疲れて訪れた駅のホーム。黄色い線の外側に立って、これ一歩追加で踏み出したら、いい感じになれるのでは。などと何の憂いもなく軽やかに想像してしまったときのような感じ。

黄色い線の内側でお待ち下さい、とのアナウンスに危ういところを救われる。

「こうして眺めてみると、精霊王たち、ちょっとだけ彼に優遇されてるのかなぁ？」

「少なくとも……懐に……炎が、飛び込んで……来るような……ことはない」

「あのニンゲン、どうなっている。妾、助けにくる必要、なかったのではないか？」

空間魔法でファイアボールをプレゼントしているのは、妖精王様と龍王様、鳥王様、海王様、鬼王様のみ。精霊王様と樹王様、虫王様の三名については、事前に面識を得ていたことも手伝い、ホーミング仕様で追いかけ回すばかりに控えている。

「妖精王、余に協力せよ。先にあのニンゲンを対処する」

「おうとも！　アタシたちでとっちめてやるぞ！」

「そういうことでしたら、私も貴方たちに協力するとしましょうか」

「オイラも手を貸すぜ！」

「コチラモ協力スル」

喧嘩の手を止めた一部の王様たちが、ブサメンを標的に動き出す。

そうして与えられる攻撃は、空間魔法を利用して回避。レベルをカンストさせた恩恵か、詠唱を要することなく、前動作ゼロで思ったところに次々と移動できるの凄い。ヤバいと思った次の瞬間には、あの辺りに逃げたいな、と意識した地点に移動している。

おかげさまで無軌道、無次元に動き回れる。

どこからともなく現れて、問答無用で火を付けていくキモい顔のおっさんとか、恐怖以外の何者でもないだろう。自分でも、だいぶキモいことしていると思うもの。

怪奇、ファイアボールおじさん。

「だが、余には攻めている暇がない。妖精王、どうにかして先方を抑えるといい」

「いやいやいや、無茶を言うなよ!? こっちだって炎の対処で一杯一杯なのにっ！」

「あぁ、なんと厭らしい攻撃なのでしょう。鳥王、空は貴方の両分ではありませんか？」

「期待されているところ悪いが、畜生、手を貸したいのは山々だが、その暇がねぇ！」

「肉体ノ、治癒ニ回ス魔力ガ、想像シタ以上ニ多イ。コノママダト、根負ケスル」

先方から攻撃を受けたとしても、持ち前の回復魔法で即座に治癒。

痛みを感じている暇もない。

持続型の回復魔法が、なんかヤバいことになっている。精霊王様の依頼を受けて、獣王様の下を訪問した頃から感じていたけれど、怪我という概念が失われてしまったかのような雰囲気がある。

首から上が吹き飛んでも、視界が一瞬、瞬きさながらに暗転する程度で済んでいる。

「えっとぉぉ、これって精霊王たちは、しばらく逃げ回ってた方が良さそうかなぁ？」

「これだけの、魔法を……同時に扱うなど……あのニンゲン……どう、なっている？」

「妾、あのようなニンゲンは初めて見た。顔立ちが平たいのと関係しているのか？」

北の大国の前線基地に逃げ込まれたら面倒だな、とは考えていた。けれど、先方にも王様としてのプライドがあるのか、撤退する方は皆無だった。どうにかして醤油顔を打倒するべく、あの手この手で挑んでくる。

取り分け、妖精王様を筆頭に、龍王様、鳥王様、海王様、鬼王様の反応が顕著である。対して精霊王様や虫王様、樹王様の三名は、ブサメンの行いに思うところがあるのか、ファイアボールを回避しつつ様子見に回っている。

そうして空の上でファイアボールを撒き散らすことしばらく。

段々と王様たちが被弾する割合が増えてきた。

一部では動きが鈍って感じられる方もいる。

多分、魔力が枯渇し始めたのだろう。

「な、なぁ、アタシちょっと、このままだとヤバい、かもっ……」

「コノヨウナ敗北ハ、甚ダ不本意ダ。トテモ、喧嘩トハ、言エヌ」

ステータスを確認すると、比較的INT値の低い妖精王様や鬼王様などに、数値の上でも顕著な傾向が見られ始めた。MPの自然回復に遅れが生じ始めている。もうしばらく続けたのなら、いつかは追いつかなくなりそう。

魔王様との戦いでは、そのまま押し切ることで勝利した経緯がある。

けれど、今回はそれが目的ではない。

エディタ先生とロリゴンも、不安そうな面持ちでこちらを見つめている。

そこで妖精王様と鬼王様に対しては加減をしつつ、龍王様と海王様に余剰分のファイアボールを回していく。その状態で更にしばらく攻め立てると、後者についてもMPの消費が自然回復より勝り始めた。

自ずと先方も口数が減って動きが鈍くなる。

そうして先が見えて来た辺りで、ブサメンは攻め手を止めた。

王様たちを追い回していたファイアボールも一斉に急停止。


その場でピタリと止まって動かなくなる。

追いかけられていた面々も、動きを止めて醤油顔に向かい身構える。

「……何のつもりだ？　ニンゲン」

「我々ニ、手心ヲ、加エルツモリカ？」

「とはいえ、オイラはもう限界だぜ、鬼王さんよ」

賑やかだった空が静かになった。

王様たちから反撃はない。

代わりに恨みがましい眼差しが、そこかしこから向けられる。長距離を走り終えたランナーさながら、傍目にも疲労困憊。また、ファイアボールに対処するべく、文字通り身を削った為か、一様に衣服を失って全裸。

不満があるとすれば、対象者の内訳だ。

内二名はドラゴンとお魚。

唯一の希望であった妖精王様は小さ過ぎて、離れているとよく分からない。

結果、裸体を楽しめるポジションにあるのは鬼王様のみ。オーガ級の立派な代物が股ぐらでブラブラしているの、ちょっと敗北感を覚える。精霊王様があちら側だったら良かったのに、などと考えてしまったのは仕方がないこと。

そうした彼らに対して、ブサメンは告げさせて頂く。

「各界を代表する皆さんに、私から提案があります」

暴力は便利だ。

なんたって誰でも理解できる。

言葉が通じない動物が相手であっても。

けれど、我々は言葉を介して意思をやり取りできる生き物。

「皆さんが抱えている問題を議論する場を、どうか設けさせては頂けませんか？　精霊王様と妖精王様の喧嘩、鳥王様と虫王様の過去の諍い、樹王様と海王様の問題、当然、私と龍王様のすれ違いについてもです」

王様一同、虚を衝かれたような面持ちとなり、こちらを見つめていた。

すべてを放り出して力任せに解決したい、という気持ちがないでもない。

でもそれは、人類的に考えて禁忌《きんき》。

魔王様を打倒したことで、ただでさえ魔族の方々の心証が悪いと思しきブサメン。更に他所の王様までどうこうしては、人類の立場が危うい。高位魔族やエンシェントドラゴン、その他種族が手を組んで攻めてきた日には、目も当てられない。

当代の王様たちを全員、もし仮にこの場で倒したとしても、まず間違いなく次の代の王様たちがやって来る。そうなったら人類は四方八方から攻められて、きっと大変なことになってしまう。既に魔王様から嫌われている醤油顔だから分かるのだ。

「もう一度、言いますね」

だからこそ、彼らには納得してもらわなければいけない。

暴力以外の解決方法に。

「皆さんをお招きして、一緒に話し合いの場を設けたいと考えています」

王様一同はキョトンとした面持ちとなり、互いに顔を見合わせる。どうやら醤油顔からの提案は、彼らにとって完全に想定外であったようだ。まさか、このまま最後までバトってしまうつもりだったのだろうか。

だとしたら、ブサメンは駄目出しにもう一声。

「私としては、話し合いで片付くのであれば、それに越したことはありません。ですが、これ以上続けるというのであれば、今後は全力で臨ませて頂きます。恐らく以降の争いは、より激しいものになるのではないかと思いますので」

切り札を切ったことで、どうにか得られた主導権。

これが有効であるうちに勝負を決めたい。

そうした醤油顔の思いが功を奏したのか、ややあって先方に反応が見られた。

「……いいだろう。余は、その方の提案を受ける」

「ご快諾ありがとうございます、龍王様」

他の誰でもない、龍王様から承諾の声が上がった。

その事実に居合わせた王様たちからもざわめきが聞こえ始める。

「だがしかし、条件が一つある」

「なんでしょうか？」

「話し合いを行う場所は、その方らが住んでいる町とする」

「何故ですか？」

「この状況で、その方の言葉を一方的に信じろと、我々に言うのか？」

ご自身の他、他の王様たちを眺めて龍王様が言った。


皆々、満身創痍である。

万が一に備えたいという思いは分からないでもない。話し合いをしたいという意思が嘘であった場合、もしくは話し合いの結果を受けて、ブサメンがちゃぶ台返しを仕掛けた場合に備えて、我々の町を人質として利用したいのだろう。

できればドラゴンシティに危ない方々をお招きするような真似は控えたい。

けれど、提案の意義を示すには、こちらも相応の覚悟を見せる必要がありそうだ。甚だ不本意ではあるが、自身から提案してみせた手前、それくらいの歩み寄りは、話し合いの前提として必要かもしれない。

しばし悩む素振りを見せたところで、ブサメンは厳かにも受け答え。

「承知しました。会場については、我々の方で用意させて頂きたく思います」

「それなら余は、その方が主張する話し合いとやらに参加しても構わぬ」

「でしたら、話し合いは明日の昼からとしましょう。場所を用意する為に一晩、我々に時間を下さい。各界の王様が顔を揃えるせっかくの機会ですから、それ相応の支度を行いたく考えております」

「……いいだろう。だが、妙な真似をしたら、余は決して容赦はせぬぞ」

「ええ、重々承知しておりますとも」

ぐるると喉を鳴らしつつ、威嚇するように言う龍王様。

北の大国におけるナンシー隊長の活躍は、きっと彼もスペンサー伯爵から伝え聞いていることだろう。そうして考えると、本日こうして喧嘩になってしまったのも、仕方がないような気はしている。

「明日の昼、再びこの場に集まって下さい。皆さんを我々の町にご案内します」

最難関であった人物から承諾を得たことで、ブサメンは他の王様たちに向き直る。

異論は誰からも、聞こえてくることはなかった。

王様会議

Kings Conference

ブサメンから提案させて頂いた、王様同士の話し合い。
会場はドラゴンシティに決定。

同日は現地にて一時解散。明日の昼、再びこの場所で再会することを約束して、王様たちはどこへともなく散っていった。龍王様と鬼王様はスペンサー姉妹と共に撤収。妖精王様と海王様、鳥王様は各々バラバラに去っていった。

自身はエディタ先生たちと共にドラゴンシティへ帰還。

ここ最近はベッタリの精霊王様の他、樹王様と虫王様も我々の町を見てみたいとのことで、彼女たち三名も同行することになった。ロリゴンは渋っていたけれど、強くは言えずに受け入れる羽目に。

また、帰還に際しては、ソフィアちゃんの所在が不明となり一騒動。

彼女が隠れていたと思しき場所には、置き手紙が残されていた。なんでもメルセデスちゃんと一緒に退避します、とのこと。どうして近衛レズが現場に居合わせたのか、ブサメンは疑問でならない。きっと碌なことじゃないだろう。

ただ、筆跡も本人のモノであったので、これを信じて撤収することにした。手紙の内容に従えば、飛空艇でドラゴンシティに向かうそうな。少し待てば会うことができるので、事情は本人から確認すればいいとの判断。

他方、北の大国の前線基地に捕らえられていたロイヤルビッチは無事に回収。エディタ先生とロリゴンに救出をお願いした。ブサメンが動くと龍王様を刺激しそうだったから。

彼女にはそのまま、陛下の下まで直行して頂いた。

そして、ドラゴンシティに帰還したのなら、すぐさま明日の話し合いに向けて支度である。龍王様に語ってみせた準備が必要云々は決して伊達ではない。最低限の見栄えを整えるべく、夕食を食べる暇も惜しんでの突貫工事。

話し合いの会場には、武道大会で利用した施設を流用することにした。

昨今では多目的のイベントスペースとなっていた同所に、特設ステージを設ける形だ。現場は町から少しだけ距離がある。王様が相手では誤差のようなものかもしれないが、町長宅の打ち合わせスペースで行うより遥かに気分が楽だ。

ロリゴンからも、是非そうしよう、それがいい、と猛プッシュがあった。

今回は観客を入れることもないので、武道大会の支度と比較したら手間もない。それでも各界の王様をお招きするとあっては、相応の準備が必要だろう。おかげで町長宅の皆々総出となり、夜通しで作業が行われた。

現場ではゴンちゃんを筆頭に、黄昏の団の皆さんがご協力下さった。

おかげさまで朝日が昇るまでには、どうにか会場を整えることができた。

それから僅かばかりの仮眠を取って迎えた、翌日の昼。我々はドラゴンシティに、各界の王様をお迎えすることとなった。

「余が前に訪れた際と、さして変わりはないようだ」

「造形から察するに、ここはコロシアムでしょうか？　規模こそ大きいですが、私が海底に設けた神殿の方が遥かに優雅ですね。まあ、ニンゲンの手による行いとあらば、この程度が関の山、といったところでしょうか」

「戦士タチノ、戦イノ場、トイウコトカ」

「そんな場所を指定するとか、やっぱりオイラたちを倒すつもりなんじゃねぇのか？」

「おい、オマエら！　ここはアタシの友達の町なんだから、絶対に壊したりするなよな！」

王様たちは話し合いの会場を眺めて、各々好き勝手に言葉を交わし始める。

山脈地帯からの移動は、ブサメンの空間魔法。取得から間もない新作スキル。

エディタ先生やロリゴンからは昨晩にも、何故に使えるのかと突っ込みを受けた。まさかスキルポイントが云々と、素直に伝えることはできなくて、以前から練習していたものが争いの只中で使えるようになった、と答えておいた。

苦しい言い訳ではあるが、二人から追及はなかった。

「ニンゲンってどーして、こういう形式的なことに色々と拘《こだわ》るのかなぁ？」

「そうした行いが……文化を、生み……その繁殖を……下支えして……いる、のだろう」

「妾、ニンゲンが縫った衣服は嫌いじゃない」

現在、我々は武道大会の会場に設けられたステージの上にいる。

中央には直径五メートル超えの大きな円卓。

中程に空間がある立派な品を、首都カリスの王城からお借りしてきた。

これを王様一同で囲んでいる。卓に着いている参加者は、ある一点から時計回りに、妖精王様、龍王様、鳥王様、海王様、鬼王様、樹王様、虫王様、精霊王様、そして、司会進行役のブサメン、といった並びとなる。

また、自身の背後にはゴッゴルちゃん。

昨晩にも事情の説明に向かったところ、頑なに同席を望まれた次第。

感覚的には、元居た世界の国際サミットなどで見られた光景が近い。しかしながら、参加者の外見が多様性に富んでいる為、傍から眺めたのなら、とてもお金のかかっているコスプレ撮影会、みたいな感じ。

足元には絨毯を敷いたりして、少なくともステージの上については、かなり立派に整えている。空いているスペースには、なんかよく分からない棚や、観葉植物など、目に見えて高級そうな調度品を配置した。

どちらも王城から借りてきたものなので、町のお財布はノーダメージ。宰相殿は塩っぱい顔をしていたけれど、北の大国との停戦に向けて必要な行いだと説明したところ、最終的には納得して下さった。

「宰相よ、円卓を挟んで対面に座っている男に覚えはあるか？」

「スペンサー伯爵の隣に座っている人物でしょうか？」

「うむ、その通りだ」

「申し訳ありませんが、私は存じません」

「あれはもしや、アッカーマン公爵ではありませんか？」

「おぉ、知っておるのか？　リチャードよ」

「北の大国でも指折りの有力貴族となります、陛下」

「なるほど、あの者が……」

ステージ上には円卓を囲むように四方へ、長机がいくつか聴講席として設けられた。

こちらにはエディタ先生やロリゴンを筆頭にして、騒動の関係者が並ぶ。ペニー帝国からは、陛下と宰相殿、それにリチャードさんが参加することになった。縦ロールやキモロンゲもこちらに見られる。

宮中の三人組については昨晩、王城に円卓を借りに向かったところ、先方から同席を願われた。リチャードさんが反応を示したことで、すぐさま宰相殿が声を上げて、結果的に陛下も同席せざるを得なくなった感じ。

円卓を挟んで反対側にはスペンサー伯爵とアッカーマン公爵の姿がある。こちらは龍王様や鬼王様と共に、立派な飛空艇に乗り込んでやって来た。当然ながら彼らの他にも、お付きの騎士たちが大勢見られた。

騎士たちは当初、頑なに話し合いへの同席を主張していた。しかし、龍王様と鬼王様が二人の身の安全を確約したところ、渋々ながら打ち合わせの場から退出。現在は町の歓楽街で、ノイマン氏や東西の勇者様が接待中となる。

「アッカーマン公爵、私が危惧していたことをご理解して頂けましたか？」

「あの光景を目の当たりにしては、まさか理解せずにいる訳にもいくまい」

「それはなによりです」

「スペンサー伯爵よ、このようなことを貴殿に伝えるのは甚だ不本意ではあるのだが、私は王という存在を侮っていた。たしかにアレらは、人間が少し背伸びをした程度で、手に負える存在ではなさそうだ」

「あのような光景を、王たちは何気ない憤りから、些細な魔法の行使で生み出すことができるのです。次にそれが放たれたとき、その矛先に我々の国がないとは、誰も保証することができません」

アッカーマン公爵はどうやら国境の惨状を確認してきたようだ。

海王様の癇癪《かんしゃく》によって吹き飛んだ山脈の一角を。

「そして、タナカ伯爵や氏の仲間もまた、同じような存在である、ということか」

「ペニー帝国との戦争に勝利しても、首都アクメが消滅しては意味がありません」

「………………」

わざわざ敵国まで乗り込んできた辺り、アッカーマン公爵にも王様たちの危うさはご理解して頂けたことだろう。ペニー帝国と北の大国の戦争は、我々人類の手を離れて、もっと危ういところにまで至ってしまった。

　このまま放っておいたら、両国の存続のみならず、この世界そのものが危うい。

「さて、それでは全員揃いましたので、早速ですが話し合いを始めましょう」

　皆々が着座、会場が落ち着いたことを確認して、司会よりご案内。

　議長席の傍ら、関係者席とは別に設けた長机では、ペンを手にしたチーム乱交の面々が、書記として仕事を始める。エステルちゃんとゾフィーちゃん、アレンの三名には、本日の記録係をお願いした。

　そうでないと後で言った言わない、絶対に揉めると確信がございます。

「自分だって龍王と喧嘩してる癖に、アタシたちのことまで面倒とか見れるのか？　昨日は偉そうなこと言ってたけど、実は魔力が切れそうだったのを取り繕う為に、あんなこと言い出したんじゃないの？」

　いの一番、隣に座った醤油顔を睨みつけるようにして、妖精王様が言った。

　一晩が経過したことで、元気を取り戻しておられる。昨日、別れ際に確認したぐったりとしていた姿は、今や微塵《みじん》も窺えない。ちなみに小柄な彼女は、椅子を利用せず卓上に胡座《あぐら》。微かにパンチラしているの、童貞は見逃しておりません。

「その辺りは事後に改めて評価して頂けたらと」

「なんだよ、自分だけ澄ました顔しちゃって」

　ブーブーと文句を言う妖精王様に構わず、ブサメンは司会進行。

　議題の順番については、昨晩にも事前に段取りを考えている。

「まず最初は、鳥王様と虫王様の問題を解決したく思います」

「他人事だと思って、随分と簡単に語ってくれるもんだぜ」

「妾、一方的にこの鳥から恨まれているのだが？」

　醤油顔が案内を行うと、即座に当事者たちから声が上がった。

　これに構わず、ブサメンは粛々と説明を続ける。

彼らの問題解決は前哨戦に過ぎない。

さっさと手際良く片付けなければ。

「初耳の方も多いとは思いますので、軽く過去の経緯を説明しましょう。ことの発端は今から千年ほど前のこと。鳥王様が治めていた都市ポルオチを虫王様が襲撃、最終的に滅ぼしてしまったとのことです」

滅亡した古代都市の名前を出すと、王様たち以外、外野からざわめきが上がった。人類からすれば、途方もない昔の出来事。歴史書の中の世界。失われた古代文明の舞台裏に興味を惹かれるのは、世界を異にしても人の性みたい。

なんでも一攫千金を狙える宝探しの現場として、昨今では有名なのだとか。

「あそこにはニンゲンや亜人も大勢住んでたんだ。アンタたちも無関係じゃないのに、どうしてそう他人事のように言えるんだ？　同胞が一方的に滅ぼされたっていうのに、悔しいとは思わないのか？」

「論点が変わってしまいますので、我々の立場についてはひとまず置いておきましょう。そして、鳥王様には申し訳ありませんが、こうして提案させて頂いた問題についても、前提となる条件が、些か事実とは異なっております」

「……なんだって？」

「非常に優れた都市計画の下、古代都市ポルオチが発展していたことは周知の通り。結果として地上のみならず、地下にもその手は伸びていたことと存じます。我々も実際に足を運んで確認しました」

「自慢じゃないがオイラたちの作った町は、今あるどんな町よりも上だったと思うぜ？」

「そうして開発が進んだ先には、虫王様の同胞が住まう巣がありました」

「あぁん？」

「地下開発により駆逐されつつあった虫たちは、自らの住まいを守るために虫王様を頼りました。結果として、同所では鳥王様との衝突。虫たちによる行いは、都市に対する一方的な攻勢ではなく、必要に駆られての抵抗でした」

この辺りは昨晩、本人から確認した内容だ。縦ロールの勧めも手伝い、町長宅で一泊した虫王様である。食堂で夕食を一緒に頂いた後、温泉にも浸かったという。ちなみに樹王様もご一緒されたのだとか。

彼女からすれば、古代都市での出来事は、鳥王様から一方的に攻められたようなもの。その上、追い返したら延々と恨まれ続けている。少なくとも本人はそう語っていた。まあ、鳥王様と比較したら、そこまで憤ってはいなかったけれど。

「……そんな作り話、オイラが素直に信じると思うのか？」

鳥王様からは当然のご指摘。

取って付けたような言い訳に聞こえることだろう。

そこでブサメンは昨晩のうちに支度していた品を提出だ。

「都市開発を行っていく上で、地下から虫たちが出現したことは、我々人の世にも書物の上で記録が見られました。こちらの手記をご覧下さい。当時の状況がこれに居合わせた人物の名と共に記載されています」

懐から取り出した書籍を、物を浮かせる魔法で鳥王様の下へ飛ばす。

こちらはペニー帝国の王城でゲットしたもの。

宰相殿や魔道貴族に人を借りて各所の図書を調べたところ、王宮や王立学園から古代都市ポルオチについて言及する書籍が何冊か出てきた。そのうちの一冊だ。著者は当時の施工主と思しき人物で、私的な日記帳を思わせる体裁を取っている。

「最後の数ページを確認して頂けたらと」

「…………」

ブサメンの言葉に促されて、鳥王様はページを捲《めく》る。


【マラ暦一五年、藍色の月、十五日目】

地下の開発もここ数ヶ月でかなり進捗が見られる。地上に近い施設については、年内にもお披露目できそうだ。アルバ様もお喜びになるに違いない。ご期待に応えられるよう、これまで以上に邁進していきたい。


【マラ暦一五年、藍色の月、十七日目】

五年寄り添った妻を、旧知の友に寝取られてしまった。聞けば三年前から関係を持っていたという。可愛い息子も連れて行かれてしまった。なんということだ。あぁ、なんということだ。もう誰も信じられない。

このギャスパー、深く心に決めた。
これからの人生、アルバ様の為だけに生きよう。アルバ様こそ我が人生。

【マラ暦一五年、藍色の月、二十一日目】

順調であった地下の開発に滞りが見られる。開拓先の地盤にモンスターが巣食っていたようだ。このようなことでアルバ様に迷惑をおかけする訳にはいかない。可及的速やかに排除して、工程の遅れを取り戻さなければ。

【マラ暦一五年、紅色の月、三日目】

私は、判断を間違えたようだ。地下より湧き出てきた虫たちに紛れて、とても凶悪な個体が現れた。掃討に向かった者たちは全滅。もはや開発どころの話ではない。このままでは地上にまで影響が出てしまう。
あり得ない、なんなのだ、あのアラクネは。
すぐにアルバ様へご報告を入れなかったことが悔やまれる。

【マラ暦一五年、紅色の月、四日目】

やたらと強力なアラクネが都市を攻撃し始めた。これと時を同じくして、ロックバグやエンシェントワームのような、凶悪なモンスターの群れまで現れ始めた。このままでは町が大変なことになってしまう。
しかし、地上との間にも虫が蠢いている。どうにかして地下から脱出せねば。

【マラ暦一五年、紅色の月、五日目】

虫たちが、すぐそこまで来ている。もはや私はこれまでだ。
アルバ様、申し訳ありません。それもこれも、私の判断が……

ひとしきり眺めると、鳥王様からは存外のこと素直な反応が見られた。
「っ……！　この名前、それにこの下手くそな字は……たしかに……」
どうやら著者をご存知の様子。
もしかしたら偽物かも、などと考えていた手前、個人的にはちょっと驚いた。他にも何冊か用意がある。一発目から大当たりを引けるとは思わなかった。無駄に歴史と権威を大切にするペニー帝国の国風が、妙なところで役に立ったぞ。

千年前の書物が普通に読めるのは、異世界の魔法様々。なんでも物質の風化を遅らせる魔法が存在しているとかなんとか。それなりに難易度の高い行いではあるらしいけれど、必要とする魔力はそこまで多くない為、一部の王侯貴族の間で貴重品の管理に利用されているのだとか。

「いかがでしょうか？　鳥王様」

「…………」

「他にもいくつか、当時のものと思しき書物を用意してはおりますが」

食い入るような目つきで書物のページを捲っていく鳥王様。

他の王様たちも興味深そうに彼の姿を眺め始めた。当事者である虫王様には、事前に書物の内容を確認して頂き、史実であることの裏付けは取っている。少なくとも今彼が読んでいる手記については、ほとんど事実とのこと。

また、昨晩は首都カリス以外、学園都市にも出向いて、当時の資料の検索を頼み込んでいた。ただ、この様子であれば、ジャーナル教授からの報告を待つことなく、状況を進展させることができるのではなかろうか。

「そちらの書物は都市の崩壊直前に至るまでの数年間をしたためたもののようです。末尾の方に地下で掘り当てた虫たちの巣と、これに対処する内に遭遇した、非常に強力なアラクネの存在が記されていることと思います」

「……たしかに、オイラの知っていることも書いてある。コイツの、家族のことも」

「悲しい記憶を掘り起こすような行いを申し訳ありません。しかしながら、これで我々の主張をご理解して頂けたことと思います。虫王様からすれば、むしろ鳥王様こそが侵略者であり、彼女はこれを迎え撃ったに過ぎません」

「っ……！」

鳥王様の息を呑む気配が、円卓を挟んでこちらまで届けられた。

直後には感情的な声色が話し合いの会場に響く。

「しかし、オイラはこんなこと聞いていなかった！」

「現場の者たちが勝手に判断したのでしょう。貴方を大切に思っているからこそ、内々で処理すべく臨んでいただろう記述が見られます。書物の文章を眺めた限り、筆者は最期の瞬間まで、貴方のことを敬慕《けいぼ》していたことと思います」

これはエディタ先生の談。

アルバ様なるワードを目にして、すぐに鳥王様のお名前だとご説明を下さった。ステータスウィンドウの存在を隠しておきたいブサメンとしては、手記の提示を皆々に相談する上で、非常に助けられた次第。

歴史の舞台裏を知った先生は、なんとも複雑な面持ちをしておられました。

「そんな……」

「だからといって、鳥王様の怒りが収まるとは思いません。しかしながら、一方的に蹂躙《じゅうりん》されたという認識は正せたのではないかなと存じます。今後、虫王様とは互いに同じ立ち位置から、物事を考えることができるのではないでしょうか？」

「それじゃあ、オイラがしっかりしていなかったばかりに、あの町は……」

個人的には、ギャスパーさんの奥さんが不倫をしていなかったら、歴史は変わっていたのではないか、などと思わないでもない。彼もすぐさま鳥王様にエスカレーションを行い、事態が拗れる前に手を打つことが出来たのではなかろうか。

ただ、それを口にしたら色々と残念なことになりそうなので、空気を読めるブサメンは黙っておこう。いつの世もげに恐ろしきは人間の性欲である。

「もっと周りに目を向けていれば、もっと早くに気づいていれば、こんなことには……」

『…………』

誰に言うでもなく、嘆くように自問自答を繰り返す鳥王様。

その姿を見つめるロリゴンの表情が険しい。

当時の彼と同じような立場にある彼女だからこそ、色々と思うところが出てきたのではなかろうか。ふと気になって視線を移すと、龍王様も同じような表情で鳥王様のことを見つめておられますね。

それもこれも突出して強大な王様たちの在り方に問題

があるような気がするけれど。

脆弱な人間代表としては、その辺りを今のうちにプッシュしておこうかな。

「我々人間はとても儚い存在です。寿命も僅か数十年ほどしかありません。しかし、世代を超えて蓄えられた叡智は、時として王である皆様にさえ益を与えるものだと、今回の出来事を通じて理解して頂けたのではないでしょうか」

「……あぁ、分かったよ。アンタの言うことは、重々理解した」

「それはなによりです」

手にした手記を閉じて、鳥王様が呟いた。

彼の眼差しは虫王様にも向けられる。

「アンタにも、一方的に絡んでいたこと、この場を借りて謝罪する」

「妾、あの場所から出たほうがいいのか？」

「いいや、アンタの好きにすればいい。オイラにはもう過ぎた場所だ……」

そうして語る鳥王様の表情は、先程までと比べて元気が感じられない。


なんというか、こう、燃え尽きてしまったような感じ。

都市の崩壊直後であれば、事実関係に目を瞑《つむ》り、仲間の為に憤怒を滾《たぎ》らせるようなこともあったのかもしれない。しかし、既に過ぎてしまった千年という月日が、その気力を彼から奪ってしまったのではなかろうか。

それもこれも自身の不甲斐なさが理由となれば、尚のこと。

「鳥王様、虫王様、何か発言はありますか？」

「……ねぇよ」

「妾もない」

両名から異論は上がらない。

他の王様からも突っ込みはゼロ。

関係者一同も静かなもの。

当初の予定通り、一件目の議題をサクッと消化できたことに、ブサメンは胸を撫で下ろす。当事者である彼らには申し訳ないけれど、こちらは前哨戦。この場の有用性を王様たちにアピールする為の演出と称しても過言ではない。

続く二件目の議題こそ、自身にとっては本命。

「さて、それでは次の議題に移るとしましょう」

改めて円卓に座した王様たちを見回して、醤油顔は伝える。

次に予定する議題は、北の大国の前線基地、放火事件。するすると当事者の片割れ、龍王様からも上手い具合に催促の声が。

「ニンゲン、余はいつまでこうして、席に着いていればいいのだ？」

「龍王様からもご指摘が上がりましたので、次は我々の問題を議論しましょう」

先方に向き直り、司会進行は厳かにも伝えさせて頂く。

一件目の議題を経たことで、参加者の注目は当初よりブサメンに集まっている。心なしか表情も真剣さを帯びているような。この調子であれば龍王様も、おいそれと話し合いの場を放棄したりはしないだろう。

「オルガスムス帝国の前線基地が、何者かによって放火された件についてです」

「まどろっこしい言い方は止めよ。その方以外に誰が火を放ったというのだ」

「ですから龍王様、それをこの場では話し合いたく考えております」


「適当なことを語り、煙《けむ》に巻くつもりか？」

「では、一つ確認させて下さい。北の大国の前線基地を破壊することによって、私はどのような利益を得られるのでしょうか？　龍王様やスペンサー伯爵には当初から伝えておりますが、私は皆さんとの和平を望んでいます」

「そのようなこと、口では何とでも言える」

「つまり、私に利益がないということを認める、ということでしょうか」

「そうは言っていない。ただ、その方が壊したと基地の者たちが証言している」

「私が火を付けて回っている姿を、自身の目で確認した方がいらっしゃるのですか？　でしたら失礼ですが、その方をこの場にお呼びして頂けませんでしょうか。是非とも当時の状況を確認したく存じます」

「そこまでは余も知らぬ」

「でしたら、スペンサー伯爵に確認させて頂きましょう。どうでしょうか？」

龍王様に向けていた視線を関係者席に移す。

彼女は落ち着いた様子で淡々と答えた。

「私も当事者の確認までは行っていません。しかし、多数の兵たちがタナカ伯爵の名を挙げているのは事実です。これを無視してまで、そちらの言い分を聞くような真似を、我々が取ると考えているのですか？」

「でしたら、その方々を確認し次第、改めて議論の場を設けさせて下さい」

予定していた落とし所はこちら。

これで少なくとも数日から数週間の猶予が得られる。その間に我々も現地に赴いて調査を重ねれば、多少はタナカ伯爵の嫌疑を晴らす証拠が得られるのではなかろうか。少なくとも今すぐに龍王様と全面戦争、みたいな状況は回避することができる。だって犯人は十中八九、我らが王女殿下。

精霊王様の変身魔法を利用すれば、兵たちに紛れ込むことは可能。そして、一本筋の通った龍王様のことだ。こうして他所の王様たちの面前で約束したとあらば、ご自身から約束を破ったりするような真似はするまい。

状況によっては、スペンサー伯爵が証言をでっち上げてくる可能性もある。けれど、そのときはゴッゴル氏にご登場を願えばいいだろう。なんなら先方からもお抱えのゴッゴル族を出して頂き、双方から真偽判定を行うというのもアリ。

「皆さん、どうでしょうか？」

他の王様たちに向けて問う。

鳥王様と虫王様の問題を解決したことを受けて、彼らのブサメンに対する反応は、昨晩とは多少在り方を変えていた。少なくとも出会い頭に問答無用で否定されることはない。多少なりとも前向きに頭を使って下さる。

龍王様と醤油顔の立ち位置は、たぶん彼らの間において、対等なところまで持っていけたような気がしている。これを肯定するように、円卓を囲んでいる面々の間では比較的、第三者としての意見がやり取りされている。

「妾、詳しい事情は知らないが、それで解決するなら、問題はないのではないか？」

「このニンゲンと……真正面から、戦うよりは……遥かに……賢いと、思うが」

「樹王の発言に同意するのは甚だ不服ですが、もし仮に提案を呑まなかった場合、龍たちの王が単独でそのニンゲンに挑んで勝利する可能性は、そこまで高くないのではありませんか？　だとしたらやはり、事実関係は確認するべきかと」

「強イヤツノ意見ガ正シイ。弱イヤツハ強イヤツニ従ウノミ」

「そのニンゲンが嘘を言っていたら、村を焼かれた龍王の立場はどうなるんだよ？　アタシだったら絶対に許せない。どこぞの性悪精霊みたいに、平気で嘘を吐いて回るようなやつが、この世の中にはいるんだからな！」

「その時はまた同じようにぃ、こうして話し合えばいぃーんじゃないかなぁ？」

「オイラが言えた義理じゃねぇが、そういうのは早めにしておくべきだと思うぜ」

妖精王様からは反発が見られるが、他は概ね当事者の確認に対して肯定的だ。

海王様まで肯定派に回ったのは想定外。ただ、理由は鬼王様と同様に、ブサメンの暴力を前提としてのことと思われる。多分、こちらと正面切って争うつもりはない、という意思表示の一環だろう。

こうなると龍王様やスペンサー伯爵からも反論は上がらない。

「……承知しました。可及的速やかに確認させて頂きます」

「ご快諾をありがとうございます」

そうして議題の着地点が見え始めた時分のことである。

書記席に着いていたエステルちゃんが声を上げた。

「ねぇ、飛空艇がこっちに近づいてくるのだけれど……」

「はい？」

彼女が指し示す先に目を向けると、たしかに飛空艇が一隻、空に浮かんでいた。

それも真っ直ぐにこちらへ向かい近づいてくる。

しばらく様子を眺めていると、先方はドラゴンシティの上空を過ぎて、話し合いの会場上空まで差し掛かり、我々の下に影を落とした。スペンサー伯爵からはすぐさま、非難の声が発せられる。

「タナカ伯爵、これはどういったことですか？」

「申し訳ありませんが、私も存じません」

「宰相よ、余の見間違いでなければ、随所に大聖国の紋章が見られるのだが」

「私もそのように確認しております。ですが、どうして彼の国の飛空艇が……」

陛下と宰相殿の間で交わされたやり取りを耳にして、醤油顔はピンときた。

大聖国と言えば、メルセデスちゃんの手中に落ちて絶賛傀儡《かいらい》中。

北の大国の前線基地付近で確認したメイドさんの置き手紙と合わせて考えたのなら、もしや今まさに現地から帰還したのではなかろうか。そうした醤油顔の想像に応じるかのように、飛空艇は会場に向けて高度を落としていく。

どうやら舞台脇のスペースに着地するみたいだ。

皆々の注目の只中、ゆっくりと降りてくる飛空艇。

ややあって船体が地面に落ち着く。

普段なら警備に当たっている方々が周りを囲みそうなもの。けれど、この場にはそうした人員は皆無。なんたって守るべき相手は世界の最大戦力。円卓に着いた誰もが、畑を飛び回っている珍しい蝶でも眺めるかのように、ドンと構えている。

直後には甲板からタラップが降ろされて、何名か乗組員が降りてきた。大半は同一デザインのローブを着用した集団。頭には目深にフードを被っており、年齢はおろか性別すら判断がつかない。めちゃくちゃ怪しい。

そうした中には自身が見知った人物もチラホラと。

先方とはすぐに目が合った。

「メルセデスさん、これはどうしたことでしょうか？」

「それはこちらの台詞だ。何なんだ？　この場は」

彼女は地に降り立つや否や、こちらに向かい歩み寄ってくる。

その注目は舞台の中央に設置された円卓を過ぎて、傍らに設けられた関係者席へ。同所に陛下や宰相殿の姿を確認して、ピクリと肩を震わせる。予期せず自国のお偉いさんと遭遇して、内心慌てていることだろう。

「タナカさん、これは、その、あ、あの……」

『ふぁきゅ！』

メルセデスちゃんの隣にはメイドさんの姿も見られた。

その事実にブサメンは内心、ほっと胸を撫で下ろす。

彼女の腕には鳥さんも抱かれておりますね。ブサメンを目の当たりにするや否や、彼はソフィアちゃんの胸元からスポンと飛び出した。そして、こちらに向かいトトトトと駆け足で近づいてくる。

これには龍王様が警戒姿勢。

そんな彼に構うことなく、鳥さんは円卓の上にピョンと飛び乗った。

そして、卓上を軽快に駆け抜けると共に、醤油顔の正面までやって来る。

『ふぁきゅ！　ふぁきゅ！』

「思い起こせば、顔を合わせるのは数週間ぶりですね」

『ふぁぁぁー』

頭を撫でると、気持ちよさそうな表情をする。

なんて愛らしい。

相変わらず凄まじい人心掌握術である。

メイドさんはちょっと寂しそうにしているけれど。

そして、ブサメンが鳥さんに癒やしを覚えている一方、宮中の三人組はメルセデスちゃんを筆頭として、彼女と同じ騎士姿の面々に注目していた。ローブの集団に紛れて何名か、同じような格好をした方々が見られる。

「宰相よ、あの者たちは我が娘の近衛ではないか？」

「どうやらそのようでございますな」

「あの者たちがどうして、大聖国の船に乗っておるのだ」

「すみませんが、私もそこまでは存じませぬ」

騎士の格好をした方々は、誰一人の例外なくイケメン。

そして、ブサメンはその顔立ちにチラホラと見覚えがあった。北の大国との国境付近、魔道貴族の魔法陣によって召喚された王女様に付き従い、現地までやって来た面々である。

その事実に驚いている醤油顔に、メルセデスちゃんから言葉が続けられた。

「あぁ、そうだ。貴様に伝えておくべきことがある」

「なんでしょうか？」

「北の大国との国境付近で、貴様の名を騙る者たちと出会ったぞ」

彼女は後方に連なっていた騎士たちを視線で指し示す。

今まさに自身が注目していた面々である。

共にお揃いの甲冑を身につけているのでよく目立つ。

「貴様の名を騙り、現地で工作活動に励んでいた訳だが、把握しているのか？」

「まさかとは思いますが、それは北の大国への放火だったりしますでしょうか」

「把握しているのであればいい。貴様のメイドが気にしていたものでな」

皆々の注目が彼女を除いた近衛騎士たちに向かう。

彼らは居心地が悪そうな表情を浮かべて、その場に身を寄せ合っている。どうやらメルセデスちゃんの話は事実みたいだ。同僚である彼女に非難がましい視線を向けつつも、陛下や宰相殿の手前、発言を控えていらっしゃる。

「これまた素晴らしいタイミングで伝えて下さいましたね、メルセデスさん」

「そ、そうか？」

「ソフィアさんもありがとうございます」

「え？　あ、い、いいえ！　別に私はなにもっ……」

わざわざ目撃者を確認する必要もなかった。

これ幸いとブサメンは伝えさせて頂く。

「龍王様、スペンサー伯爵、聞いての通りです」

「そちらの彼女は貴方の仲間なのでしょう？　今の証言を素直に信じる訳にはいきません。このタイミングで飛空艇が降りてきたことといい、タナカ伯爵による自作自演なのではありませんか？」

「でしたら、ゴッゴル族の方々に確認を願うとしましょう」

「貴方に付き従っている人物の証言を信じろと？」

「そちらもお抱えの判定士に登壇を願えませんか？」

「……いいでしょう」

スペンサー伯爵は挑むような面持ちで頷いた。

＊

急遽実施されることとなったゴッゴル族による真偽判定。

ペニー帝国と北の大国は互いにゴッゴル族を選出した。後者は龍王様の空間魔法により、すぐさま祖国から人員を確保。前者は既に会場で控えていたスーパーゴッゴル、ロコロコさんにお願い申し上げた。

おかげさまで支度に要した時間はほんの数分ほど。

円卓のすぐ近く、顔色を青白くした騎士たちに二人の判定士が交互に触れる。我が家のゴッゴルちゃんはわざわざ触れる必要はないのだけれど、その事実を周知する必要もなかったので、現場の様式に合わせて頂いた。

結果、双方ともに判定は一致。

「基地に火を放ったのは、この人たち。間違いない」

「指示を出したのも証言どおり、この国の王女で間違いありません」

ちなみに北の大国が出してきたゴッゴル族は、自身も面識のある人物。ナンシー隊長との裁判で、セクハラ合戦を繰り広げた美女さん。そして、醤油顔の暗躍は彼女にも伝えられていたようで、汚物を見るような眼差しを向けられて止まない。

「っ……！」

ゴッゴル両名の報告を耳にして、スペンサー伯爵の表情が悔しそうに歪んだ。

ぎりりと歯を食いしばり、睨むような面持ちで醤油顔を見つめている。

「これで白黒ハッキリとしましたね、スペンサー伯爵」

「貴方という人物は、どこまで人を馬鹿にすれば気が済むのですか」

「敵ながら恐ろしいまでの知略の持ち主ではないか。スペンサー伯爵は龍王に声をかけるよりも先に、タナカ伯爵を篭絡《ろうらく》するべきであったのではないか？　このような輩《やから》が我が国の内部にまで入り込んでいたと思うと、背筋が寒くなる思いだ」

スペンサー伯爵が抱いている憤怒は分からないでもない。

アッカーマン公爵からもお褒めの言葉を頂いてしまった。

先方からすれば、タナカ伯爵が自国の王女様を利用することで、龍王様を誘い出したようにしか思えない展開。先に手を出したのは後者であって、むしろ前者は被害者。相互不可侵のルール上、一変して龍王様の立場が悪くなった。

更には他所の王様たちの手前、こうして晒し上げられている。

けれど、自身は何もしていない。勝因はロイヤルビッチとレズビアンナイトの暴走。自らの欲望に素直な彼女たちの圧倒的な行動力である。主従揃ってとんでもないバイタリティの持ち主だ。

話し合いも当初の予定した内容から、ゴールが右斜め上に移動してしまっている。

「ところでメルセデスさん、どうして国境沿いにいらしたのですか？」

「つい先日にも界隈では大規模な争いがあったと聞く。当然ながら多数の負傷者が出たことだろう。その人道支援に当っていたのだ。ただまあ、空で大規模な戦闘が始まった為、そこまでの活動はできていないがな」

「左様ですか」

語る彼女の表情は残念そうなものだ。

そうこうしていると、舞台の脇に停められた飛空艇から遅れて一人、ローブ姿の人物が地上に降り立った。先方はメルセデスちゃんに駆け足で歩み寄ると、彼女にヘコヘコと頭を下げながら問いかける。

「尊師、戦地で調達した女たちもここで降ろしますか？」

「お前、いい加減黙ってろ」

嘘がバレるの早過ぎやしないか。

人道支援などとんでもない。

戦地で性奴隷を漁っていたようである。

建前を取り繕うことを諦めた彼女は、ブサメンの耳元に口を寄せて呟いた。

「剣一本で成り上がった女騎士を性奴隷に落として、ヒィヒィ言わせながら調教するのが堪らない。貴様なら分かるだろう？　そう大した成果は得られていないが、欲しいというのであれば何人か分けてやる」

「…………」

くそう、分かってしまうの辛い。

あと、是非分けて欲しい。


素直に自らの思いを伝えられないもどかしさ、なんて切ないのだろう。

そうしてゲスな会話を繰り広げる我々の面前。

何を考えたのか、我らが陛下から大きく声が上がった。

「龍王殿よ、少々よろしいだろうか」

意を決したかのような面持ちは、とてもらしくない感じがする。

しかも話しかけた相手は、なんと龍王様ときたものだ。

「……なんだ？」

「隣国の火災について、我が娘が行ったとなれば、タナカ伯爵に責はない。これを理由に手を上げた龍王殿にこそ、非があるのではないか？　だとすれば、この度の騒動については王として、責任を取る必要があるのは明白であろう」

陛下が格好いいこと言い始めた。

やたらと王様っぽい。

親子揃ってアドリブで北の大国を押し返して下さるみたい。まさか陛下に庇《かば》われる日が訪れるとは思わなかった。原因が彼の娘だと思うと、複雑な気持ちではある。

ただ、全体として良い方向に事態が転んだのもまた事実。

「責任とは、なんだ？」

「我が国はオルガスムス帝国と停戦協定の締結を考えている」

龍王様が陛下の発言に乗ってきた。

ゴッゴル判定の結果については、少なくとも理解して下さったみたい。

「今後同じような不幸が起こらないように、龍王殿にはこれに尽力して頂きたい」

「…………」

「貴殿らの力は我々も重々理解した。これ以上の争いは互いに不幸を呼び寄せるばかりだろう。国民のことを思えば、上の都合から争うことは憚られる。貴殿も王の名を冠するのであれば、理解できるのではないか？」

陛下がめっちゃ良いことを言った。

でもこの人、本当に国民のこと考えているのだろうか。

「そちらの国はどうしても我が国に攻め入りたいようだ。しかし、我が国は決してそちらを攻めたいとは考えていない。大切なのは国民の幸福に他ならない。長きを生きる龍たちの王であれば、理解して頂けると考えているのだが」

「そこにいるニンゲンの力を用いたのなら、その方らは余や鬼王を打ち破り、余らが与した国々を手中に収めることも不可能ではないだろう。まさかとは思うが、昨晩の出来事を耳にしていないのか？」

「事情を把握した上で提案しておるのですよ、龍王殿」

陛下、完全にブルっておられますね。

確かな形で約束が欲しい、そんな我らがボスの心の内が透けて見える。

それでも隣に座した宰相殿やリチャードさんは、アンタにこんな胆力があったなんて驚きだよ、みたいな表情で陛下のことを見つめている。まあ、本人は娘の失態を取り繕うべく必死なだけだとは思うけれど。

「……なるほど。その方は下々の上に立つだけの度量を備えているようだ」

ただ、何を勘違いしたのか、龍王様の中では陛下の評価が爆上がりの予感。

ついこの間には、北の大国に打って出ようと考えておる、とか言ってたのにな。それでも傍から眺めたのなら、めっちゃ偉そうに受け答えしており威厳もマシマシ。そういうところは素直に凄いと思う。

「いいだろう。余は自らの過《あやま》ちを認め、その責任を取ることとする」

「りゅ、龍王様、我々を裏切るというのですか!?」

「そうではない。しかし、その方らは今後とも争いを続ける気概があるのか？」

「それは……」

龍王様の判断を受けて、慌てる羽目となるスペンサー伯爵。

彼女を窘《たしな》めるよう、隣に座した人物から声が上がる。

「スペンサー伯爵、以降は私に任せたまえ」

「アッカーマン公爵？」

「龍王様、停戦するにしても、仔細はこちらで詰めさせて頂きたい」

「その方らが承諾した時点で、既に余の責務は終えられたようなものではあるが」

彼らにも停戦の意思はあったのだろう。

ただ、下手な条件で承諾しては国家の一大事。

スペンサー伯爵とアッカーマン公爵は互いに顔を寄せ合うと、小声でああだこうだと言い合いを始めた。劣勢には違いないが、少しでも自国に有利な形で停戦協定を結ぶべく、一生懸命に頭を働かせているのだろう。

おかげさまで、北の大国との戦争は一段落の兆し。

少なくともタナカ伯爵の出番は終えられたと考えて問題なさそうだ。今後は宰相殿やリチャードさんの出番である。どのような交渉を行う腹積もりかは定かでないけれど、丸っとお任せしようと思う。

ただし、王様たちの話し合いはこれで終わった訳ではない。

それ以上に大きな問題が、未だ我々の前には横たわっている。

「おいこら！　そろそろアタシたちのことも話にしたらどうなんだ？」

しびれを切らしたように妖精王様が言った。

今回の騒動の発端にして、王様たちが争う羽目となった原因である。

元から火種はそこらじゅうに転がっていたけれど、出火元が妖精王様と精霊王様の諍いであることは、他の王様もなんとなく感じているに違いない。今も燻《くすぶ》り続けている。だからだろうか、彼女の訴えに対して異論は出てこない。

願ってもない提案を受けて、ブサメンもこれに快諾。樹王様と海王様の問題については、できれば最後に持っていきたかったのだ。

「承知しました。では、次の議題に移るとしましょう」

皆々の注目が司会進行に戻ってくる。

これを確認してブサメンは言葉を続けた。

「私は本日、妖精王様と精霊王様の諍いをこの場で解決したく考えております」

「解決ってまさか、オ、オマエ、アタシのこと倒しちゃうつもりなのかっ!?」

「いえいえ、そんなことはしませんよ」

「えぇぇー？　精霊王はそれでも全然いーんだけどなぁー？」

万が一に備えて、ブサメンの左右に精霊王様と妖精王様を配置した為、左右から姦《かしま》しい声が聞こえてくる。共に見栄えする美少女であるから、決して悪い気はしない。女日照りの童貞はこういったシーンで、確実にハーレム気分を味わっていく。

そして、こんな状況でも早々船を漕ぎ始めた鳥さんは、かなりの大物ではなかろうか。

「そもそも原因は、オマエが悪いことしてるからだろ！」

「私は世の中の為を思って、一生懸命頑張っているんだよぉ？」

「嘘つけ！　全部自分の為じゃん！」

「妖精王様、精霊王様、どうか二人とも落ち着いて下さい」

警戒の表情も顕わに語る妖精王様と、これを茶化すように精霊王様。

対象的な二人を交互に見やり醤油顔は説明を続ける。

「私が確認している限り、妖精王様と精霊王様は、各々自らの信条に基づいて行動しているように思えます。どちらかに非がある訳でもなく、また、どちらかに大義名分がある訳でもないように感じられます」

妖精王様は精霊王様を以前から目の敵にしている。精霊王様が先代の不死王様や龍王様を巻き込んで色々と画策していたのも事実。そして、先代の不死王様がかなり適当な性格の持ち主で、世間に迷惑をかけていたことは自身も確認済み。

素直に申し上げると、ブサメンの立場からは判断がつかない。

「たとえば直近で話題に上っているのは、先代の不死王様の行いを巡る問答です。状況を端的に評するのであれば、妖精王様は彼の行いを肯定し、一方で精霊王様は彼の行いを否定的に捉えています」

「そうだよ！　こいつは不死王を騙して、自分の都合がいいように扱ってたんだ！」

「人聞きの悪いこと言わないで欲しいなぁ？　精霊王は皆の為を思って……」

「だったらどうして、龍王のやつは仲間から嫌われて爪《つま》弾《はじ》きなんだよ」

「それは本人の人徳というか、生き様というか、そういうのじゃないかなぁ？」

龍王様、公衆の面前でフルボッコですね。

それでも平然と構えているのはある意味凄い。昼休み、教室でボッチしてても、まるで気にせずお弁当とか広げられるタイプだ。個人的には龍王様のそういうところ、割と好意的に感じております。

「そこで私から皆さんに提案があります」

円卓に座している王様たちを一巡するように眺める。

皆さん、居眠りもせずに注目して下さってますね。

若干一名、鳥さんだけはうつらうつらし始めているけれど。

「この問題は王様一同にご協力を頂き、多数決によって決議しましょう」

「えっ……」

「ふぅん？　それが君のやり方なの？」

「ええ、その通りです。精霊王様」

一応、円卓にかけた王様や、関係者席に向けて経緯をご説明する。

先代の不死王様の存在と、これに龍王様を巻き込んで行われた精霊王様の暗躍。彼女に対する妖精王様の反発。そして、本日に至るまで続いている、精霊王様と妖精王様の対立について。時系列に沿って一通りお話しした。

宮中の三人組やアレン、ゾフィーちゃんなどは、本日初めて耳にする内容と思われる。ポポタン半島のくだりでは大層驚いていた。他方、王様一同は自身が想定したとおり、大凡を把握していたようで、大した反応も見られない。

「皆さん、妖精王様や精霊王様から多少なりとも事情を聞いていることでしょう。以前からの付き合いもあることかと存じます。そうした諸々を加味して、どちらの主張を支持するか、立場を表明して下さい」

　ひとしきり説明を終えたところで、司会進行からは細かなルールを提示。

　基本的には至って普通の多数決。

　ただし、負けた方には相応のリスクを取って頂こうと思います。

「そして、支持が多かった方の意見を通すことにしましょう」

「意見を……通すとは、言っても……どういう、こと……なのだろうか？」

「それをこれから確認していきます」

　樹王様から疑問が上がった。

　これに答えるべく、ブサメンは妖精王様に問いかける。

「妖精王様は精霊王様に何を望みますか？」

「アタシのこと一方的に封印したんだ、最低でも同じだけ封じ込めてやる！」

「では、精霊王様のことを四百年ほど封じ込める、ということでいいですね？」

「おうとも！　願ったり叶ったりだ」

　醤油顔が素直に頷くと、妖精王様はニカッと笑みを浮かべて頷いた。

　円卓の上から飛び上がり、パタパタと羽を元気に動かし始める。

　その姿を確認したところで、ブサメンの意識は反対側に座った精霊王様へ。

「精霊王様は妖精王様に何を望みますか？」

「今後、私がやることにいちいち絡んでこなければ、それで十分かなぁ？」

「流石に無期限という訳にはいかないので、妖精王様は今後四百年、自らやその眷属の生命に危機が及ばない限り、精霊王様の行いに対して横槍を入れない、といった内容ではいかがでしょうか？」

「そうだねぇ。そうしてくれたら嬉しいなぁ」

　人差し指を頬に当てて、うーん、みたいなポージングでの受け答え。妖精王様と比較して、かなり控えめな望みが個人的には気になる。けれど、司会進行の立場から指摘することは憚られるので、素直に受け止めておこう。

　当事者からの確認を終えた醤油顔は、改めて王様一同に意識を向けてお喋り。

「この場で決まったことは、彼女たちのみならず、多数決に参加した皆さんにも尊重して頂きます。精霊王様が封印を破って逃げ出そうとしたら捕まえて下さい。妖精王様が精霊王様の行いに横槍を入れようとしたら止めて下さい」

彼女たちに言って聞かせるだけでは、きっとすぐに破綻する。

この手の約束事は、他所の王様たちの影響力あっての賜。

「彼女たちも多数の王を相手にしてまで、我を通すことは不可能でしょう。当然ながら、約束の期間が終えられてから、決議に参加した方々に報復を行うような真似も禁止させて頂きます。この場合も王である皆さんの協力を頂けたらと」

円卓を一巡するように参加者の様子を窺う。

すると彼らからはすぐに反応が見られた。

「余はそれで構わない」

「勝敗ハ決闘ニヨリ、決メ手ハドウナノダ？」

「鬼王さんよ、それで大変なことになったから、多数決にしようって流れだぜ？」

「良いのでは……ないだろうか？　延々と……争うよりは、建設的な……行いだ」

「妾、どちらでも構わない」

「妖精王の望みはまだしも、精霊王の望みを叶えることは、我々の負担が大きいのではありませんか？　常に監視している訳にもいきません。貴方が責任を持って行う、というのであれば私は止めませんが」

たしかに海王様の心配は分からないでもない。

ブサメンもずっと監視するような真似は不可能だ。

「でしたら、精霊王様の望みを叶えるため、こちらも妖精王様の望みと同様、四百年間の封印としてはどうでしょうか？　身動きがとれなければ、ちょっかいを出すことも困難だと思いますので」

「ええ、それなら差し支えないでしょう。我々の負担も小さくて済みます」

「なっ……！　アタシ、ついこの間まで封印されてたんだぞ!?」

「もしかしてぇ、多数決で精霊王に勝つ自信がないのかなぁ？　かなかなぁ？」

「そんなんじゃない！　そんなんじゃないけど、でも！

またすぐに封印なんてっ……」

妖精王様が目に見えて狼狽し始めた。

四百年という期間は王様たちであっても、それなりに意味のある時間みたいだ。我々人間からすると、強盗傷害事件を起こして懲役十年の実刑判決、みたいな感じだろうか。そうして考えると、かなりインパクトがある。

ただ、彼らは肉体的な老いがあまり見られないので、単純な時間の経過以上に意味があるかというと、そこまででもない気はする。妖精王様の性格から察するに、単純に暇なのが嫌、といった理由も考えられるけれど、どうだろう。

「今後、二度と喧嘩をしないと誓って下さるのであれば、多数決そのものを控えても構わないと考えています。しかしその場合、再び喧嘩が起こってしまったときは、私も対処に向かわせて頂きますが」

「ぐっ……、い、いいよ？　そういうことなら、受けて立とうじゃないかい！」

「当事者の同意も取れたので、これで決まりですね」

これ幸いとブサメンは採択の決定をアナウンス。

会場の一角に設けられた時計を視線で指し示して言う。


「票決に当たっては、検討の時間を設けたく思います。あちらにある時計の長い針が半周するまで、話し合いは休憩時間としましょう。その間に皆さんは、他の方と相談をして下さっても構いません」

自身の発言を耳にして即座、スペンサー伯爵とアッカーマン公爵の間では、ボソボソとやり取りが交わされ始めた。まさか、黙って大人しく見ている、ということはないだろう。けれど、これは必要な措置である。

「精霊王様と妖精王様も、是非ご自身の為、票集めに邁進して頂けたらと思います。また、決議に際しては皆さんに支持の理由を伺おうと考えています。そちらについてもご留意を頂けたらと」

その方が当事者も納得できると思うのだ。

喧嘩にせよ、多数決にせよ、全力を出し切って頂きたし。

でなければ、こうして話し合いの場を設けたことの意味が失われてしまうから。

＊

休憩時間はあっという間に過ぎて、決議の時間がやってきた。

場合によってはこれで見納めとなるメスガキ王様の太もも。その事実に寂しさを覚えないと言ったら嘘になる。個人的には彼女に勝って欲しいと思わないでもない。けれど、流石に不正を行うような真似は考えていない。

彼女には正々堂々と挑んで頂きたいものだ。

やたらと落ち着いている本人の在り方には、疑問を覚えているけれど。

まあ、我々人からすれば永遠にも感じられる四百年も、精霊にとってはちょっとした休憩時間くらいの感覚なのかも。妖精よりは長生きしそうな気がしている。だとすると、この場での決議はそこまで気にする必要はないのかもしれない。

あれこれと考えつつ、円卓に着いた王様たちに目を向ける。

「それでは早速ですが、時計回りで順番に確認して参りたいと思います」

自身より発して、妖精王様をスキップ、龍王様、鳥王様、海王様、鬼王様、樹王様、虫王様、といった順番になる。当然ながら精霊王様もスキップ。

決議権のある王様の数が偶数である点に不安を覚えるが、これればかりは仕方がない。また、当代の不死王様は鳥さんなので、これもスキップ。

「龍王様、お願いします」

ちなみに関係者席にも先程と変わりのない面々が見られる。

多数決には参加できないけれど、休憩時間を挟んでも、一人として欠けることなく席に並んでいらっしゃる。ペニー帝国と北の大国に関係するお話は既に終えられたけれど、皆々最後まで付き合う腹積もりのようだ。

「うむ。余は精霊たちの王を支持する」

「りゅ、龍王様!?」

龍王様の意思表示を耳にして、スペンサー伯爵から素っ頓狂な声が上がった。

どうやら内々でのやり取りとは、意見を違えた支持表明であったみたい。

醤油顔は淡々と司会進行。

「理由をお聞かせ願えませんか？」

「余の庇護下にある者たちは、妖精王の支持を願った。

しかし、これを行っては昨日の騒動を繰り返す羽目になりかねない。余としてはいずれであっても構わぬので、精霊王を支持することにした」

「なるほど」

ペニー帝国と北の大国の停戦が決定されたとはいえ、未だ王様たちの動向は無視できないもの。妖精王様と不仲である精霊王様が我々と仲良くしている手前、前者はスペンサー伯爵からすれば、絶好の交渉相手。

彼は関係者席に座った伯爵を見やって言葉を続ける。

「同じ轍《てつ》を踏む訳にはいかぬであろう？　余は王として責任を果たすと決めた」

「……左様でございますか」

伝えられたスペンサー伯爵は、残念そうに顔を伏せて応じた。

どうやら龍王様は、停戦協定に向けて前向きみたい。つい先程にも交わされた我らが陛下との約束が、遺憾なく発揮されたようだ。その事実を確認できたことも含めて、意味のある一票ではなかろうか。

「承知しました。では、まずは精霊王様が支持を得た形ですね」


「あぁん、君に支持してもらえるなんて感激だよぉ！　ありがとぉー！」

「余が礼を言われる義理はない。さっさと話を進めるといい」

「承知しました」

アッカーマン公爵と共に狼狽えるスペンサー伯爵。

彼女たちに構わず、ブサメンは続く王様に声をかける。

「では、次は鳥王様にお願いします」

「オイラは妖精王を支持するぜ」

「理由をお願いします」

「そう大した理由じゃないが、昔、ちょいとばかり世話になったんだよ。オイラは他所の王たちと比べてクチバシが黄色いから、こういう縁は大切にしていきたい。だから、この場では妖精王を支持するんだぜ」

「十分な理由です。承知しました」

「おぉぉぉ、ありがとうよぉ！」

鳥王様の支持を受けて、妖精王様の表情がパァと明るくなった。

卓上から飛び上がり、羽をパタパタとし始める。

これで一対一。

この調子でサクサクと進めていこう。

「海王様、お願いします」

「私も鳥王に同じく、妖精王を支持します。なんだかんだで、彼女とは付き合いがありますからね。精霊たちの王を悪く思うことはありませんが、どちらかを選べと言われたのなら、他に選択肢はありません」

「理由と合わせてありがとうございます」

見た感じ完全に魚類なのに、王様たちの中で一番流暢にお喋りしてくれるサバ氏。やたらと知的に感じられる物言いが、卓上に浮かんだ愛らしい姿と一致せず、眺めていてソワソワとしてしまう。

「鬼王様、お願いします」

「オレハ、妖精王ヲ支持スル」

「理由をお願いします」

「オマエモ知ッテイル筈。ソコノ、ニンゲンニ助ケラレタ。今ハ義理ヲ通ス時」

「承知しました」

これで妖精王様が二点リード。

次に誰かが彼女を支持したら、精霊王様の負けは確定だ。


醤油顔はチラリと彼女の様子を窺う。

「…………」

けれど、本人は澄まし顔で椅子に座っている。

その落ち着き払った横顔からは、僅かな焦りすら伝わってこない。まさかとは思うけれど、何か企んでいるのだろうか。過去にも輝かしい実績のあるメスガキ王様だから、不安を覚えざるを得ない。

けれど、この場で問いただすことはできなくて、ブサメンは多数決を継続。

「次は樹王様、お願いします」

「精霊王を……支持、する。その者には……色々と、世話に……なっている。元来、精霊と……草木は……相性がいい、ものだ。妖精たちの……王に……敵意は、ないが……これで、表明と……したい」

「ご回答ありがとうございます」

こちらは想定通り。

そして、虫王様も同様と思われる。

「最後に虫王様、お願いします」

「妾も精霊たちの王を支持する。理由は、そのニンゲンに頼まれたからだ」

虫王様が見つめる先には、関係者席に座した縦ロールの姿がある。

休憩時間の間、彼女たちが話をしているのはブサメンも把握していた。出会って間もない間柄ながら、かなり虫王様と仲良くなっているロリ巨乳。彼女の物怖じしない性格は、素直に羨ましく思う。

結果、多数決は三対三で引き分け。

「ニンゲン、同票の場合はどうするのだ？」

「そうですね……」

虫王様の支持を確認したところで、すぐさま龍王様から問われた。

さて、どうしたものか。

事前に考えていなかった訳ではないけれど、いずれも一長一短なアイディア。サクッと二対四くらいで片付いてくれたら嬉しいな、などと願っておりました。龍王様が精霊王様を支持したのが、自身としては想定外だった。

そうしてブサメンが悩み始めた直後のこと。

関係者席から発言があった。

「タナカ伯爵、ちょっと待って下さい」

「なんでしょうか？　スペンサー伯爵」

「王と称されている方々であれば、この場で多数決に参加する権利があると、貴方は先程にも説明をしていました。改めて確認をさせて頂きますが、こちらの規定に間違いはありませんね？」

「ええ、その通りです」

「でしたらまだ、決議に参加していない方がいます」

「……と、いいますと？」

首を傾げたブサメンに対して、スペンサー伯爵はしたり顔となった。

直後には席から勢い良く立ち上がり、会場の隅の方を見つめて言う。

「魔王様、お願いします！」

するとそこには二人、これまでに見られなかった人の姿があった。

いつの間にやって来たのだろう。以前こちらの会場で行われた武道大会では、参加選手が控え室とステージを行き来するのに利用していた通路口。その先から現れて、こちらに向かい歩いてくる。

内一人はスペンサー伯爵の妹さんであるスペンサー子爵。

そして、隣には子爵に付き添われる形で女児の姿がある。

紫色の肌と真っ白な長髪は間違いない、当代の魔王様だ。

「こちらの魔王様であれば、多数決に参加する権利があると思います。この方が正当なる魔族たちの王であることは、そちらの席に控えている上位魔族が、以前にも貴方たちの面前で示したことかと思います」

彼女たちは舞台に上がると、円卓のすぐ近くまでやって来た。

その姿を視線で指し示しつつ、スペンサー伯爵は凛とした声で訴える。

「いかがですか？　タナカ伯爵」

「そうですね。スペンサー伯爵の仰る通りかと思います」

停戦協定を有利な条件で結ぶべく、スペンサー伯爵たちも必死である。

事実上、この場が協定締結に向けた駆け引きの現場。

大人たちの都合に利用されてしまった魔王様は、今もスペンサー子爵の後ろに隠れて身を震わせている。既に人類枠を逸脱した強さを誇りつつも、過去の経緯から人見知りを発動。こうして眺めると、年相応の子供にしか見えない。

そんな彼女にスペンサー伯爵は、とても畏まった態度で話しかける。

「恐れ入りますが、魔王様、こちらの事情は把握しておられますか？」

「オマエの妹から聞いた。私は、妖精王を支持する」

「我々にご協力下さり、誠にありがとうございます」

魔王様に向かい、深々とお辞儀をするスペンサー伯爵。

その姿を尻目にブサメンは、本人に対して確認を行う。

「失礼ですが、本当によろしいのですか？」

「……私は、オマエが嫌いだ。オマエの得になることはしない」

「承知しました。当代の魔王様は妖精王様に一票、とのことですね」

話し合いが始まった当初は見られなかった魔王様とスペンサー子爵である。多数決の実施が決まったことを受けて、今しがたの休憩時間、鬼王様あたりに頼み込んで、空間魔法により本国から連れてきたものと思われる。

これで四対三となり、妖精王様の勝利。

メスガキ王様の封印は決定的。

さらば麗しの太もも。

と、思われた最中のこと、立て続けに別所から声が届けられた。

「ちょっと待って欲しいわぁ」

「なんでしょうか？　ドリスさん」

「そういうことであれば、わたくしも紹介したい方がいるのだけれどぉ」

縦ロールがまた妙なことを言い始めた。

力強い笑みを浮かべて、自信満々な物言い。

「それはこの話し合いに関係している方となりますでしょうか？」

「ええ、その通りよぉ？」

意気揚々と席から立ち上がったロリ巨乳。

彼女の注目が向かったのは、魔王様が登場したのとは逆方向に設置された通路口。武道大会では双方から参加選手が入場。対戦相手と互いに向かい合う形でステージ入りをしていた。その片割れである。

「獣王様、お願いしますわぁ！」

縦ロールの声に合わせて、通路口に気配が生まれる。


会場に姿を現したのは、いつぞやニンクの大森林でお会いしたミノタウロス。精霊王様と初めてお会いした時分、彼女からお使いクエストを受注して、協力関係の確認に訪ねた人物である。鼻に付けた金属製の輪っかがチャーミング。

そのような相手が、ゆっくりと舞台に向かい近づいてくる。

というか、心なしか膝が震えていやしないだろうか。

「お、俺が獣王だ！　そっちのニンゲンに乞われて、あ、あ、足を運んでやったぞ！」

あぁ、声も震えている。

思い起こせば、獣王様は他所の王様と比べてステータスが一回り低い。多分、本人もその辺りを理解しているのではなかろうか。

つい最近でも薬草ゴブリンに後れを取っていた。一時は獣王の肩書すら剥奪されていた。諸々の経験が今まさに、他所の王様たちの面前に立ったことで、彼の脳裏を過っていることと思われる。

この場では鬼王様と同じか、それ以上に厳つい風貌をしているのに。

ただ、そうした本人の背景などまるで気にせず、縦ロールは会話を続ける。

「獣王様、事情はわたくしの下僕から説明させて頂いておりますでしょうか？」

「あぁ、ついさっき俺のところを訪ねて来たやつから聞いたが……」

「でしたらどうか、王として会議の円卓に臨み、票決をお願い致しますわぁ」

しかし、縦ロールは獣王様と面識がなかったはず。休み時間の間、精霊王様と話をしているような素振りもなかった。どうして獣王様を引っ張って来ることができたのか。キモロンゲが旧知の仲だった、という可能性はあるけれど。

ふと気になってエディタ先生に意識を向ける。

すると、サッと視線を逸らされてしまった。

なるほど、どうやら彼女が手引きして下さったみたい。

先生が表立って声を上げると、妖精王様との関係が崩れてしまう。そこで縦ロールを間に挟んで、こうして獣王様を引っ張って来て下さったのだろう。

一方で円卓に着いた王様たちの反応は千差万別。


「獣王？　オイラ、そんなのは知らねぇなぁ。どちらさんなんだぜ？」

「少なくとも海の中では、あまり耳にしない王ではありますね」

「王として、君臨する……獣の存在は……以前から、確認……している……」

「妾、前に会ったことがある。獣たちの王であることには、違いないと思う」

「コイツハ強イノカ？　獣ノ王トハ戦ッタコトガナイ」

獣王様、あまりメジャーな王様ではなかったみたい。

他の王様から与えられる一方的な風評被害。それでも概ね、王様として迎え入れられたようには感じる。何名か彼のことをご存知であった王様が同席していた為、王としての立場を否定されるようなことはなかった。

そうこうするうちに本人が円卓の傍らまでやって来る。

彼は震える足に鞭を打ち、声も大きく宣言した。

「俺は当代の獣王として、そこにいる精霊たちの王を支持する」

「確認ですが、理由を伺っても？」

「以前から精霊たちの王とは交友があった。それじゃあ不満か？」

「いえ、問題ありません」

「あぁん、わざわざ精霊王のために来てくれて、ありがとぉ！」

円卓の並びに見知った顔、ブサメンの姿を目の当たりにして、心なしかホッとした様子のミノタウロス。緊張に強張っていた頬が、自身と視線が合うのに応じて、ふにゃりと幾分か和らいだ。

おかげで多数決は四対四、またも引き分けに戻ってしまった。

これで昨日の失態も帳消しよねぇ？　とでも言いたげな眼差しで、縦ロールがこちらを見つめている。個人的には、精霊王様が勝ってくれると嬉しい。ただ、延々と決着がつかないのも、それはそれで困ってしまう。

そして、宮中の三人組としては喜ばしい対応であったみたい。関係者席では、縦ロールに感謝の眼差しを向ける面々の姿が見られる。彼らも彼らで停戦協定の締結に向けて、王様同士のパワーバランスに気を揉んでいるようだ。

そうこうしていると、またも他所から喧騒が聞こえてきた。

何やらドタバタと賑やかな足音が近づいてくる。

今度はなんだよ、とは喉元まで出かかった素直な思いである。

これを我慢しつつ、ブサメンは気配の感じられる方向へ目を向けた。

すると、会場に駆け込んで来たのは、ゴンちゃんと黄昏の団の方々であった。

「旦那、大変だ！　レッサーデーモンの群れが町に向かって来やがった！」

たしかに町にとっては一大事。

単体ならまだしも群れとなると大変なこと。規模にも依《よ》るだろうけれど、町の警備に当たっているヌイたちだけでは荷が重い。自身やエディタ先生、ロリゴンといった戦力が留守にしている都合上、ゴンちゃんの危惧は当然のもの。

けれど、王様たちからすれば、にわか雨の知らせさながら。

「そんなもの、適当に蹴散らしてしまえばよかろう。どうして慌てる必要がある」

「思えば……ここのところ……下級魔族が、そこかしこで……見られる」

「アンタらのところもか？　オイラたちのところでも、ここ最近になってちょくちょく現れては、畑や家畜を荒らしていきやがるぜ。駆除しても駆除しても次から次へとな。前までは全然みなかったのに、いったいどこから来てるんだか」

「妾の眷属も以前、どこからかレッサーデーモンを捕まえて、喰らっておった」

「っ……！」

そうした王様たちのやり取りを耳にして、ビクリと身体を震わせたのが魔王様。

何やら物言いたげな眼差しで彼らを見つめている。

しかしながら、他所の王様が恐ろしいのか、素直に言えない感じ。多分だけれど、レッサーデーモンの扱いについて、色々と思うところがあるのではなかろうか。なんたって彼女は魔族たちの王様である。

そして、ブサメンとしては身に覚えのあるレッサーデーモンの来訪。

「ゴンザレスさん、もしかしたら先方は私の客人かもしれません」

「そ、そいつはどういうことだ？」

「正確には私からゲロスさんを訪ねるよう、彼らに言伝をしておりました」

「旦那がレッサーデーモンに、か？」

「ええ、その通りです」

醤油顔の意識は、後方に控えたゴッゴルちゃんに向かう。

申し訳ないけれど、対応をお願いできませんでしょうか。

「ロコロコさん、急にすみませんが、お客様の面倒を見て頂けませんか？」

「分かった」

以前からブサメンの心を読んでいたゴッゴルちゃんは、北の大国への潜入捜査に際して、自分とレッサーデーモンが交わしたやり取りも把握している。こちらから何を語るまでもなく、即座に事情を察して下さった。

こういう説明が面倒な状況では、非常に頼もしい。

彼女は小さく頷いて、舞台から飛び立って行く。

ステージの周りを囲むように設置された観客席。身を浮かせた彼女がその先に向かい消えていく。これを確認したブサメンは改めて、引き分けとなってしまった多数決の行き先を巡り、王様たちに提案の声を上げた。

「さて、それでは皆さん、改めて多数決の結果についてお話をさせて下さい。投票は妖精王様と精霊王様に対して同票。そして、この場には他に投票権を持っている方もおられません。そこで私から提案があります」

「まさかとは思うが、その方が決定権を握っているなどとは言うまいな？」

「当然です。そのようなことは決して言いませんよ、龍王様」

「ならばどうやって解決するつもりだ？」

「そこで提案なのですが、もしよろしければ……」

ただ、そうして始めたやり取りも束の間のこと。

飛び立ったばかりのゴッゴルちゃんが、すぐに会場まで戻ってきた。

どうやらレッサーデーモンたちは、かなり近いところまで来ていたみたい。

彼女の背後には、二桁では済まない数のレッサーデーモンが浮かんでいた。


実態はどうあれ、ビジュアル的にはかなり世紀末感のある光景だ。事実、関係者席の面々はギョッとした面持ちでこれを見つめる。人類からすれば、軍隊を派遣しても鎮圧に苦労するレベルの勢力となる。

他方、王様たちは何ら気にした様子も見られない。

魔法一発で排除可能な有象無象としか認識していないことだろう。

レッサーデーモンたちは舞台脇のスペースに次々と降り立つ。

その下に紫色のボディー、魔族としての姿になったキモロンゲが向かっていく。

「ホントウダ。ホントウニ、ハイデーモン、イタ」「ニンゲンノ、イッタトオリ。ニンゲンノ、イッタトオリ」「ニンゲン、ウソジャナカッタ」「コレデ、カエレル？　モトノバショ、カエレル？」

「お前たち、何故に群れてこのような場所を訪れた」

「タナカトイウ、ニンゲン、イッテタ」「ココニクレバ、モトノバショ、モドレル」「ハイデーモン、メンドウ、ミテクレル」「ヤシッテル」「ハイデーモン、カエリミチ、シッテル」「ヤクソクドオリ、ニンゲン、タベテナイ」「ニンゲン、ガマンシタ」「ヤサイ、タベテタ」

双方の間ではすぐにやり取りが始まった。

キモロンゲには事前に事情を説明をしていたので、問題はないだろう。彼らの会話は少し距離を隔てて、舞台の上にいても聞こえてくる。ブサメンはその光景を他人事のように、円卓に座ったまま見ていた。

すると、一連のやり取りをしばらく眺めたところで、魔王様がボソリと呟いた。

「タナカ。オマエは、タナカという名前だった」

「ええ、それが何か？」

「オマエ、私の眷属を助けてくれていたのか？」

彼女の眼差しは、円卓にかけた醤油顔をジッと見つめている。これまではスペンサー子爵の後ろに隠れてしまい、視線を合わせることはおろか、こちらを見ようとすらしていなかったというのに。

「成り行きの上で、という補足は付きますが」

「…………」

こちらの返事を受けて、彼女は悩むような素振りを見せる。

自身は黙ってこれを眺めることしばし。


すると魔王様はおもむろにスペンサー伯爵へ向き直り、おずおずと言った。

「ニンゲン、さっきのやっぱり止める」

「魔王様、そ、それはどういったことでしょうか？」

幼い外見に相応、舌足らずな魔王様の物言い。

狼狽える伯爵に対して、彼女は言葉少なに主張してみせた。

「私はどっちも支持しない」

それは妖精王様と精霊王様、どちらにも票を投じない、ということ。つまり、四対四で拮抗していた多数決は、魔王様の棄権により三対四となり、精霊王様の勝ち。スペンサー伯爵からすれば青天の霹靂《へきれき》。

え、どうして⁉　みたいな表情で固まった伯爵。

彼女からブサメンに向き直り、魔王様は改まった態度で言った。

「オマエの得になることはしないけど、損になることもしないでおく」

「左様ですか」

魔王様は次代へ転生するのに際して、前世の記憶を部分的に受け継ぐ。

自らの憤りに任せてレッサーデーモンを世界各地にばら撒いた先代の魔王様。その所業を彼女は覚えていたのだろう。同時に申し訳なく感じていたところ、結果的にその救済に当たる形となった醤油顔の働き。これに気を遣って下さったようだ。

生まれて間もないこともあって、当代の魔王様は心がピュアであらせられる。我が国のロイヤルビッチにも、爪の垢を煎じて飲ませたい。何がどうしたら、あのような化け物に育ってしまうのか。父親である陛下の方が、まだ可愛らしい。

続けざまに彼女は、怯えた眼差しで龍王様に問いかける。

「龍王、私のことを殺すか？」

「どうして余がその方を殺さねばならぬ」

「龍王が仲良くしているニンゲンの言うことを聞かなかった」

「その方はその方が思うように生きればよかろう。余には関係のないことだ」

「……うん」

もし仮に相手が精霊王様だったら、きっとネチッコイこと言われて、場合によっては後日、ひっそりと殺されていたかもしれない。けれど、一本ビシッと筋の通った龍王様は、淡々と彼女の行いを評するのみ。

魔王様はホッとした面持ちで胸を撫で下ろした。

その姿を確認したところで、醤油顔は王様たちへ再三にわたってアナウンス。

「どうやら無事に、多数決が取れたようですね」

「タナカ伯爵、まさか我々の知らぬところで、魔王様に接触していたのですか？」

「それは貴方の勘違いですよ、スペンサー伯爵。こちらから当代の魔王様に接触するような真似はしておりません。ただ、共通の知人がこうして、我々の住まいを訪ねてきただけのことです」

「レッサーデーモンが人間の下を訪ねるなど、き、聞いたことがありません！」

スペンサー伯爵にしてみれば、これまたタナカ伯爵にしてやられた形。

憤りも顕わに声を上げていらっしゃる。

隣に座ったアッカーマン公爵も塩っぱい表情をしている。

「多数決の結果ですが、本会では精霊王様の主張を支持することとします」

「うぁぁあああ！　ア、アタシってば、また封印されちゃうのかっ!?」

「そのような規則の上で決議を採ったのだ、当然であろう？」

「だけど、ついこの間まで封印されてたのに、またすぐに封印だなんてっ……！」

なんとなく想定はしていたけれど、妖精王様が荒れ始めたぞ。

卓上で小さい身体をジタバタと暴れさせて、必死に声を上げていらっしゃる。場合によっては他の王様たちの力を借りる必要が出てくるかも。そもそも醤油顔は封印の魔法とか使えないし、この辺りは助力を願う腹積もりでいたけれど。

そんなことを考え始めた自身のすぐ隣、精霊王様が言った。

「だったら私から君に一つ提案があるんだけど、どうかなぁ？」

「な、なんだよ、それ……」


ブサメン越し、卓上で駄々をこねる妖精王様に向けてのこと。

後がない彼女は、寝転がった姿勢のまま怨敵を見つめる。

「今からこの話し合いの場で、精霊王は多数決を採りたいなぁって思ってるの。これに対して無条件で支持を表明してくれたのなら、君に対する四百年の封印、なかったことにして上げてもいいよぉ？」

「……どういうことだよ？」

「条件はそれだけ。嫌なら無理にとは言わないけどさぁ」

有無を言わさない精霊王様の物言い。

事前に相談を受けた覚えのないやり取りに、ブサメンは疑問を覚える。一体何を考えているのだろうと。同盟関係を結んでいる手前、そこまで妙なことはするまい。けれど、相手がメスガキ王様だと思うと、不安も一入《ひとしお》。

これに妖精王様は苛立ちを隠そうともせず、けれど、素直に頷いた。

「わ、わかった。支持してやってもいい！」

「本当？　ありがとぉー！」

先方から承諾が得られたことで、精霊王様はニコニコと満面の笑み。

直後には龍王様からご指摘の声がかかった。

「精霊たちの王よ、その方が行う多数決とは、どういった話だ？」

「この場は私たち王様が話し合いを行う場だよねぇ？　だったら、このニンゲンばかりじゃなくて、私たち自身が話題を上げたっていいと思うの。それとも君は、ただニンゲンの言うことに従うために、この場にいるのかなぁ？」

「いいだろう、さっさと意見を述べるといい」

「やったぁ！」

「だがしかし、決議に際してその方が票を投ずるような真似、まさかせぬだろうな？　我々王はそこまで数が多くない。議題を提示する者が有利になるような物事の決め方は、とてもではないが正しいとは言えない」

「そうだねぇ。だとしたら次の多数決は、私を抜きにしてやる感じかなぁ？」

「……ならば結構だ。話を続けるといい」

精霊王様、段々と龍王様の扱いに慣れてこられましたね。


関係者席も含めて、皆々の注目が精霊王様に向かう。

これを確認して、彼女はゆっくりと喋り始めた。

「私からの提案はとっても簡単なこと。こうした話し合いの場だけど、今後も百年毎に繰り返し、決まった時期に行いたいんだよね。王たちは互いに問題を持ち寄り、話し合いや多数決で解決するの。それ以外での喧嘩は絶対に禁止なんだから！」

精霊王様の意識が向けられているのは、円卓に座した王様たちである。

我々人類は百年も生きられないので当然か。

醤油顔としては願ったり叶ったりの提案。

王様同士の喧嘩が、それで少しでも減ってくれたら嬉しい。百年後、自身は生きていないと思う。けれど、エディタ先生やロリゴンは間違いなくご存命だろう。ペニー帝国もしぶとく生き残っていると思う。

未来の皆々の安心を思えば、彼女の意見には賛同したくなる。

けれど、どうして。

「どうして性悪精霊がそんなこと提案するんだよ！　なんか企んでるのか!?」

「何も企んでないよぉ。っていうか、約束どおり賛成してくれるんだよねぇ？」

「うっ……や、約束は約束だ！　それで封印しないでくれるなら、アタシは賛成！」

まずは妖精王様から賛成一票。

他の王様方としては恐らく、不意打ちのような提案に違いあるまい。すぐさま決議を迫るのは、些か手際がよろしくない。そこで彼らに検討時間を設ける意味でも、司会進行役は当事者に疑問を投げかけてみることにした。

「精霊王様、私から少々よろしいでしょうか？」

「うんうん、なんでも聞いて？」

「差し支えなければ、提案に至った理由をお聞かせ願いたいのですが」

「君だってなんとなく感じているんじゃなーい？」

「と、言いますと？」

「今のままだと、この世の中が大変なことになっちゃうと思うんだよねぇ。私と妖精王の小競り合いなんて可愛い方でしょ？　先代の不死王には苦労させられたし、樹王と海王の確執に至っては、このまま放っておいたら大変なことだよぉ」


円卓に着いた面々を順に眺めて、精霊王様は語ってみせた。

ご指摘の通り、王様たちの存在には自身も危機感を覚えている。だからこそ、こうして話し合いの場を用意してまで、ああだこうだと偉そうなことを語っております。けれど、このタイミングで彼女から言われるとは思わなかった。

「そう言われると……一概に、否定することは……憚られる……しかし……」

「私には海王として、海洋に住まう者たちの利益を確保する義務があります」

「ならば……自身も、同様。陸地に……住まう……者たちの、為に……必要なこと」

「そうして互いに気張って、引くに引けなくなって、結果として陸地や海が滅んじゃったら、それこそ本末転倒だと思うんだけどなぁ？　昨日だってちょっとした手違いで、地面がゴリッと削れちゃったよぉ？」

「…………」

精霊王様の指摘に対して海王様はだんまり。

樹王様も口を閉ざした。

これ以上の会話は危うそうだ。

もう少し時間を設けたく思いつつも、司会役は多数決に移らせて頂こう。

「各々意見をお持ちとは思いますので、これより多数決を採ります」

先程と同じように、自身を始点として円卓を時計回りに名指ししていく。ただし、妖精王様は既に意思表明を頂いているのでスキップ。精霊王様についても龍王様とのやり取りから決議権は無し。

結果はすぐに得られた。

賛成は、虫王様、樹王様、鳥王様、獣王様。

「妾、また集まっても構わない」

「精霊王の……言わんと、することは……分からない、でもない」

「オイラも賛成だ。その方がきっと、不幸な行き違いを減らせると思うぜ」

「当代の獣王は精霊王を支持する」

反対は、龍王様、鬼王様、海王様。

「どうして余がそこまで協力せねばならん」

「力デ決メルベシ。強イモノノ意見コソ正シイ」


「流石にそこまでは、私も付き合いきれませんね」

そして、魔王様は棄権。

提案者である精霊王様がブサメンに与している手前、先程にも語っていたとおり、我々に対して得になることはしないけど、損になることもしないでおく、とのこと。お若いのにしっかりとした意見をお持ちである。

これに妖精王様の賛成票を加味すると、賛否は五対三。

「では、賛成多数により、話し合いは今後も定期的に実施するものとします」

妖精王様の協力を確認した時点で、すぐさま多数決に臨んだことから察するに、この結果は精霊王様が想定した通りであったのだろう。彼女はブサメンのアナウンスを耳にして満足気に頷いた。

ただ、今回の決議は先程と異なり、結果について別所から異論が上がった。

「待て、ニンゲン。余はこの話し合いに致命的な不備を見つけた」

「なんでしょうか？　龍王様」

「今しがたの精霊王の提案は、話し合いのルールそのものに触れている。つまりそれは数さえ揃えれば、余ら王たちを好き勝手に動かせる、それと同義ではないか？　半数以下とはいえ、意見を異にする王たちとの反目は不穏に繋がる。本末転倒だ」

　彼の言わんとすることは、分からないでもない。

話し合いの根っこにある規則が頻繁に変えられてしまっては、これに基づいて何かを決めたところで、その意義が薄まってしまう。精霊王様のような、企みごとが好きな方には便利なのかもしれないけれど。

　などと考えたところで、提案者から続けられたのは想定外の追加仕様。

「だったら、こういうのはどーかな？　話し合いのルールそのものを変えるときは、その提案をする王様が、王としての立場を降りる代わりに提案できる、みたいな。それなら簡単にはルールを変えられないよぉ？」

「その方、本気で言っているのか？」

「本気だよぉ？」

　それはつまり、精霊王様が精霊王でなくなるということ。

　ご自身の力や立場を手放すということ。

　彼女にとっては、他の何よりも大切なものだと思っていたのだけれど。

「つまるところアンタは、オイラたちの前で王の立場を降りるってことだぜ？」

「アタシたちのこと馬鹿にしてるのか？　どうせまたいつもの嘘なんだろ！」

「白々しい。それを行ったところで、貴方にどのような利益があるというのですか」

「力ヲ失ウコトハ、死ヌコトニモ等シイ。ソレヲ許容スルナド、信ジラレヌ」

　すぐさま他の王様たちから疑念の声が上がった。

　特に定期的な話し合いの実施に、反対していた面々の反応が顕著だ。

　しかし、彼女は意に介した様子もなく、自らの意見を肯定する。

「だってそれこそ、私が王になって目指していたことだもん」

　普段は何を語るにしても、どこか人を馬鹿にしたような笑みを浮かべていた精霊王様。その面持ちが今この瞬間に限っては、妙に素朴なものとして感じられた。若々しい外見年齢に相応の、幼い童女の純粋な笑みとして。

それこそ清々しさすら感じさせる、気持ちのいい笑顔。

「こんなニンゲンに実現されるとは思わなかったけどさぁ」

「…………」

直後には彼女の注目が、隣に腰掛けたブサメンに向かう。

どうして答えたものか、醤油顔は返答に躊躇する。

その間にも先方には動きが見られた。

椅子から立ち上がった精霊王様が、円卓に向かい両手を掲げる。

彼女の行いに応じて、卓上に魔法陣が浮かび上がった。

以前にも見た覚えのあるそれは、召喚魔法。

円陣の上にすぐさま、四本脚の生き物が像を結んだ。

呼び出された対象も、前回の行使と変わりない。寝転がっていたところを召喚されたようで、前足に預けていた頭をムクリと起こしつつ召喚主を見やる。

「精霊王様、今度はいったいどのような……っ!?」

呼び出されたのは大地の大精霊殿である。

相変わらず愛らしいお姿をされている。

その面持ちが、現場に居合わせた面々を目の当たりにして、ピシリと強張った。精霊王様の下でパシリをしていたことも手伝い、王様たちのいくらかに知見があるのだろう。少なくとも獣王様のことは知っていたし、住まいについても把握していた。

「あの、ど、どうして私を呼ばれたのですか？」

「君には、次代の精霊王になってもらいたいんだよねぇ」

「……え？」

言うが早いか、精霊王様の肉体が眩い輝きに包まれる。

卓上で立ち上がり、キョトンとする大精霊殿。

彼の目の前で、メスガキ王様のムチムチボディーを球状の魔法陣が取り囲む。これから凄い魔法を使いますよと、視覚的に訴えて止まない感じ。本人の発言を信じるのであれば、それは精霊王様の代替わりを知らせる反応。

あまりにも急なお話に、ブサメンはただ黙ってことの成り行きを見守るばかり。

だって、そうして臨む精霊王様の面持ちが、いつになく真剣だったから。

「せ、精霊王様！　あの、これは一体どういうことですか!?」

「だいじょーぶ、すぐに終わるから」

「終わらせる前に、もう少しちゃんとご説明をっ……！」

大精霊殿が叫ぶのと同時に、円卓を設けた舞台全体が輝きに包まれた。

目を開けていることも辛いほどの光量である。

すぐ隣に座した醤油顔としては、身の危険を覚える。

少し離れて関係者席からも、陛下たちやスペンサー伯爵らの動揺する気配が伝わってくる。その只中、書記席に座ってペンを握ったまま、懸命に状況を読み取らんとするチーム乱交の姿がチラリと目に入った。

出会った当初、ハイオークを相手に狼狽えていた小物感は、まるで感じられない。エステルちゃんのみならず、アレンやゾフィーちゃんまで、今まさに目の前で行われようとしている出来事を書き記さんと、真剣な面持ちである。

光が放たれていたのは大体数秒くらい。

瞼越《まぶた》しに感じていた輝きが段々と収まっていく感覚。

ゆっくり目を開くと、そこには今までと変わりなく佇む精霊王様の姿が。

見た目はまったく変化がない。

なにはともあれ、ステータスを確認してみよう。

名　前：リアン
性　別：なし
種　族：精霊
レベル：2579
ジョブ：メスガキ
H　P：11005665／11005665
M　P：33012230／33012230
S T R：210919
V I T：811954
D E X：1567771
A G I：458891
I N T：2410090
L U C：232876

あぁ、なんということだ。

本当に精霊王様が精霊王を辞めてしまわれた。

レベルが大幅に低下した上、ステータス値も軒並み降下している。我々人類と比較してはそれでも強力。しかし、王様であった頃と比べると、すべての値が一桁、どれも例外なく弱体化しているぞ。あと、ジョブ欄がとても魅力的なことになっている。

感覚的にはエディタ先生やロリゴンと大差ない強さではなかろうか。

そうだ、大精霊殿はどうなったのか。

名　前：クルクル
性　別：なし
種　族：精霊
レベル：6102
ジョブ：精霊王
Ｈ　Ｐ：865099980／865099980
Ｍ　Ｐ：390133510／390133510
ＳＴＲ：1008003
ＶＩＴ：6509901
ＤＥＸ：2031000
ＡＧＩ：2156089
ＩＮＴ：3067802
ＬＵＣ：923088

たしかに精霊王の肩書が移譲されている。

以前と比べて、レベルやステータスの値が大幅に上昇。

これには他の王様も驚いていらっしゃる。え、マジかよ、みたいな雰囲気。彼女のことを目の敵にしていた妖精王様ですら、驚愕に目を見開いているもの。こうして目の当たりにした光景が信じられないと言わんばかり。

彼女は腫れ物にでも触れるように、恐る恐る問いかける。

「オマエは自分が偉ぶりたいから、コソコソと動いてたんじゃなかったのか？」

「話し合いの約束を守ってくれるなら、そう思っていても全然構わないよぉ？」

「…………」

ブサメンも妖精王様と同じように考えておりました。

精霊王様の悪癖の賜ではないかと。

けれど、違ったみたい。

姿こそ変わりのない彼女を眺めて思う。

童貞を拐かす邪悪なメスガキは、けれど、世界の為に人知れず働く正義のメスガキだった。

これまでの彼女の行いが、一連の出来事を目の当たりにしたことで、今更ながら一本の線上にズラリと並んだ感覚。少なくとも人類や、この世界に住まう多くの弱者にとっては、これ以上ない味方。

「ということで、今後はこの子が精霊王になるからよろしくねー！」

卓上に召喚されたまま、驚き固まっている大精霊殿。その姿を指し示して彼女は言う。

予期せず昇進した彼は、未だに状況が理解できていないようで、完全にフリーズ。

そんな大精霊殿を置き去りのまま、彼女は嬉々として声を上げる。

「これで私と妖精王の問題は一件落着！　次の話し合いに進もう？」

「……ええ、そうですね」

やたらとご機嫌な彼女に気圧されつつ、司会進行は自らの役割を務める。

できることなら話し合いよりも先に、色々とお尋ねしたい。しかし、他の王様たちの手前、これを我慢して続く議題を提示させて頂く。せっかく精霊王様がいい感じで状況を整えて下さったのだ。これを無駄にする訳にはいかない。

醤油顔は当初の想定を思い起こして、続く議論を案内する。

「さて、今回の話し合いですが、残すところ最後の議題に移ろうと思います」

皆々、物言いたげな眼差しで精霊王様を見つめていた。

素直に感心している方がいれば、疑いの面持ちを向ける方もいる。自身としては、大精霊殿から権限を譲渡されたのなら、すぐに精霊王に戻れるのでは？　とも考えた。しかしながら、現場の雰囲気から察するに、それは意外と難しそうな感じ。

「ところで皆さんに私から、一つ提案がございます」

ちょっとこっちに注目して下さいよ。

そう訴えるよう醤油顔は言う。

するとどうにか皆々の注目が、彼女から離れてこちらに集まってくる。

「樹王様と海王様の問題は、恐らく過去の経緯を把握するだけでも、相応の時間を要することでしょう。決議を行うのに必要な情報をお持ちではない方も、それなりにいるのではないかと存じます」

皆々の意識が自身に向いたことを確認して、ブサメンは司会進行を続行。

各人を一人ひとり見やるようにしながら、事前に用意していた文句を並べる。

「そこで提案なのですが、こちらの議題は百年後、精霊王様が提案された次回の話し合いに持ち越しとしては如何でしょうか？　樹王様と海王様も、その間に色々と行えることがあるのではないかと思います」

これは精霊王様の件がなくとも、提案する腹積もりであった。

上手く行けば多数決でも賛成を得られるかなと。

また、賛成が得られなかった場合でも、龍王様とタナカ伯爵、妖精王様と精霊王様、そして、ペニー帝国と北の大国の問題を片付けた時点で、既にこの話し合いの役割は終えられたにも等しい。

適当なところで解散して、後は当事者に丸投げするつもりでいた。

何故ならば今まさに伝えたとおり、彼らの事情など皆目見当がつかない。

しかし、そうした卑しいブサメンの魂胆は、精霊王様の類まれなる頑張りのおかげで、想像した以上に自然な流れから、続く議論の場に向けて繋げることができた。

それも理想的と称して過言ではない条件の下。

「では、多数決に移りたいと思います」

結論から言うと――

決議は全員賛成だった。

精霊王様の行いを目の当たりにしたことで、皆々思うところが出てきたのだろう。すべからく彼女の行いに反発していた妖精王様でさえ、プイッと顔を背けつつも、小さい声で賛成だよ、とのお返事を頂戴した。

「精霊王の、気概を尊重して……向こう百年は、大人しく……していよう……」

「甚だ不本意ですが、私も精霊たちの王が見せた覚悟と意思を尊重しようと思います。しかし、次の話し合いでは海王という立場に則《のっと》り、徹底的に語らせてもらいますので、そこのところをお忘れなきようお願いします」

当事者である樹王様と海王様も、心なしか大人しく感じられる。

当初から棘《とげ》の絶えなかったサバ氏が、素直に折れたのには自身も驚いた。

おかげで醤油顔は最後の最後、メスガキ王様に助けられてしまった。今なら凄く素直な気持ちで、彼女の太ももをオカズにご飯を頂ける気がする。こちらを眺めてニコニコとしている姿があまりにも眩しい。

しばらく待ってみても、王様たちから異論の声は上がってこない。

樹王様と海王様とて、ご自身の眷属を危機に晒すような真似は本意ではないのだろう。この機会に自身が備えた影響力を、今まで以上に客観的な視点から、慎みを持って確認して頂けたら幸いである。

そんなこんなで当初予定していた話し合いは一段落。

するると、精霊王様からブサメンに声がかかった。

「ねぇねぇ、ちょっといいーかな？」

「なんでしょうか？」

「この定期的な話し合いだけど、今後はどう呼べばいいのかなぁ？」

「そうですね……」

名前なんて全然考えておりませんでした。

だって単発のイベントだとばかり。

けれど、こうなると下手な提案は憚られる。なんたって最低でも向こう百年、界隈では呼称される催しだ。王様たちにとっては大した期間ではないかもだけど、人類的には書物に起こして、親から子へ語り継ぐレベルの出来事。

具体的には、エステルちゃんの孫や曽孫《ひまご》辺りが、対応する案件ではなかろうか。

貧困な自身のボキャブラリーからは、良い案などとんと浮かんでこない。

「王様たちが一堂に会する会議なので、王様会議、などでは如何でしょうか」

「王様会議？　うーん、ちょっと安直な気もするけど、まぁーいいかなぁ？」

「他に案があるようなら、是非ともお伺いしたいところですが」

「ううん？　君が最初に発案したことなんだし、その命名でいいと思うよ！」

彼女が自らの立場を捨ててまで実現して下さった機会である。

自身に何が出来るとも知れないが、今後とも大切にしていきたいものだ。

神様 God

記念すべき第一回となる王様会議は無事に終えられた。

同日はそのまま、話し合いの会場を利用して立食パーティーを開催。これは昨晩の内から用意していた。せっかく各界の王様をお迎えするのだから、少しでも気分良くお帰り願いたいという、我々人類の浅はかな接待心の表れである。

これで多少ばかりでも、話し合いの間に溜めた鬱憤が晴れたらいいな、と。

次回も機会があるとなれば尚のこと。

舞台の上では円卓が撤去され、代わりに料理の盛り付けられたワゴンが何台も並んでいる。こちらも王宮から借りてきた品となる。おかげで非常に見栄えがする。なんなら食材も同所から調達させて頂いた。

食事はビュッフェ形式。

関係者席に並んでいた面々も参加している。

スペンサー姉妹とアッカーマン公爵もお招きさせて頂いた。彼らは例外なく渋い顔をしていた。しかし、多くの王様たちと安全に面識を得られる貴重な機会とあって、ブーブーと文句を言いつつも会場に残っている。

「アッカーマン公爵、私は本国に帰国次第、龍王様と鬼王様にご同行を願い、父上の下へ向かう予定です。そこでこの場での出来事をご説明の上、今後の方針について検討を行いたく考えております」

「こちらは引っ込んでいろ、ということかね？」

「いいえ、公爵にもご同行を願えたらと考えております。如何でしょうか？」

「さて、どういう風の吹き回しだろう」

「この度の状況ですが、私の言葉だけでは父上に正しく情報を伝えることが難しいのではないかと考えています。下手に話が拗れた場合、再び同じような騒動に発展しかねません。そこで公爵からも一言頂けたら嬉しいのですが」

「たしかに私とて、こうして現地に居合わせねば、素直に信じることは困難であったやもしれぬ。自らの娘の言葉であったとしても、我が身可愛さから保身に走ったかと、疑念を持たれる可能性はあるだろう」

他愛無いやり取りを交わしつつ、王様たちの動向に目を光らせているスペンサー伯爵とアッカーマン公爵。時折、タナカ伯爵にもチラチラと視線が向けられるのを感じる。スペンサー子爵は別所で、魔王様の食事の面倒を見ておられますね。

一方、今という瞬間を能天気に楽しんでいるのが我らが陛下。

「当初はどうなるかと思ったが、無事に停戦協定を結ぶことができそうで、なによりではないか。宰相、この度は余もなかなか頑張ったと思うのだが、どうだろう？　この功績は次の代に語り継いで然るべきではないか？」

「陛下、たしかに今回のご活躍は見事でございました。しかしながら、北の大国との関係がこれで終えられた訳ではございません。停戦こそしても、国家間の競争は決して終えられることはないのです」

「恐らく先方は今後、我が国を内側から攻めてくることでしょう」

「リチャードよ、先程の話し合いで余が説き伏せてみせた通り、龍王殿は停戦に向けて意欲的だ。その意向を押し退けてまで、我が国に攻めてくるような真似、北の大国とて行えるであろうか？」

いちいち自らのお仕事アピールをする陛下。彼とやり取りしている宰相殿とリチャードさんは、コイツ、ウゼェな、みたいな面持ちを端々に滲ませつつも、はしゃぐ上司を諌《いさ》めるように説明を繰り返す。

「何も兵を動かすばかりが戦争ではありません。恐らく今後は血筋や経済を利用して、我が国を攻めてくることでしょう。以前の調査でも、既に声をかけられていた貴族が見られたことを、陛下はお忘れですか？」

「フィッツクラレンス公爵の言うとおりですぞ、陛下。今後は国内の体制の引き締めを優先して進めるべきでしょう。そうでなくとも我が国は、貴族が強い力を備えているのです。この機会に王家の威光を知らしめるべきかと」

「う、うむ。その方らの危惧は余も理解しておる。しかし、本日くらいは……」

リチャードさんの言う通り、北の大国が表立って軍隊を動かすような機会は当面失われた。けれど、ペニー帝国と北の大国の争いが無くなる訳ではない。他国を侵略する方法なんて素人のブサメンでも沢山思いつく。

向こう数十年、ペニー帝国は安泰かもしれない。でも、それ以降は分からない。数百年後、気づいたらいつの間にか、国民の大半に北の大国の血が混じっていました、みたいなことも十分考えられる。

ただまあ、そこまでは醤油顔も面倒を見きれない。

向こうしばらく平和であれば、それで良しとしよう。

そんな具合に人類一同が、今後の体制構築に向けて慌てふためいているのに対して、同じ会場にありながら、素直に食事に興じているのが王様たちである。お皿やグラスを手にして、皆さん会場をうろうろとされている。

龍王様や海王様などは、すぐに帰宅されるかとも考えていた。しかし、我々が提供する料理に興味が出てきたのか、それとも他に何か思うところがあるのか、ご両名とも会場に残っていらっしゃる。

特筆すべきは後者のお食事スタイルだろうか。魔法でお皿やフォーク、ナイフを宙に浮かせつつ華麗に操り、口元に料理を運んでいるサバ氏。お上品にもナプキンをエプロン代わりに胸元へかけていらっしゃる。

「会場の造形については残念なものですが、こと食事に関して、ニンゲンの文化文明は侮れないものがありますね。数が多い分だけ趣味嗜好も多岐にわたり、味に広がりが生まれるということでしょうか」

「海王、それなんだい？　串に刺さった丸っこいの。なんかいい匂いがするのだよ！」

「恐らくキノコでしょう。向こうのワゴンにあります。気になるようなら食してみては？」

「そうだな！　アタシも取ってくる！」

意識高い感じのお喋りと相まって、どこか貴族っぽい畏まった雰囲気を漂わせているサバ氏。ピューと元気良く飛んでいく妖精王様を、ナプキンの端で口元を拭き拭きしながら見守る姿とか、非常にファンシーな場面。

正直、かなり可愛らしい。

メイドさんも先程から物欲しそうな眼差しを向けている。

でも多分、抱きしめたらヌルっとすると思うんだ。

「タ、タナカ伯爵、少々お話をさせて頂いてもいいかしら？」

そうしてグラスを片手に会場を見て回っていると、エステルちゃんがやって来た。彼女を筆頭として、書記を務めていたチーム乱交の面々も、もれなく会場にお呼びさせて頂いた。別所にはアレンとゾフィーちゃんの姿も見られる。

「昨晩から色々とお手伝い下さり、本当にありがとうございます。エステルさん」

「いいえ、これくらい全然大したことじゃないのだから！」

そうは言うけれど、話し合いの間はずっと真剣な表情で、紙面にペンを走らせていたロリビッチである。会議は結構なボリュームがあった。三人で分担していたとはいえ、それなりに疲れているのではなかろうか。

彼女たちに作成して頂いた議事録は、既に王様たちや関係者一同にも確認を頂き、全員の間で合意が取れている。随分と字が綺麗ですね、とは書類を受け取って開口一番、スペンサー伯爵から頂いたお言葉である。

「議事録ですが、先方の評判も大変良かったです。丁寧に仕上げて下さり恐縮です」

「少しでも貴方の役に立てたようなら、これほど嬉しいことはないわ。め、名目の上とはいえ、タナカ伯爵の婚約者役を務めているのだから、それに見合うだけの仕事をしなければ、貴方の名前に泥を塗ることになってしまうもの」

相変わらず愛が重い。

照れた面持ちで上目遣いに見つめてくるの、久しぶりに喰らうとヤバい。北の大国への潜入捜査に際しても、我先にとナンシー隊長の下まで、敵兵の跋扈《ばっこ》する最前線を駆け抜けてまで足を運んで下さっていた。

「いえ、そこまで固く考えて頂く必要はないかと思いますが……」

「短い期間かもしれないけれど、なんでも言ってもらえないかしら。私にできることなら、なんでも手伝わせて欲しいの。そう大したことは出来ないかもしれないけれど、使い潰してくれて構わないわ！」

「流石にそのような真似は、私がフィッツクラレンス公爵に叱られてしまいますよ」

エステルちゃんがグイグイと来る。

ブサメンは対応に困惑。

すると、いいところで縦ロールがやって来た。

「ちょっとリズゥ、わたくしもタナカ伯爵とお話をしたいのだけれどぉ？」

「ドリス、横から割り込むような真似はどうかと思うわ」

「話し合いの間にやってきたレッサーデーモンについて、伯爵の耳に入れておきたいことがあるのよぉ。貴方のしているお話が、それよりも重要だというのなら、わたくしは出直すとするけれどぉ」

「ぐっ……は、話したらいいのではないかしら？」

悠然と語ってみせる縦ロール。

エステルちゃんは渋々と身を引いた。

「ゲロス、状況を説明してもらえないかしらぁ？」

「承知しました」

ご主人様の言葉に頷いて、隣に控えていたキモロンゲが喋り出す。

つい先程までは、本来の姿に戻って魔族ムーブしていた彼である。しかし、今は普段と変わらず人の姿を取り繕っている。この期に及んで人間に化ける必要があるのかと、疑問に思わないでもない。

「貴様が以前言っていた通り、この地を訪れたレッサーデーモンは誰もが、以前の住まいへの帰還を望んでいた。こちらが何を問うまでもなく、ニンゲンを喰らっていないと、口々に繰り返している」

「それは何よりです」

「しかしながら、如何せん数が多い」

「どの程度、こちらに見えたのでしょうか？」

「あのゴッゴル族が会場へ連れてきた者たち以外にも、数百というレッサーデーモンが町の外に待機していた。こちらで面倒を見るとは前に伝えたが、すべてを送り届けるには少しばかり時間を要する」

ゴンちゃんが慌てていた理由を、今更ながら正しく把握した気分。

ちょっとした軍勢である。

そして、先方を下手に刺激していたら、場合によってはそれらが丸っと人類の敵に回っていたかもしれない。実際、鳥王様の集落では畑を荒らされたとか言っていた。対象が人里ともなれば、被害は農作物のみでは収まるまい。

「そういうことでしたら、私もお手伝いしましょう」

「いいや、貴様の世話にはならん。同族の恥はこちらで拭う。ただ、もし可能であれば、ヌイたちには攻撃をしないよう言い聞かせて欲しい。町を出入りしている個体がそれなりにいると聞いた」

「承知しました。後ほど町長に頼み込んでおきましょう」

こちらが頷いたのを確認して、キモロンゲはすぐに会場を発っていく。

レッサーデーモンたちの対応に当たる為だろう。

「そう言えばリズ、フィッツクラレンス公爵が貴方を探していたわよぉ」

「えっ、お父様が？」

「わたくしも呼ばれているのだけれど、ご一緒してもらえないかしらぁ？」

「分かったわよ。タナカ伯爵、本当に申し訳ないけれど、失礼させて頂くわね」

「いいえ、滅相もない。こちらこそお声掛け下さりありがとうございました」

縦ロールに促されて、二人はブサメンの下を離れて行った。

北の大国との関係を巡り、今のうちに伝えておきたいことがあるのだろう。人類側からすれば、今回の出来事はあまりにも急なことの運び。隣国との停戦協定を先制するべく、彼らも必死なのだと思う。

すると、一人になったのも束の間のこと。

エディタ先生とロリゴンがやって来た。

傍らには鳥王様も一緒だから、ブサメンは多少なりとも気が引き締まる思い。

「すまないが、少しばかり時間をいいだろうか？」

『おい、鳥王がオマエに話したいことがあるって』

「挨拶に来たぜ、ニンゲン。アンタとはこれまで面識がなかったからな」

話し合いの最中には、繰り返し意見を交わしていた鳥王様。けれど、こうして面と向かって会話をするのは初めてのこと。海王様も同様であって、共に隙を見つけてご挨拶をしようとは意識しておりました。

どうやら先方も、同じように考えてくれていたみたいだ。

「こちらから出向くべきところ、わざわざすみません」

「そっちの方が遥かに強いんだ、そうして下手に出られると困っちまうぜ」

椅子から立ち上がった鳥王様は存外のこと背が高くて、

ブサメンが上から見下ろされる位置関係。しかも、かなり筋肉質でガッチリした肉付きをされており、更に背中に生えた羽が体躯を大きく見せる。

近くに立たれると、正直、かなりおっかない。

「さっきの話し合いでアンタは、オイラが知っておかなきゃいけないことを、身を以《もっ》て教えてくれた。おかげでオイラは、過去と同じような失敗を重ねずに済んだ。だから、ニンゲン、アンタには感謝しているんだ」

「それもこれも鳥王様を含めて、皆さんのご協力あってのことですよ」

「この借りはいつか必ず返す。オイラたちガルーダは義理堅い性分なんだ」

「そちらは話し合いの席に着いて頂いたことで、トントンじゃないですかね」

「あれはオイラたちが一方的に挑んで、負けただけだ。アンタに非はないんだぜ」

小さく笑みを浮かべて、鳥王様は語った。

山脈地帯での喧嘩では、割と遠慮なくファイアボールをぶつけていた。なのでこうして仲直りできたことは、自身も素直に喜ばしい。彼と海王様については、事前に

面識がなかったので距離感を覚えていたし。

「ところで、アンタが抱いていた小さな不死王は、どこに行っちまったんだ？」

「彼でしたら先程、料理を身体にこぼしてしまいまして、私の知り合いと共に毛づくろいに向かいました。しばらく待っていれば、すぐに戻ってくるとは思います。急ぎの用件であれば、こちらで迎えに行って参りますが」

「それはアレか？　コイツらと一緒にいたメイドの格好をしたニンゲンか？」

「ええ、恐らくその通りだと思います」

同じ鳥類とあって、鳥さんと仲良くしたいのではなかろうか。

不死王という肩書も魅力的に映っているものと思われる。

そして、鳥さんの将来を思えば、自身としても鳥族の王たる彼と仲良くしておくことには意義がある。いつの日かブサメンの下を離れた当代の不死王様が、その長命を健やかに暮らしていく為には、互いに理解し合える仲間こそ重要だと思うから。

先代のように適当に過ごして、他所の王様から攻めら

れたりしたら可哀想だもの。

「であれば私が鳥王殿を案内しよう。貴様の手を煩《わずら》わせることもない」

『わ、私も一緒に行くぞ！』

即座にソフィアちゃんや鳥さんを気にかけて下さるエディタ先生とロリゴン。

声を上げた二人と共に、鳥王様は会場の屋内スペースに向かわれた。スペンサー子爵が魔王様を連れて現れた連絡口。その先にある控え室的なフロアで、メイドさんは鳥さんの羽のお手入れをしているそうな。

自身は鳥王様の対応を二人に任せて、舞台の上から彼女らの背中を見送った。

それからしばらくは醤油顔もご飯タイム。

人が捌《は》けたところを見計らい、料理の盛られたワゴンを巡る。

そして、取り皿に美味しそうな料理を盛り付けたのなら、向かった先は会場の隅の方。例によって専用のワゴンを用意されたゴッゴル氏のお隣である。本日もまた、お一人で食事を楽しまれている彼女だ。

「ロコロコさん、隣をよろしいでしょうか？」


「……断然、よろしい」

「ありがとうございます」

彼女がハイなゴッゴルであることは、話し合いの参加者一同には伝えてある。どれだけ強大な力を備えた王様たちであっても、心を読まれるのは困るようで、ゴッゴルちゃんに近づいてくる人物はブサメン以外に皆無。

おかげでこうして、ゆっくりとお話をしながらご飯を楽しめる。

「そちらの肉料理、とても美味しそうですね。お味は如何ですか？」

「とても美味しい。貴方も是非食べるべき」

「でしたら自分も取って来ようかと思い……」

「これ、あげる」

料理の盛り付けられたワゴンに向かい、お揃いの肉料理を求めて踵《きびす》を返さんとした間際のこと、フォークに刺したそれを口元に差し出された。なんということだ、これはまさか、あーん、ではなかろうか。

されたい。

あーんされたい。

あーんされたい、という素直な気持ちを読まれつつなし崩し的に、あーんされたい。

「……されないの？」

「すみませんが、こちらのお皿に移して頂けたらと」

「…………」

この世で異性からあーんされた経験のある男性、全体の何割くらいだろう。

ちなみにメルセデスちゃんと、彼女が率いた飛空艇については、話し合いの終了と共に大聖国へご帰還して頂いた。同国の舞台裏が陛下たちに知られては面倒なので、一足先にご退場を願った次第である。

ただし、彼女によって回収された王女殿下の近衛騎士たちについては、陛下の指示を受けた黄昏の団によって捕縛。すぐさま首都カリスに向けて搬送されることになった。可哀想だけれど、何かしらの処罰は免れないように思う。

それもこれもロイヤルビッチのせいである。

「関係のないことを考えて、誤魔化そうとしている」

「いえいえ、そんな滅相もない」

自身のお皿に移して頂いた肉料理をありがたく頂戴する。


鼻先に香っていた風味に違うことなく、とても美味しゅうございました。ただ、もしも叶うことなら、ゴッゴルちゃんの口内で咀嚼されてドロドロになったそれを、直接口移しで食べさせて頂けたのなら、天にも昇る心地であったことと存じます。

「それは美味しくないと思う」

「…………」

冷静に考えるとその通りでも、その場の勢いで美味しく頂けるのが非モテなんです。これってとても凄いことだと思いませんか。まさに愛の力であると、童貞は信じてなりません。ただ、客観的にはとても気持ち悪いですよね。分かります。

「あと、これも美味しい。絶対に食べるべき」

「あ、はい。すみませんが、そちらもお皿に載せて頂けたらと」

「…………」

そんな感じで時間は穏やかにも過ぎていく。

本日のパーティーは接待に忙しくすることもない。

おかげで自身も気兼ねなく食事を楽しむことができる。

昨日から王様会議の支度に専念していた為、満足に食事

を取れていなかった。せっかくなので、この場では存分に飲み食いさせてもらおうと思う。

なんならお酒の一杯くらい、頂いてしまってもいいかなぁ、とか。

そんな具合にひと仕事終えた解放感から、気分を軽くさせていた時分のこと。

「ニンゲン、余からその方に伝えておきたいことがある」

龍王様が我々の下にやって来た。

手にはワインの注がれたグラスが支えられておりますね。

見た目完全に王子様系のイケメンだから、とても絵になる光景だ。

ただ、ゴッゴルちゃんの存在を忌諱《きい》してか、我々とは少しばかり距離がある。

「なんでしょうか？　龍王様」

「この地では百年後、再び会合することとなるのだ。それまでに会場へ屋根を用意しておくといい。もしも雨が降っていたら、卓や椅子などが濡れてしまうだろう。その程度は気を利かせて然るべきだ」

「あの、まさか次回もここで行うのですか？」


予期せぬ物言いを耳にして、思わず問い返してしまった。

会場なんて他にいくらでもあるだろうに。

なんなら北の大国に丸投げしてもいい。

スペンサー伯爵なら、きっと大手を振って受け入れてくれることだろう。かなりリスクのある行いではあるけれど、同じくらいメリットもあると思う。王様たちとのコネクションを得るには絶好の機会なのだから。

ブサメンはもうお腹いっぱいだけど。

っていうか、自身の没後のことにまで頭を悩ませたくない。

「その方が言い出したのだ。向こうしばらくは責務を果たすべきだろう」

「ですが、私は人間です。今後百年も生きていられません」

「ふむ、ならばこれでどうだ」

「え？」

龍王様の呟きと共に、醤油顔の足元に魔法陣が浮かび上がった。

間髪を容れず、自身の前に身を滑り込ませて、臨戦態勢となるゴッゴルちゃん。ブサメンのことを守らんとして下さったことは非常に嬉しい。けれど、王様が相手では見ていてヒヤヒヤとしてしまう。

「決して害のある行いではない。その方、これ以上余に近づいたら処分する」

「彼に何をしているの？」

「その方には関係のないことだ。大人しく黙って見ているといい」

「ロコロコさん、私は大丈夫ですので、どうか下がって頂けたらと」

「……分かった」

ゴッゴルちゃんのポジションは、龍王様に対する読心の範囲外。まずはその事実にブサメンはホッと一息。彼女はこちらのお願いに頷くと、警戒の姿勢こそ崩さないまでも、我々から距離を取るように移動してくれた。

そうこうしている間にも魔法陣に顕著な変化が。

強烈な輝きがブワッと発せられる。暗がりに慣れた目にライトを当てたかのように、目の前が真っ白になる。つい先刻にも目の当たりにした、精霊王様の代替わりさながらの眩しさではなかろうか。

同時に身体の内側がドクドクと熱くなるような感覚。

思わず回復魔法を使いたくなる。

ただ、龍王様の言葉を信じるのであれば、害のある行いではないとのこと。下手にこちらで対応して、互いの魔法の作用が輻輳《ふくそう》し、良くない副作用とか生じたら困ってしまうので、彼の言葉を信じて我慢することに。

反応は数秒ほどで収まりを見せた。

「…………」

輝きが収まったのを確認して、自らの身体に視線を落とす。

けれど、これといって変化は見られない。

ふと気になって周りの様子を窺うと、会場に居合わせた他の面々もまた、龍王様の行いを受けてこちらに注目している。一部では我々に対して身構える姿も見られた。多くは関係者席に座していた方々だ。

「龍王様、私の身体に何をしたのですか？」

「龍族の儀式を施した」

「……と、いいますと？」

響き的には、どちらかと言えば好意的な代物。しかし、それが龍王様の口から発せられたとなると、むしろ不安を覚える。一方的に隷属を強いられるとか、マイナスの効果効能が見られるのではないかと気懸かりで仕方がない。

などと気にしていたところ——

「龍族による最上位の儀式だ。向こう二、三千年は寿命を気にする必要もない」

「えっ……」

「これで当面は、その方も話し合いの場に臨むことができるであろう」

「それは、あの……」

ブサメン、ここに来て脱人類。

えっ、こんな簡単なことで、みたいな気分。好きでもない行きずりの相手で、予期せずバージンロストしたような感じ。いいや、自らの初めては未だ息子に預けたまま、今後もロストする予定も皆無なのだけれど。

ただ、あまりにも呆気《あっけ》なくて、とても実感が湧いてこない。

実際問題、肉体的、感覚的な差異は感じられないし。

「どうした、不服か？」

「どちらかというと、驚いております」

縦ロールのロリ巨乳フォーエバーを笑えない。

しかも自身の場合、平たい黄色族よ永遠に。

夢もへったくれもありゃしない。

「余は下々を導く立場として、王の責務を果たすのみ。その為にその方の存在が必要とあらば、協力することも致し方なし。だがしかし、勘違いするでないぞ。余は決してその方に歩み寄った訳ではない」

「その儀式とやらですが、私にデメリットはないのですか？」

「この儀式を受けた者は、身体が頑丈になり不老長寿を得る。それを悪《あ》しく思うのであれば、デメリットと言えるであろう。しかし、これを求める者は多い一方、否定する者とは余も出会ったことがない」

「……左様でございますか」

たしかに喜ばしいことではある。

ただ、心の準備もなく一方的に与えられると、喜びよりも驚愕の方が先に立ってしまうのは、仕方がないことだと思う。あと、龍王様の下に付いたような感じが、個人的には抵抗が大きい。そこのところ、大丈夫なのだろうか。

「龍たちの王よ、一人だけ抜け駆けは感心しませんよ」

「そーだよっ！　今のは元精霊王としても見過ごせないもん！」

「そのような意図はない」

一連のやり取りを目の当たりにしてだろう、海王様と精霊王様がやって来た。

前者は妖精王様とお喋りをしていた際と変わらず、ナイフやフォーク、料理の盛り付けられた取り皿が、魔法で周りに浮かべられている。胸元ならぬエラ元にはナプキンも変わらず装着しており、とてもお上品なこと。

後者からは即座に腕をギュッと取られた。二の腕に感じる平坦極まりない胸元の感触が、童貞の心を盛り上げる。精霊王を辞されてからも、これまでと距離感には変わりがないの本当にありがとうございます。

ただ、代わりにゴッゴルちゃんが身を引いてしまったのは残念。

王様たちとの間隔を意識して、読心圏外まで移動して下さったようである。

「王たちの間で喧嘩がご法度となった現在、このニンゲンの力は我々にとって、唯一の驚異と称しても過言ではありません。これを好きなように利用するような真似は、早急に否定されるべきでしょう」

「そーだそーだ！」

「ならばその方が、次の話し合いで提案すればいい」

「ええ、是非ともそうさせて頂きます」

次回の王様会議を前提として言葉を交わす龍王様と海王様。

今は一連の取り組みを受け入れて頂けたことを、素直に喜んでおくとしよう。

精霊王様も心なしか嬉しそうな表情で彼らのことを見つめている。

龍王様の儀式とやらについては、後でエディタ先生にご相談しようと思う。精霊王様の変身魔法と同様、問題がありそうだったら、解除する方向で検討すればいい。何かしら対処法は見つかるだろう。

などと楽観的に自身の置かれた状況を考えていたところ、またも身の回りで変化が。

再び煌々《こうこう》と輝きが放たれ始めたのである。

それも今度は魔法陣ではなく、自らの肉体から周囲に向けて光が発せられているからどうしたことか。まるで爆発エフェクトの炸裂する直前みたいな感じが、恐怖を覚えざるを得ないのだけれど。醤油顔の中年ボディー、どうなってしまったの。

「龍王様、あの、まだ他に何かあるのでしょうか？」

自然と先方にも確認してしまう。

しかし、戻ってきたお返事は芳しくない。

「貴様、それは何だ？　余は……余は、何もしておらぬぞ？」

「本当ですか？　私もこれと言って何もしていないのですが」

「海王よ、その方か？」

「そんなまさか？　このニンゲンに手を出して、私に何の利益があるというのです」

海王様が首を横に振ったところで、皆々の視線は精霊王様に。

しかし、彼女も困惑したように受け答え。

「どぉーして私のことを見るのかな？　違うよ？　なーんにもしてないんだから」

だとすれば、他に誰が行っているというのか。

周囲に視線を巡らせるも、これといって怪しい人物など見えてこない。

今しがたに受けた儀式とやらが、良くない感じに働いたのではなかろうか。そう思わずにはいられない状況に、居ても立っても居られない気分。とりあえず、回復魔法とか使っておいた方がいいような気がしてきた。

「龍王様、失礼ですがこちらの輝きは、先程の儀式が影響してのことでは……」

先方への問いかけは、最後まで声にならなかった。

次の瞬間、足元に浮遊感を覚える。

時を同じくして、空間魔法による移動さながら、視界が暗転した。

＊

【ソフィアちゃん視点】

王様たちの話し合いが終えられたのなら、次は記念のパーティーでございます。会場には沢山の料理が運び込まれて、王様たちを交えた食事会が始まりました。メイドも鳥さんのお世話を仰せつかり、会場でご一緒させて頂いております。

そうした只中、鳥さんがお料理の入った器をひっくり返してしまいました。

幸い、会場の被害はそれほどでもありませんでした。現場の掃除も、居合わせた給仕の方々が対応して下さいました。しかし、彼の身体にもソースやら何やら付着してしまい、メイドはその対応をしております。

水回りの用意がある会場の控え室に場所を移して、毛づくろいでございますね。武道大会では参加選手が試合の合間に待機していたスペースでございます。本日は話し合いの出席者の方々に向けた、控え室として整備されております。

「鳥さん、綺麗になりましたよ？　どうですか？」

『ふぁー、ふぁぁぁぁあー』

「他にどこか、気になるところはありますか？」

『ふぁぁぁぁきゅぅ……』

お水の入った桶の傍ら、卓上に座した彼を濡れた布巾で拭わせて頂いております。メイドが身体を撫で付けるのに応じて、気持ち良さそうな鳴き声が上がります。目を細めてうっとりとする姿が、とても愛らしゅうございます。

武道大会に際しましては、参加者で溢れていた控え室ですが、今は我々以外に誰の姿も見られません。ですから思う存分、鳥さんと戯《たわむ》れることができます。いつの日かタナカさんよりも懐いて頂くのが、メイドのささやかな野望であります。

「ちょっと匂いが付いちゃいましたので、後でお風呂に入りましょうか」

『ふぁー？』

本日の入浴はメイドと一緒に湯舟に浸かって頂きましょう。

湯面に浮かんでプカプカとする鳥さん。

その姿を眺めながらのお風呂は格別であります。

そんな具合に穏やかな時間を過ごしておりましたところ、控え室の外からドタバタと人の気配が近づいてきます。会場に通じている通路からです。何事かと目を向けると、すぐに見知った方々がやって参りました。

『あ、いたぞ！　ここだ、ここ！』

「ソフィア、すまないが少々いいだろうか？」

エルフさんとドラゴンさん、そして、彼女たちに連れられて鳥王様がやって来られました。主に最後の一名の存在に気圧されたメイドは、咄嗟に鳥さんを抱いて立ち上がり、身構えることとなります。

彼は身体がとても大柄なので、見下ろされると身体が縮こまる思いでございます。

「こ、このような場所にどうされましたか？」

「鳥王殿が貴様たちに話があるそうだ」

『嫌だったら断ってもいいぞ！』

「いえ、そんな滅相もありません」

私は大慌てで鳥王様にお伺いを立てさせて頂きます。

すると彼はメイドと鳥さんを交互に眺めつつ、つらつらと語り始めました。

「アンタはオイラたちを圧倒してみせたニンゲン、タナカとか言ったか？　アイツと仲がいいと聞いた。そこで相談なんだが、アンタが抱いている鳥のことと併せて、色々と話を聞かせてもらえないか？」

「私などでよろしければ、なんでもお話をさせて頂きますが……」

「本当か？　そいつはありがたいぜ」

「ですが、どういったことをお話しすればよろしいのでしょうか？」

「いきなりだが、まずはその鳥のことについて知りたいんだ。以前に……」

つい先日、ガルーダの集落を訪れた際には、エルフさんとドラゴンさんが主立ってお話をしておられましたので、自身はほとんど聞くに徹しておりました。その辺りも手伝ってのことでしょう。

特に鳥さんについて、色々と尋ねられました。

普段の生活の様子から、不死王として力を振るった際の出来事など、割と細かいところまでお伝えさせて頂きました。同じ鳥族の方でございますから、思うところがあるのではないでしょうか。

そうして鳥王様とお話を始めてから、少し経過した辺りでのことでございます。

舞台に面した控え室の窓から、急にピカッと閃光が届けられました。

何事かと我々の意識もまた、パーティー会場となるステージ上に向かいます。そこではタナカさんと龍王様の向かい合う姿が見られました。更には前者の足元に、魔法陣など浮かび上がっておりますから、メイドは焦りを覚えます。

まさか喧嘩でしょうか。

両者の間ではお喋りをする様子が見て取れます。

ただ、ここからは何を言っているのか聞こえません。

しばらく眺めていると、タナカさんの足元に浮かんでいた魔法陣が消えました。輝きも収まりを見せます。改めて彼の姿を拝見しましても、これといって変化は見当たりませんね。いつものタナカさんでございます。

「妖精王殿がソフィアに加護を与えたときと、同じような感覚であったな」

『っ……！　ま、まさか龍王がアイツを眷属にしたんじゃ……』

エルフさんの何気ない呟きを耳にして、ドラゴンさんの尻尾がピンと伸びました。驚いているような、それでいて焦っているような面持ちとなり、ステージの上に立ったタナカさんを見つめていらっしゃいます。

同じ龍族として、何かしら気になることがあるのではないでしょうか。

そうかと思えば、またも舞台の上から輝きが発せられました。


ピカッという強い光が、再び控え室に届けられます。

今度は魔法陣が見られません。

タナカさん自身が光っております。

我々が見つめている先で、彼の肉体が照明さながら煌々と輝きを放っています。

『なぁ、なんか変じゃないか？　誰かがアイツにちょっかい出してないか？』

「同じような輝きではあるが、今しがたとは趣が異なって感じられる」

エルフさんとドラゴンさんも気にしておられますね。

鳥王様も同様です。

メイドも鳥さんを抱えたまま、舞台の様子に釘付けでございます。

タナカさんが光っていたのは、そう大した時間ではありませんでした。我々が控え室で戸惑っている間にも、自然と輝きは収まっていきました。途中で爆発音が届けられるようなこともありませんでした。

ただ、発光現象が収まった後、タナカさんの姿が消えておりました。

メイドは疑問に首を傾げるばかりです。

舞台のどこを捜しても彼の姿は見られません。

輝きの只中、その存在が忽然と消えてしまったのです。

そして、これは精霊王様と海王様も同じでございます。最初の発光現象の後、お二人ともタナカさんに近づいておられました。まさかとは思いますが、会議の内容に不服を覚えた海王様が彼に何かしたのでしょうか。

龍王様とゴッゴルさんのお姿は見られます。精霊王様や海王様と比べて、タナカさんとは距離があったからでしょうか。それとも意図して残されたのでしょうか。この手の魔法的な現象に疎いメイドには、まったく見当がつきません。

「ここから眺めていても仕方がない、様子を見に向かおう」

『私も行くぞ！』

「あの、ど、どうか私も一緒にっ……」

声を上げた直後には、メイドの身体がふわりと浮かび上がりました。どうやらエルフさんが気を利かせて下さったようです。控え室の窓から舞台に向けて、飛行魔法で一直線でございます。鳥王様も我々の後ろから付いていらっしゃいます。


ほんの数秒ほどで、騒動の場に到着しました。

舞台の上に設けられた立食パーティーの会場では、龍王様を中心にして周りを囲むように、参加者の方々が注目しておられます。皆さん誰もが食事の手を止めて、彼のことをジッと見つめておられますね。

一体何が起こったというのでしょう。

「ドウシタ、喧嘩カ？　争イカ？　ソレニシテハ静カダガ」

「もしや……あの、ニンゲンに……何か……したのか？　龍たちの、王よ……」

「妾、見ていたぞ。このドラゴンがあのニンゲンに力を行使するのを」

王様たちから龍王様に対して、しきりに非難の声が上がり始めました。

その周りでは王様会議の間、関係者席に座っていた方々が、緊張した面持ちでこれを見つめておられます。ペニー帝国の王様や宰相様、エステル様のお父様、更には北の大国のお偉いさんといった方々です。

「よ、余ではない。余ではないぞ？　余はただ、あの者に龍族の儀式を……」

「だとしたら……どうして、あの者が……消えて……しまった、のだ」

「どうせまた性悪精霊のやつが、何か企んでたりするんじゃないの？」

「妾、海王の姿が見えないのも気になる」

「アンタ、海王や精霊王と組んで、あのニンゲンをどうこうしようってのか？」

「そのようなことは考えておらぬ。二度目の輝きは余の行いとは関係がない」

龍王様がこうまでも慌てているお姿を、メイドは初めて目の当たりにしました。

どっしりと構えつつも、口調の変化から内心が透けて感じられます。

一連のやり取りを目にしたことで、エルフさんとドラゴンさんにも反応が見られました。呆然と立ち呆けているメイドの傍ら、消えてしまったタナカさんの姿を捜しつつ、あれこれと言葉を交わされています。

『おい、ちょっと前にもこんなことが、あったような気がするぞ？』

「うむ。先代の魔王を倒した翌日にも、似たような出来事があった」

『あの時にオマエ、なんか渡してなかったか？　アイツが召喚されないように』

「一方的な召喚を防ぐ魔道具だが、あれは装着していなければ効果がない」

メイドもこのような展開には覚えがございます。

魔王様を討伐して間もなく、ニップル王国に召喚されてしまったタナカさんです。その時と似たような展開でございますね。ただ、当時とは本人の輝き具合が、若干異なっていたようにも思いますが。

『よ、よし。あのニンゲンのところに行くぞ。前にアイツを呼び出してたヤツだ』

「そうだな。もしや偶発的な要因から、例の召喚魔法が発動したのかもしれん」

和やかであったお食事の時間は一変、途端に会場は賑やかなものに。

ところで昨晩、メイドは随分と久しぶりに、タナカさんにお茶を淹れさせて頂きました。彼からは仔細を確認されませんでしたが、そこは阿吽《あうん》の呼吸とでも申しますか、気づけば日頃の習慣から手が動いておりました。

ですから、なんと申しましょうか。

本日のタナカさんは、それなりに幸福であったことと存じます。

王様たちのお話し合いも見事に決着を見せました。

だからこそ、前にゴッゴルさんから聞かされたお話が真実であるのならば、そこまで悪いことは起こらないのではないかと、メイドは信じたく存じます。そこのところ、果たしてどうなのでしょうか。

信じるべくが自らの体液というのは、具合の悪い話ではございますが。

＊

龍王様から儀式とやらを受けた直後、予期せぬ発光現象に見舞われたブサメン。

急な浮遊感と視界の暗転に驚いたのも束の間のこと。気づけばいつの間にやら、どこか別の場所に立っていた。少なくともドラゴンシティではない。いいや、それどころかペニー帝国内とも違うような気がする。

なんせ四方八方が真っ白なのだ。

目の届く範囲に壁や天井はない。

しかし、屋外とも思えない。

前後左右、上方向に至るまで、延々と何もない真っ白な空間が続いている。死後の世界だとか、ネトゲのチュートリアルだとか、その手の世界観がふっと浮かんでくるような光景である。

足元も白くて、地面とも建築物の床とも違う。なんなら足場があるかどうかも定かではない。それでも自身は魔法を使っている訳でもないのに、その場に平然と立っている。そんな謎の空間がずっと広がっている。

その只中、自らの正面にふっと人影のようなものが生まれた。

シルエットこそ人そのもの。

けれど、見た目は地面に落ちた影さながら、生き物としての在り方は感じられない。それこそ人影をスクリーンに投影したかのように、人間の形を取り繕った何かが、自身と同じくらいのサイズ感で立っている。

「あの、すみませんが……」

「よくやったッス。お前はとてもいい仕事をしてくれたッス」

「え？」

「こちらの想定した以上、マジ最高だったッス」

挨拶をする間もなく、やたらと軽いノリで話しかけられた。

しかもどこかで耳にした覚えがあるような声の響き。

はて、どこで聞いたのだったか。

しばらく考えたところで、ふと思い至る。

それは異世界を訪れる間際、一度だけお会いした人物。

「失礼ですが、もしや以前お会いした神様でしょうか？」

「ウッス！　その通りッス」

おぅふ、ドンピシャ。

これまた久しぶりでございますね。

もう二度と会えないかと思っておりました。

「まさかとは思いますが、神様が私をここに呼んだのでしょうか？」

「お前の考えている通りッス」

「でしたらお手数ですが、理由を教えては頂けませんか」

視界が暗転したときは、ニップル殿下に召喚されたのかと勘ぐった。それならそれで彼女に全裸を晒す絶好の機会、嫌よ嫌よも好きのうちムーブを決めて、向こうしばらく使い魔ライフを送ることも止むなし。

けれど、醤油顔の指にはエディタ先生から頂いた魔道具が装着済み。

アレおかしいなぁ、と疑念を抱いた直後に神様登場である。

「お前には世界を救ってもらったッス」

「世界、ですか？」

「この短期間で王たちをまとめ上げた手腕、神直々に褒めてやるッス」

「…………」

それは本日にも開催された、王様たちの話し合いを示してのことだろうか。他に世界を救うようなシチュエーションが浮かばない。事前にその手のクエストを受注した覚えもないので困ってしまう。

むしろ、こうして今更ながらに勘ぐり始める有様。ブサメンが異世界に放り込まれた理由、王様たちの喧嘩が原因だったのかしら。事前になんの説明もなく放り出された経緯を思えば、神様ってばあまりにも適当。

「失礼ですが、いくらなんでも偶然が過ぎるのではありませんか？」

「神にもルールがあるッス。世界の出来事に細々と干渉できないッス」

「どういうことでしょうか？　もう少し具体的に教えて頂きたいのですが」

「世界の外から死人の魂やら何やらを放り込んで、世の流れがいい感じになるように、かき混ぜるのが精々ッス。神の意向を世界にそのまま伝えるようなことはダメダメ、絶対にダメ。世界の多様性が失われてしまうッス」

「……なるほど」

神様だからって、好き放題できる訳ではないみたい。

多分、過去にそれを行って多様性とやらを失っているのだろう。

「もしや神様はこれまでも、私の行いを確認しておられたのでしょうか？」

「ウッス！　神様はお前の行いをずっと見ていたッス」

「…………」

なんということだ、醤油顔の行いはすべてウォチられていたらしい。

途端に気恥ずかしい気持ちが溢れてくる。異世界を訪れてからの自分は、果たして何回、人前で全裸になっただろう。そうしたこちらの内心など、まるで気にした様子もなく、神様はお話を続けられた。

「これで向こうしばらく、あの世界は落ち着きを取り戻すことと思うッス」

「それは良かったですね」

「とても良かったッス。なので神様はお前に感謝しているッス」

「そんな滅相もない」

ここ最近、ブサメンが危惧していた事態は、決して杞憂などではなく、むしろ近い未来に迫っていた世界の危機的なイベントであったのかもしれない。こうして第三者から評価されたことで、改めてそんなことを考えた。

同時にちょっとだけ、自らの行いに達成感を覚える。

「しかし、それと私をこの場に呼び出したのとは、どういった関係があるのですか？」

「お前の働きは神様が考えていた以上のものだったッス。大変素晴らしいものだったッス。遠くない将来、衰退が見込まれていたあの世界も、当面は何もせずに放っておくことができるッス。その事実に神様は大歓喜、ヨッシャ、ヨッシャ」

「左様でございますか」

おっ、これはもしやご褒美タイムではなかろうか。

それも陛下やリチャードさんと比較して、圧倒的に行えることの幅が広そうな人物からのご提案。普通に生きていては、決して叶うことがない願いを叶えて頂ける、類まれなるチャンスではなかろうか。

こうなると俄然、期待してしまう。

「そこで当初は、このまま現地に放置しようと考えていたところ、サービスで元の世界に戻してやることにしたッス。一度は失われた人生を元あった世界で再び得る、そんな又とない機会をお前に授けるッス」

「えっ……」

「神様の滅多にない好意に、涙を流しつつ元の世界に戻るといいッス」

「あ、あの、急にそんなことを言われましても、流石に困ってしまうのですが」

異世界を訪れて間もない頃ならまだしも、この状況でそんなことを言われたら戸惑ってしまう。もう二度とエディタ先生のムチムチ太ももを拝見できないとか、そんなのあまりにも辛い。ただでさえここ最近は楽しめていなかったのに。

けれど、神様はこちらの都合など我関せず仰った。

「安心するといいッス。向こうの神様とも話はついているッス」

「お言葉ですが神様、できれば私は辞退したく考えております」

「もう決めちゃったから変えられないッス。辞退はむりー、既にむりむりー」

現場の意見を聞かないまま、勝手に職場環境を改悪。従業員一同が苦労しているところに現れて、ドヤ顔で俺いい仕事しただろ？　みたいなこと言ってくる上役ムーブしないで欲しい。しかも設備投資の影響から今年の賞与は減額な？　とか。

あと、向こうの神様ってどなた様ですか。

「失礼ですが、私は以前の世界では死亡したと聞きました」

「こちらの世界で再構築した肉体をそのままプレゼントするッス」

「つまり、この身体のまま元の世界に戻る、ということですか？」

「その通りッス」

それでもイケメンにして下さるなら、今後の人生にも可能性を見出せる。

心機一転、モテモテハーレムタイムを目指せる。

けれど、ブサメンのままとか酷い。

神様が相手だとしても、苦情を進言せずにはいられない。

「でしたら神様、せめてイケメンを下さい」

「イケメン、ッスか？」

「世界の誰もが惚れ、羨み、嫉妬する、絶対のイケメンを下さい。視界に収まれば、老若男女を問わず、いっぺんたりとも視線を逸らせなくなるほどの、圧倒的な美しさと、格好良さと、カリスマを誇る、絶対究極のイケメンをっ！」

「たしかにイケメンは素晴らしいッス。イケメンなら人生イージーモードッス」

「そうでしょう。そのとおりでしょう。神すらも認定するイケメンを下さい」

「だがしかし、お前をイケメンにすることはできないッス」


「何故なのですか、神様！」

「だってもう向こうの神様と色々決めちゃったし、ぶっちゃけ面倒くさいッス」

「そんなっ……」

初めて出会ったときに語っていた、お前はイケメンになれない運命の下に生まれてきた云々は、どこへ消えてしまったのだろう。運命の下っていうか、全力で神様の怠慢だと思うのだけれども。

神様の機嫌そのものが運命だと言われたら、その通りかもしれないが。

「さて、そろそろ時間ッス。元の世界に戻るッス」

「ま、待って下さい！　もう少しだけお話をさせて頂きたいのですがっ……」

神様が言うのに応じて、自身の肉体に変化が見られた。身体がゆっくりと、けれど確実に、霞み始めている。

画像編集ソフトで透明度を弄っているかのように、段々と消え始めているのだ。このまま放っておいたら、ほんの数秒ほどで完全に消えてしまいそう。咄嗟に回復魔法を行使するも、何故なのか魔法が発動しない。

「あっ、それとお前の他に、余分なのが巻き込まれちゃったのメンゴ」

「……え？」

最後にさらっと、やたらと重要なことを言われた気がした。

徹頭徹尾、チャラい神様だ。

しかも仕事が適当。

時を同じくして、再び視界が暗転する。

肉体が完全に消えるのと、目の前が真っ暗になるのは同時だった。

＊

視界が失われた直後のこと、全身に与えられた浮遊感。

それから数秒ほどで、再び足裏に圧の加わる感覚。

数瞬の後には、暗転していた視界に周囲の光景が映し出される。

まず目に入ったのは背の高いビルの並び。縦に真っすぐ伸びたそれらが、交通量のある片側二車線の道路を挟むように沢山生えている。歩道では老若男女、大勢の人たちがひっきりなしに行き交う。

静かだった神様のところとは一変、途端に様々な音が届けられ始めた。自動車の排気音や、通りを歩いている人々の喧騒、出処の知れないピープ音など、ここしばらく忘れていた類いの雑踏が、矢継ぎ早に耳を刺激し始めた。

鼻先に香った排ガスの酸っぱい香りなど、まさに近代文明の象徴。

多分、都内でもかなり賑やかな場所。

っていうか、自身がこちらの世界で最後に見た光景と瓜二つ。

やたらと懐かしく感じる光景が、すぐ目の前には広がっていた。

「…………」

どうやら本当に元の世界に戻ってしまったみたい。

ちなみに自身が立っているのは、信号機のある交差点に設けられた、横断歩道の手前である。異世界を訪れる直前、ブサメンはこちらの交差点で自動車に轢《ひ》かれた。青信号をわたっている途中で、信号無視のトラックに景気よくズドンと。

居眠り運転でもしていたのではなかろうかと、今となっては思う。

果たして事故当時から、どの程度の時間が経過しているのだろう。

現場に事故の形跡は見られない。

「ねぇ、なんか変なのがいるんだけど」「近くでイベントとかあるんじゃない？」「だとしても、コスした状態で外に出るとかマナー違反でしょ」「ぶっちゃけ、全然似合ってなくない？」「言えてる」「っていうか、今急に出てこなかった？」

ところで、周囲からやたらと見られている。

めっちゃジロジロと。

何故かと疑問に思ったところで、ふと思い至る。

原因は自らの装いに他ならない。慌てて視線を落としたところ、目に入ったのは異世界の衣類。それもタナカ伯爵として、王様たちの話し合いに臨んでいた手前、お貴族様仕様で見栄えのする格好をしている。

当然ながら、現代日本においては、痛いコスプレ野郎の誹りは免れない。

その上、顔立ちが不細工ときたのなら、もはや事案ではなかろうか。


「あの男と一緒にいる女の子、めっちゃ可愛くない？」「仲良さそうだし、親子かな？」「遺伝子が全然仕事してないの草なんだけど」「いや、この状況だと事案の可能性もなくない？」「だよね、普通に通報した方がいい気がする」

片腕には依然として、精霊王様に抱き着かれている感触がある。

まさかと思いつつ目を向けたところ、その姿が確認できた。

神様が言っていた、ブサメンの移動に巻き込まれてしまった余分なの、どうやら彼女のことだったみたい。多分、すぐ近くにいたからだろう。本人は驚いたように、キョロキョロと周囲の様子を窺っている。

「なーんか見慣れない風景だよねぇ。私たち、知らない場所に飛ばされちゃった？」

果たして何と答えたものか。

上手い返事が浮かばない。

頭の中が真っ白になったような感覚。

「どーしたの？　急に黙ったりしちゃって。私のことを驚かそうとしてるのかなぁ？」

「いえ、そういう訳ではありませんが……」

これって大丈夫なのだろうか。

いいや、大丈夫な筈がない。

だって彼女を異世界に送り届ける方法、まったく思い浮かばないもの。神様がなんとかしてくれるのだろうか。その適当さに振り回された直後だと、回収される可能性は期待薄な気がしてならない。

でも、そうなると精霊王様はどうなってしまうのか。

ほんの一瞬の間に、よろしくない想像ばかりがいくつも脳裏を駆け巡る。

「なぁ、男の後ろに変なの浮いてない？」「ぬいぐるみ？」「それにしては普通に動いてるけど」「リアル過ぎてちょっとキモいし」「むしろ、浮いている事実がおかしいと思うんだけど」「コスプレの人が糸か何かで吊り上げてるんでしょ？」

ただ、それでも幸いであった点が一つ。

全身の肌に感じる衣服の感触。

いつものパターンだと全裸だったから。

まず間違いなく装備をロストしていたから。

恐らくは昨日の晩、メイドさんが淹れて下さったお茶が、いい感じに効果を発揮したのではなかろうか。そうでなければ、全裸に剥かれて牢屋に突っ込まれるところまで、約束されたも同然の昨今である。

おかげで向こうしばらくは、不運に悩まされることもないと思う。しかし、効果が切れてからは分からない。ソフィアちゃんと離れ離れとなり、それでも自分は真っ当に生きていけるのだろうか。

モンスターや魔法が存在しない世界なら、カンストした回復魔法を駆使することで、多少の不幸は力業でねじ伏せることができる気がしないでもない。トラックに轢かれたくらいなら、もはや死ぬことはないのだし。

「ニンゲン、これは一体どうしたことですか」

そうこうしていると、すぐ近くから耳に覚えのある声が聞こえてきた。

精霊王様とはまた別の声色だ。

路上を眺めていた醤油顔の背面、ちょうど背中合わせの位置。

大慌てで振り向くと、そこには空中に浮かんだ魚類。

ギョロリとした大きな目玉が、ジッと真正面からブサメンを捉えていた。

「今の魔法は貴方の行いですか？　海王である私を一方的に巻き込むなど、並の術者では不可能なはず。だとすれば、すぐに理由を説明して頂きたい。しかも、このような不可思議な場所、一体どこに移動したというのですか」

「…………」

目と鼻の先に浮かび上がり、賑やかにする海王様。

神様の仕事、ガバガバ過ぎやしないか。

サバ氏まで巻き込まれているとか、本当に勘弁して欲しいのだけれど。

川上生命
比べて分かる
自信あり！
ほけん
窓口
2F

あとがき

お久しぶりでございます。ぶんころりです。

前巻である13巻の刊行から1年と2ヶ月。それでもこうして14巻をお手に取って下さった読者の皆様には、ただただ感謝でございます。本作を忘れずにいて下さりましたこと、心よりお礼を申し上げます。

前回は女児スパイとして活躍を見せた田中ですが、今回は以前からのスタイルに戻りまして、本来の彼らしい奔走っぷりをご提案させて頂きました。少しでも楽しんで頂けましたら幸いでございます。

ウェブ掲載版では作品の完結回とさせて頂いた魔王様編。こちらに続く形として、書籍版では11巻より新展開となっておりました。ニップル殿下に召喚されたことから始まる一連のお話ですが、名目の上では王様編とでも称しましょうか。

こちらの王様編ですが、本巻にて一段落、といった塩梅であります。

些か最後のヒキが強くございますが、どうか続く15巻にもご期待を頂けましたら嬉しく思います。舞台を異世界から現代日本に移して、田中が活躍する予定となります。もちろん異世界ではドラゴンシティの面々も奮闘してまいります。

ところで皆様にお知らせがございます。

本作は次の十五巻で完結となります。

書籍の第一巻が発売されてから7年と少し。ウェブ連載の開始から数えたのなら、来年で10年に届こうかという本作でございます。それでもこうして円満に連載を続けられていることを大変ありがたく感じております。

まず最初にお伝えしておきますと、決して打ち切りではありません。

今回終えられた王様編から続けて、更に数冊ほどストーリーを広げる、といったことも検討しておりました。恐らく担当編集I様にお頼み申し上げたのなら、駄目とは言われないのではないかなと思います。

それでも際限なく延々と継続する訳にはいきません。いつかは必ず、どこかでピリオドを打つ必要がございます。そして、なるべく綺麗に終われるタイミングを考えたとき、連載開始から10年、15巻という形に落ち着きました。

より長く連載している作品も世には多数ございます。しかし、その為にはメディア展開という、作品として越えなければならない壁がございます。駄目とは言われずとも、ある程度の配慮が必要と申しますか、どうかご理解を頂けましたら幸いです。

ところで、本巻では多数のキャラクターデザインが追加されました。

この僅か1冊の為に王様一同、5体ものデザインを起こして下さった『MだSたろう』先生には、どれだけ感謝しても足りません。どちらのキャラクターも魅力的且つ個性豊かでありまして、とても嬉しく感じております。

先生のイラストあってこその本作だと、改めて実感した次第にございます。

エディタ先生やロリゴンを筆頭とした既存のキャラクターにつきましても、非常に生き生きと描いて下さりまして、感謝の気持ちでいっぱいです。最後に精霊王様が見せてくれた笑顔、とても可愛らしゅうございました。大好きであります。

こちらの流れで謝辞とさせて頂きましては、担当編集

I様とGCノベルズ編集部の皆様には、新規レーベルの立ち上げで大変お忙しくされているなか、丁寧にご対応を下さいますこと厚くお礼申し上げます。

営業や校正、翻訳、デザイナーのご担当者様、書籍を取り扱って下さる書店様やネット販売店様、ご支援を下さいます関係各所の皆様におかれましては、完結が間際となりましても変わらぬご厚情を下さり、いつも誠にありがとうございます。

どうぞ今後とも、小説家になろう発、GCノベルズの『田中』をよろしくお願いいたします。

GC NOVELS

田《た》中《なか》

～年齢《ねんれい》イコール彼女《かのじょ》いない歴《れき》の魔《ま》法使《ほうつか》い～

14

2023年4月7日　初版発行

著者
ぶんころり

イラスト
MだSたろう

発行人
予安喜美子

編集
伊藤正和

装丁
横尾清隆

印刷所
株式会社平河工業社

発行
株式会社マイクロマガジン社
〒104-0041　東京都中央区新富1-3-7 ヨドコウビル
［販売部］TEL 03-3206-1641／FAX 03-3551-1208
［編集部］TEL 03-3551-9563／FAX 03-3551-9565
https://micromagazine.co.jp/

ISBN978-4-86716-407-5　C0093

本書は小説投稿サイト「小説家になろう」（https://syosetu.com/）に掲載されていたものを、加筆の上書籍化したものです。

過酷な異世界を
抜ケ!
GC NOVELS
エロいスキルで
Record of Erotic Warrior
異世界無双
著:まさなん
イラスト:B-銀河
①～⑥大好評発売中!

GC NOVELS 話題のウェブ小説、続々刊行! 毎月30日発売